Le pari du rancher

Un si délicieux mensonge

W0380597

MAISEY YATES

Le pari du rancher

Traduction française de
ROSELINE AULIAC

PASSIONS

HARLEQUIN

Collection : PASSIONS

Ce roman a déjà été publié en 2021

Titre original :
THE RANCHER'S WAGER

© 2021, Maisey Yates.
© 2021, 2025, HarperCollins France pour la traduction française.

Ce livre est publié avec l'autorisation de HARLEQUIN BOOKS S.A.

Tous droits réservés, y compris le droit de reproduction de tout ou partie de l'ouvrage, sous quelque forme que ce soit.
Toute représentation ou reproduction, par quelque procédé que ce soit, constituerait une contrefaçon sanctionnée par les articles 425 et suivants du Code pénal.

Si vous achetez ce livre privé de tout ou partie de sa couverture, nous vous signalons qu'il est en vente irrégulière. Il est considéré comme « invendu » et l'éditeur comme l'auteur n'ont reçu aucun paiement pour ce livre « détérioré ».

Cette œuvre est une œuvre de fiction. Les noms propres, les personnages, les lieux, les intrigues sont soit le fruit de l'imagination de l'auteur, soit utilisés dans le cadre d'une œuvre de fiction. Toute ressemblance avec des personnes réelles, vivantes ou décédées, des entreprises, des événements ou des lieux serait une pure coïncidence.

HARPERCOLLINS FRANCE
83-85, boulevard Vincent-Auriol, 75646 PARIS CEDEX 13
Service Clients — www.harlequin.fr
ISBN 978-2-2805-1330-2 — ISSN 1950-2761

Édité par HarperCollins France.
Composition et mise en pages Nord Compo.
Imprimé en février 2025 par CPI Black Print (Barcelone)
en utilisant 100% d'électricité renouvelable.
Dépôt légal : mars 2025.

FSC www.fsc.org MIXTE
Papier issu de sources responsables
FSC® C159065

Pour limiter l'empreinte environnementale de ses livres, HarperCollins France s'engage à n'utiliser que du papier fabriqué à partir de bois provenant de forêts gérées durablement et de manière responsable.

1

Cricket Maxfield avait remporté un grand nombre de prix douteux au cours de sa vie : celui de la petite dernière de la famille, celui de celle qui intéressait à peine ses parents qui la laissaient livrée à elle-même, et celui qui la distinguait comme la seule des trois sœurs Maxfield née avec les pieds en dedans *et* les dents en avant ! Par chance, les deux derniers handicaps avaient été résolus, le premier grâce à des attelles et le second grâce à un appareil orthodontique.

Sans oublier, parmi les prix douteux, le ranch délabré dont l'existence avait été révélée lors de l'inventaire des biens de son père après sa disgrâce, et dont personne dans sa famille n'avait voulu.

Malgré tout, elle avait le sentiment qu'elle était sur le point de remporter au poker le prix le plus étrange de tous : un cow-boy d'un mètre quatre-vingt-treize, beau comme un dieu et solide comme un roc. Une véritable aubaine.

Oh ! il ne pensait pas qu'il allait perdre. Il était tellement sûr de lui qu'il misait de façon inconsidérée, ignorant qu'elle avait la meilleure main possible. Il jouait comme s'il avait eu un full ou une quinte flush.

Mais elle avait une quinte flush *royale*.

Cette dernière partie du tournoi de poker caritatif était toujours le clou de la manifestation de collecte de fonds organisée par l'association Battle of the Gold Valley Stars. Et c'était la première année que Cricket y participait.

C'était la revanche. La partie qui attirait le plus de spectateurs. D'énormes sommes d'argent avaient déjà été récoltées lors des parties précédentes, chaque joueur se battant avec acharnement et déposant ses mises dans le pot au bénéfice de la communauté.

La partie actuelle était la plus intéressante car les participants tentaient de récupérer une partie de leurs possessions perdues lors de tournois précédents et mises au pot par leurs rivaux, notamment des biens âprement disputés au cours de ventes de charité ou des bribes d'héritages familiaux échangés depuis des décennies.

Pour l'heure, Cricket arborait une veste à franges en cuir noir beaucoup trop grande pour elle, gagnée lors de la partie précédente contre Elliott Johns, dirigeant d'une société spécialisée dans la filtration et la purification de l'eau. Elle était coiffée d'un chapeau de cow-boy également trop grand, qu'elle avait remporté contre sa cible actuelle, Jackson Cooper. Le chapeau reposait bas sur sa tête et sentait vaguement la sueur, ce qui était agaçant, car respirer l'odeur de Jackson avait le don de la troubler.

Un peu comme la sensation qu'elle éprouvait, dans son enfance, quand elle essayait de faire quelque chose d'interdit. Rien que d'y penser, un picotement se lova au creux de son bas-ventre, suscitant en elle une sensation d'étrangeté et de fébrilité. Elle s'agita sur son siège, froissant sa robe. Encore un autre prix douteux. Une robe de soirée rouge déjà portée par sa sœur Emerson lors d'une manifestation caritative précédente.

La nervosité de Cricket était due à la fois à l'anticipation de la victoire et au fait d'être si près de Jackson Cooper. Un homme qu'elle évitait, d'habitude.

Au fil des ans, elle avait suivi de loin les faits et gestes de la famille Cooper. Ce qu'elle se gardait bien d'avouer à quiconque. Trop embarrassant.

Au cours des derniers mois, elle avait appris à connaître un peu mieux Creed, le frère de Jackson, puisqu'il était devenu son beau-frère. À l'époque, elle avait été choquée et consternée d'apprendre que sa sœur Wren sortait avec un Cooper, notamment parce que les deux familles étaient rivales depuis longtemps. Après moult péripéties, ils étaient désormais heureux en ménage et parents d'un beau bébé. Cricket avait alors juré à Wren que ces cow-boys têtus et irritants au possible n'étaient pas du tout son type d'homme. Mais elle avait menti.

Jackson la troublait..., mais il était aussi le seul Cooper susceptible de répondre aux questions qui la taraudaient.

À cause de Wren, elle ne pouvait pas aborder le sujet avec Creed. Et elle n'avait pas envie d'en parler à Honey, la benjamine des Cooper, qu'elle trouvait d'un abord difficile, même si elles étaient à peu près du même âge. D'une certaine façon, Cricket la jalousait.

Honey était une fille de la campagne. Une cow-girl pugnace. Et elle semblait bien intégrée au sein de sa famille. Ce qui n'était pas vraiment le cas de Cricket.

Par exemple, elle ne s'intéressait pas au vignoble familial. En revanche, elle jouait remarquablement bien aux cartes. Voilà pourquoi, en l'absence de son père – banni de la maison et de la communauté pour une excellente raison –, Cricket avait été choisie par ses sœurs pour le remplacer.

Et elle était sur le point de rafler la mise.

— Je relance, dit-elle.

Oh ! oui, il était temps. Dans ce pot, beaucoup de choses l'intéressaient. Les boutons de manchettes de Jackson. Sa montre. Un poney faisant partie de son ranch.

De son côté, elle avait offert un bracelet en diamant – qui ne lui appartenait même pas –, une caisse de vins de la réserve

Maxfield et le dollar provenant de la toute première vente de son père, qu'il avait fait encadrer et qui était toujours suspendu au mur de son bureau vide. Un trophée que Jackson envisageait, non sans humour, d'offrir à son propre père, lequel détestait cordialement James Maxfield.

Quoi qu'il en soit, être assise en face de Jackson Cooper stimulait son esprit de compétition et accentuait cette sensation complexe et déroutante qu'elle ressentait toujours en sa présence.

Et, maintenant, c'était le moment de la dernière mise.

— Je mise ma personne.

— Pardon ?

— Je m'engage à travailler gratuitement chez Cowboy Wines pendant trente jours.

Jackson haussa les sourcils, visiblement pris de court.

— Quelle drôle d'idée !

— Tu as peur ?

Il ricana.

— Pas du tout. Pour preuve, je suis et je relance. Je m'engage à travailler chez Maxfield Vineyards pendant trente jours.

— Non, dit-elle. Le vignoble de ma famille n'a pas besoin de toi. Tu travailleras gratuitement dans mon ranch pendant trente jours. Et tu dormiras dans le dortoir.

Cricket avait désespérément besoin d'un ouvrier agricole expérimenté. Et Jackson était l'homme de la situation. Elle voulait s'éloigner le plus possible du milieu snob et privilégié auquel elle appartenait. Ce ranch était le moyen idéal pour y parvenir.

— Et si je perds...

— Tu travailleras chez Cowboys Wines, dans la salle de dégustation, et tu serviras les clients, vêtue d'une minijupe et chaussée de bottes de cow-girl.

Il essayait de l'effrayer ou de l'humilier. Mais elle avait grandi auprès de James Maxfield. Pendant des années, à cause de lui, elle s'était sentie petite, triste et non désirée. C'était tout récemment qu'elle avait commencé à deviner pourquoi son père l'avait traitée de cette façon. Alors, après une vie d'humiliations, ce n'était pas la perspective de servir des clients en minijupe qui aurait raison d'elle.

— Marché conclu, dit-elle.

Il n'était pas question qu'elle perde.

Elle avait besoin de Jackson dans son ranch, car elle était dans une impasse. Faute de s'y connaître en matière d'élevage, elle ne savait pas par où commencer. C'est pourquoi son savoir-faire lui serait très utile.

Et puis, il y avait cette *autre* raison.

— Tu sembles terriblement sûre de toi, dit-il.

— Oh ! je le suis.

Il posa ses cartes sur la table, sa belle bouche s'étirant en un sourire. Le sourire d'un homme qui n'avait pas dû perdre souvent.

Oh ! comme elle se réjouissait de lui montrer à quel point il avait tort de sourire ainsi. Car non seulement il avait perdu, mais il avait perdu contre elle. Contre une femme qui avait au bas mot dix ans de moins que lui. Une femme qu'il jugeait écervelée et peu attrayante.

Il le lui avait bien fait comprendre les rares fois où ils s'étaient rencontrés depuis qu'ils étaient devenus, en quelque sorte, parents par alliance, ne manquant jamais d'afficher son dédain envers elle.

— Juges-en par toi-même et pleure, cow-boy.

Cricket Maxfield avait la plus forte main et ne s'en cachait pas. Cette petite peste ne se donnait même pas la peine d'afficher la mine impassible que tout joueur de poker se devait d'arborer quand il avait une main gagnante.

Elle était assise là, crânant avec son chapeau trop grand pour elle sur la tête, un cigare même pas allumé à la bouche.

Une bouche pulpeuse d'un rouge déconcertant, ce soir. Elle avait visiblement laissé sa sœur Emerson la maquiller pour l'occasion. Elle aurait dû avoir l'air ridicule, affublée de cette grande veste à franges par-dessus sa robe rouge scandaleusement décolletée qui faisait ressortir sa peau pâle et soyeuse, mais elle ne l'était pas du tout. Et, à cet instant, elle ressemblait beaucoup trop à une gagnante.

Par chance pour lui, quand il avait sur-relancé, il était sûr qu'elle gagnerait. Et il voulait qu'elle gagne.

— Tu deviens donc mon ouvrier agricole pendant trente jours, dit-elle. Mais ne t'inquiète pas. Je suis une très bonne patronne.

Jackson n'avait pas besoin d'une patronne. Ni dans son travail ni dans sa chambre à coucher. Malgré tout, les paroles de Cricket enflammèrent son sang dans ses veines. Non parce qu'il voulait qu'elle soit aux commandes, mais parce qu'il était tout disposé à lui montrer à quoi ressemblait un patron. À clouer le bec de cette petite peste.

Avoir conscience de sa présence était déjà problématique en soi, mais sentir qu'elle avait éveillé son intérêt en tant que femme l'était encore plus. Bien sûr, c'était à cause de sa tenue vestimentaire. Elle redeviendrait inintéressante, comme à son habitude, dès que la soirée serait terminée. Il pourrait alors oublier qu'il avait été tenté de plonger son regard dans son décolleté suggestif durant la partie de cartes.

— Oh ! je n'en doute pas, mon chou.

— Je suis ta patronne. Pas ton chou.

— Je ne pensais pas que le fait de me gagner au jeu te donnait le droit de me dire comment m'exprimer.

— Le fait d'être ta patronne m'en donne le droit.

— C'est un argument contestable…

Il attendit un moment, laissant les deux mots rouler sur sa langue, les savourant tout à loisir avant de les prononcer :

— … mon chou.

— Nous allons devoir travailler sur ton attitude. Tu es indiscipliné.

— Encore une fois, dit-il avec un grand sourire, je ne me souviens pas de m'être engagé à adopter un comportement particulier.

Il y avait de l'animation autour d'eux. Les personnes qui s'étaient massées pour observer la partie de cartes s'amusaient de leur passe d'armes. Il ne pouvait pas leur en vouloir. S'il avait été simple spectateur, lui aussi se serait amusé aux dépens de l'idiot qui avait perdu contre la petite peste avec le cigare.

Si les apparences étaient contre lui, il avait cependant le sentiment d'être gagnant parce que ce pari fou lui offrait l'occasion rêvée de parvenir à ses fins.

En effet, quand il avait appris par son frère que James Maxfield était propriétaire du domaine jouxtant le sien, il avait aussitôt décidé de l'acheter maintenant que tous les biens de James étaient revenus à sa famille. Mais Cricket avait jeté son dévolu sur la propriété, déclarant haut et fort qu'elle voulait devenir éleveuse.

Jackson le savait, elle n'avait pas les compétences requises pour exploiter un ranch. C'était déjà difficile pour quelqu'un d'expérimenté. Or, elle ne l'était pas. Bien sûr, lors du partage des biens de son père, elle avait reçu une importante somme d'argent, mais ce pactole n'était pas inépuisable.

Elle n'était pas à la hauteur de la tâche qui l'attendait. Et il aurait largement le temps de le lui démontrer durant le mois qu'il passerait dans son ranch en tant qu'ouvrier agricole.

— Tu devras aussi m'amener mon poney, dit-elle.

Décidément, elle tenait à son poney ! Mais il finirait par le récupérer. Parce que Cricket n'avait pas la moindre idée de la somme de travail à fournir pour élever des animaux. Pour cultiver la terre. Pour entretenir un ranch.

Elle était têtue et très différente de ses sœurs.

Leurs familles avaient beau être rivales, elles travaillaient dans le même secteur d'activité. Il avait vu grandir Cricket et se faisait une assez bonne idée de sa personnalité. Il savait aussi qu'elle appartenait à une famille très privilégiée.

Les Maxfield possédaient un immense domaine viticole entretenu par une importante main-d'œuvre.

Dans ces conditions, l'idée que Cricket se faisait de la gestion d'un ranch ne pouvait qu'être romantique. Mais il savait que la réalité était tout autre.

Il avait grandi dans une famille aisée. Du moins, la plus grande partie de sa vie. À l'époque où ses parents peinaient à boucler leurs fins de mois, il était suffisamment âgé pour ne pas avoir oublié cette période.

Son jeune frère se souvenait très peu de cette époque, et Honey, la benjamine, pas du tout. Mais lui, si. Pour ce qu'il en savait, Cricket n'avait jamais connu de difficultés financières de sa vie. Non qu'il la trouvât stupide. Elle ne l'était pas. Au contraire, elle était spirituelle, intelligente et un peu cassante.

Il l'avait toujours trouvée captivante, surtout comparée au reste de sa famille. Même avant qu'on découvre que James Maxfield était un délinquant et un prédateur sexuel, Jackson éprouvait une étrange fascination pour cette famille tellement différente de la sienne. Les rapports entre James Maxfield et son épouse avaient toujours été tendus. Leurs deux aînées, Wren et Emerson, semblaient sorties du même moule. Des jeunes filles policées, ayant reçu une éducation élitiste et appartenant à la meilleure société. À une certaine époque, ils les avaient même comparées non sans humour aux héroïnes du roman d'Ira Levin *Les Femmes de Stepford*, préprogrammées pour devenir des épouses dévouées et soumises à leurs maris.

Mais pas Cricket.

Elle n'avait jamais été en première ligne lors des réceptions données par sa famille dans le domaine viticole à l'occasion du lancement d'un nouveau cru. Bien que les vignobles

Maxfield Vineyards et Cowboy Wines fussent rivaux, chacune des deux familles assistait souvent aux réceptions organisées par l'autre. Par courtoisie professionnelle, bien sûr, mais aussi pour ne pas perdre une occasion d'évaluer la concurrence. Il avait donc vu Cricket de nombreuses fois au fil des ans. Rôdant aux alentours, la plupart du temps, puis brillant par son absence quand elle avait été plus grande. Une fois, trois ans auparavant – elle devait avoir dix-huit ans –, il l'avait aperçue sur une balançoire dans la cour, vêtue d'une robe blanche qu'elle portait à contrecœur, il en était certain. Il faisait sombre dehors alors que la salle de réception des Maxfield brillait de mille feux.

Sous le clair de lune, elle lui avait paru complètement isolée. Solitaire. Et il avait éprouvé un élan de compassion envers elle. Il n'était du genre à s'apitoyer sur le sort des gens, pourtant elle lui avait donné l'impression d'être une étrangère au sein de sa propre famille.

Maintenant qu'il connaissait les antécédents de James Maxfield, il comprenait mieux son mal-être.

De même, depuis que son frère Creed avait épousé Wren, il avait changé d'opinion au sujet de cette dernière et d'Emerson. Elles étaient chaleureuses et dignes d'intérêt. Mais tellement différentes de leur sœur cadette.

Il n'empêche que Cricket était incapable d'exploiter un ranch. Et il serait là pour lui montrer quelle somme de travail cela représentait. Il n'aurait pas besoin de recourir à des procédés malhonnêtes pour la décourager. Il se contenterait de la confronter à la réalité du terrain. Et elle ne demanderait pas mieux que de lui vendre sa propriété.

Il avait acheté son propre ranch après la mort de sa mère tout en continuant à s'occuper du ranch familial. Par chance, il avait du personnel qui le secondait et le remplacerait pendant son absence. Car il n'y avait pas de jour férié quand on était éleveur. Un principe de base qu'il se ferait un plaisir d'inculquer à Cricket.

— Présente-toi au ranch lundi matin, lui dit Cricket. Et apporte un sac de couchage. Le dortoir n'est pas chauffé.

Elle ne lui serra pas la main. À la place, elle écrasa le cigare qu'elle n'avait pas allumé, fit la moue et toucha le bord de son chapeau en guise de salut.

Quelle impertinence ! Cette petite peste avait peut-être gagné le tournoi, mais il obtiendrait le ranch qu'il convoitait.

Il s'en faisait la promesse.

— Tu as fait quoi ?

Devant l'air incrédule d'Emerson, Cricket affichait un air béat. Mais elle n'avait pas l'intention de dévoiler tous les détails de son plan à ses sœurs. Du moins, pas tout de suite.

— Tu le saurais si tu étais venue.

— Comment l'aurais-je pu ? J'ai l'air d'une baleine ! protesta Emerson, enceinte de neuf mois. Et mes chevilles sont si enflées que je ne peux même pas me chausser !

— Je ne lui ai rien dit, déclara Wren à Cricket, un grand sourire aux lèvres. Je voulais qu'elle apprenne la nouvelle de ta bouche.

— J'ai gagné Jackson au poker, annonça Cricket. Loyalement. Et maintenant, il devra travailler dans mon ranch.

Elle jubilait. Son plan fonctionnait à merveille. Elle avait l'entière maîtrise de la situation.

— Et j'ai aussi gagné un poney, ajouta Cricket, triomphante. Quoi ? Pourquoi me regardes-tu ainsi ?

— Parce que Jackson Cooper est un homme retors, déclara Emerson.

— Creed Cooper aussi, mais cela n'a pas empêché Wren de l'épouser !

Cricket avait encore du mal à se remettre du choc que lui avaient causé la liaison tumultueuse et le mariage de Wren avec Creed. Mais elle préférait garder son opinion pour elle, comme pour tout ce qui avait trait aux Cooper.

— Soit dit en passant, ton mari est aussi un homme retors, déclara-t-elle à Emerson. Même si c'est un bon mari. Et puis, je ne vais pas me marier avec Jackson. Il travaillera pour moi gratuitement. C'est tout.

Elle était habituée à faire semblant de penser le plus grand mal de Jackson. Mais cette conversation entraînait ses pensées dans une étrange direction. Une direction qu'elle cherchait à esquiver depuis des mois, maintenant.

— Bon. Je l'admets, tu as fait fort ! déclara Emerson.

— Et moi, je suis contente que tu t'intéresses sérieusement à quelque chose, dit Wren. Ce ranch est peut-être une bonne idée. Nous nous faisions du souci pour toi.

— Depuis plus d'un an, je sais. Mais vous n'osiez pas m'en parler.

Ses sœurs ne savaient pas comment s'y prendre avec elle. Elle en avait conscience. De son côté, elle ne savait pas trop comment leur parler. Sans doute à cause de leur différence d'âge.

— Nous avions toujours peur de te dire quelque chose de blessant et que tu te renfermes dans ta coquille, remarqua Emerson. Et je le regrette. Bien sûr, tu n'es plus une petite fille, mais c'était sans doute plus facile pour nous de te considérer comme un bébé.

— Je suis heureuse que vous me preniez enfin au sérieux.

— Je l'avoue, j'étais très dubitative quand tu nous as annoncé que tu voulais récupérer le ranch.

— Il est rentable. Bien sûr, sa remise en état nécessitera beaucoup de travail, mais cela aurait été dommage de le laisser à l'abandon. Et puis, j'ai toujours eu envie d'avoir un endroit à moi. Le vignoble ne m'a jamais intéressée. Je vous choque sûrement en disant cela, mais c'est ainsi.

— Non, ce n'est pas une grande surprise, dit Emerson.

— Je ne suis simplement pas comme vous.

Franchement, elle et ses sœurs n'auraient pas été plus différentes si elles l'avaient voulu. Emerson était splendide avec ses courbes sensuelles – même accentuées par sa grossesse. Et Wren avait une beauté raffinée. Cricket s'était toujours sentie très mal à l'aise lors des réceptions données par ses parents, alors que ses sœurs évoluaient avec grâce parmi les invités, visiblement dans leur élément. Elles savaient aussi mettre en valeur leur beauté naturelle alors que Cricket ne s'était jamais vraiment souciée de son apparence. D'où son sentiment récurrent d'être le vilain petit canard de la couvée.

Autre différence, ses sœurs avaient désespérément cherché à plaire à leur père, à le rendre fier d'elles. Pour sa part, Cricket n'avait jamais trouvé grâce à ses yeux et avait préféré se faire oublier.

Elle gardait le souvenir amer d'une discussion avec son père, quatre ans plus tôt, alors qu'elle lui exprimait son souhait d'aller à l'université :

« – Tu ne t'es jamais beaucoup appliquée au lycée, n'est-ce pas ?

— Je...

— Que veux-tu faire comme métier ?

— Je ne sais pas, avait-elle répondu, prise de court. Il faut que j'aille à l'université pour trouver ma voie...

— Emerson et Wren contribuent à la prospérité du domaine grâce à leurs diplômes. Est-ce ce que tu souhaites ? »

Cricket n'avait pas eu l'autorisation d'aller à l'université.

Pourtant, son père avait les moyens de l'inscrire. Ce n'était pas l'argent qui avait motivé sa décision, mais l'intérêt qu'il aurait eu à lui faire faire des études supérieures. Comme si elle n'avait aucune valeur à ses yeux.

Ses parents s'étaient toujours montrés tellement distants avec elle. Ce n'était que tout récemment qu'elle avait commencé à comprendre la raison de leur attitude. À soupçonner qu'elle n'était pas la fille de James Maxfield…

Partant de là, elle avait pris conscience que ses différences avaient du sens. Qu'elle n'était pas anormale. Bien sûr, l'idée d'être une enfant adultérine la blessait d'une certaine façon, mais elle se ferait une raison. Elle n'avait pas le choix.

— Je suis heureuse d'avoir cette conversation avec vous deux, dit-elle.

— Quoi que tu penses de nos maris, intervint Emerson, ce sont des cow-boys expérimentés et ils seront ravis de t'aider à exploiter ton ranch.

— Je sais. Peut-être ferai-je appel à eux quand Jackson aura terminé de travailler gratuitement pour moi. Mais, pour l'instant, j'ai résolu mon problème.

— Bien joué, Cricket, dit Emerson.

Puis elle soupira, l'air un peu abattu.

— Je ne vois même pas mes pieds.

— C'est normal puisque tu es dans ton neuvième mois.

Le bébé de Wren était âgé de trois mois, et la jeune maman avait déjà retrouvé sa taille de guêpe. Mais elle aussi, quoique plus menue qu'Emerson, s'était désolée de la proéminence de son ventre au même stade de sa grossesse.

Cricket n'en revenait pas de voir ses sœurs si bien installées dans la vie de famille. Pourtant, elles ne lui avaient pas vraiment donné l'impression d'être des femmes d'intérieur. Elles avaient eu des ambitions professionnelles. Mais elles étaient tombées amoureuses, et cela les avait changées. En bien. Elles semblaient plus heureuses. Plus épanouies et plus sûres d'elles. Mais Cricket n'était pas pressée de les imiter.

Elle voulait simplement être… libre. Vivre sa vie comme elle l'entendait. Ne plus ressentir l'énorme pression qui pesait sur elle afin qu'elle s'intègre dans un moule qui ne lui convenait pas. Ne plus être le vilain petit canard de la couvée. La sœur gauche et disgracieuse qui ne se souciait pas du tout de son apparence.

Elle était grande et svelte, plutôt filiforme. Mais alors que cette minceur était élégante et raffinée chez Wren, elle seyait moins à Cricket car, lui semblait-il, elle faisait ressortir sa charpente un peu anguleuse. Qui plus est, elle avait des taches de rousseur, des pommettes trop prononcées à son goût, la lèvre supérieure un peu plus charnue que la lèvre inférieure. Et, bien que l'appareil orthodontique eût redressé ses dents, il demeurait un léger écart entre ses deux incisives.

Bref, elle ne ferait pas carrière dans le mannequinat, songeait-elle avec son sens de l'autodérision. Qu'importait son apparence physique. L'essentiel était de savoir quels étaient ses atouts. Sportive. Endurante. Excellente cavalière. Rebelle. Comme ses cheveux… Ils lui donnaient l'impression d'être toujours en mouvement, d'être active. Et cela lui plaisait.

N'ayant pas le raffinement de sa mère et de ses sœurs, elle s'identifiait davantage aux Cooper qu'aux Maxfield. Ils avaient des racines et une sensibilité terriennes. C'était quelque chose qu'elle comprenait et qu'elle appréciait.

Elle aussi voulait avoir ce genre de lien viscéral à la terre. Elle l'avait déjà, elle en était sûre.

— J'ai l'intention de faire un bon usage de Jackson Cooper, déclara Cricket d'un ton triomphant.

Elle se le représentait avec ses larges épaules et ses grandes mains. La personne idéale pour l'aider à remettre son ranch en état. Et aussi pour aborder le sujet ô combien délicat de l'éventuel lien de parenté entre eux.

— Oui, vraiment, dit-elle pour elle-même.

Wren et Emerson échangèrent un regard.

— Sois prudente, Cricket.

— Pourquoi ?

— Les Cooper sont des hommes dangereux, répondit Wren.

Cricket fixa sa sœur, confuse.

— Je ne comprends pas ce que tu essaies de me dire.

— Quand tu déclares vouloir faire un bon usage de Jackson Cooper, cela peut prêter à confusion.

Cricket ne voyait toujours pas où sa sœur voulait en venir.

— On pourrait penser que tu parles de sexe, précisa Wren.

Horrifiée et embarrassée, Cricket se récria :

— Non, pas du tout ! Comment peux-tu penser à une chose pareille, Wren ? Avant de me décider à avoir un homme dans ma vie, je dois savoir où j'en suis, établir mes priorités. Et puis... Jackson est vieux !

Entre autres choses.

Wren éclata de rire.

— Tu exagères. Il n'a que deux ans de plus que mon mari.

Cricket eut une moue dubitative.

— Mais je suis beaucoup plus jeune que toi !

Wren pinça les lèvres, visiblement vexée.

Décidément, la diplomatie n'était pas son fort, songea Cricket un peu honteuse.

— Il s'agit d'un arrangement concernant le travail et rien d'autre.

En disant cela, elle ressentit une étrange palpitation dans sa poitrine, signe qu'elle mentait.

— Si tu le dis.

— Absolument.

— S'il y a une chose dont je sois sûre à ton sujet, Cricket, c'est que, quand tu as quelque chose en tête, tu mets tout en œuvre pour arriver à tes fins.

En l'occurrence, ce qu'elle avait en tête, c'était de savoir si oui ou non elle était une Maxfield.

Et engager Jackson Cooper était le meilleur moyen de le découvrir.

2

L'endroit était dans un état de délabrement incroyable, songeait Jackson. Le qualifier de ranch était exagéré. Quant à la maison, elle ne valait guère mieux, avec son porche de guingois. Mais ce n'était pas la maison qui l'intéressait. Seulement le terrain, idéalement situé à côté du sien.

Cette propriété était le seul et unique moyen d'agrandir son ranch. Et il en avait besoin. Il n'envisageait pas de passer sa vie à entretenir le domaine familial, Cowboy Wines.

Soudain, la porte moustiquaire s'ouvrit, et Cricket apparut sur le seuil. Une étrange vision. On aurait dit la reine des pirates sur un bateau en perdition.

Elle portait un chapeau sur ses boucles blondes, un top blanc ajusté, un short en denim et des bottes. Elle était l'image même de la cow-girl sexy, même si, il le savait, ce n'était pas l'image qu'elle cherchait à donner d'elle, du moins pour le côté sexy.

Elle avait des jambes longues, interminables. Une silhouette mince et élancée, avec des courbes graciles mais sensuelles. Elle ne s'était pas maquillée, et c'était une bonne chose car sa beauté naturelle ne nécessitait pas d'apprêt. Il aimait son visage si original, avec ses pommettes saillantes et ses lèvres charnues. Curieusement, depuis quelque temps, il lui trouvait de plus en plus de charme, mais il préférait ne pas approfondir la question.

D'ailleurs, il n'était pas ici pour lui conter fleurette mais pour lui enseigner le métier d'éleveur. En mettant l'accent sur sa pénibilité afin qu'elle se rende compte que ce métier n'était pas fait pour elle.

— Me voilà, comme convenu, dit-il.

— Parfait, répondit-elle avec un large sourire.

— Qu'as-tu décidé ? Parce que l'endroit nécessite beaucoup plus qu'un mois de travail.

Elle parut aussitôt déconfite, et il se demanda si elle allait lui faciliter la tâche.

— Pourquoi dis-tu cela ? Qu'est-ce qui ne va pas ?

— Pour commencer, tu risques de passer à travers le plancher de ton porche si quelqu'un ne le consolide pas. Est-ce que tu vis dans cette maison ?

— Oui. Mais tout va bien. J'évite simplement quelques planches branlantes.

— Un de ces jours, tu vas te casser quelque chose !

— Non, ça ne m'arrivera pas.

— Il est vrai que tu es un poids plume, mais une personne de mon gabarit n'aura pas cette chance.

— Disons que mon plancher branlant est un gage de sécurité pour moi. Par exemple, si un cow-boy un peu trop entreprenant veut forcer ma porte, il passera à travers le plancher, et ce sera bien fait pour lui.

— Tu as quelque chose contre les cow-boys ? Parce qu'il t'en faudra un pour remettre ton ranch en état.

Il regarda alentour et s'efforça d'afficher un air accablé devant l'énormité de la tâche.

Même si le travail ne l'avait jamais impressionné.

— Il t'en faudra même plus d'un si j'en juge par la vétusté des lieux, ajouta-t-il pour faire bonne mesure.

— Je n'ai rien contre les cow-boys en général. Simplement, ils n'ont rien à faire dans ma maison.

— C'est à voir. Il y a sûrement des réparations à effectuer à l'intérieur.

Elle affichait un air têtu, mais il devinait qu'elle était sur ses gardes, et il ne comprenait pas pourquoi. Il ne lui avait jamais donné la moindre raison de se défier de lui.

— Bon, il y a peut-être quelques bricoles à réparer, admit-elle. Mais je peux faire appel à quelqu'un d'autre.

— Pourquoi ? Je suis là.

Elle le contempla, dubitative.

— Tu t'y connais en plomberie ou en électricité ?

— Bien sûr.

— Dans ce cas... Je t'autorise à entrer pour jeter un coup d'œil.

— Indique-moi les planches branlantes.

Il franchit le porche sans encombre et pénétra dans la minuscule entrée.

Cricket lui désigna l'intérieur en souriant.

— Qu'est-ce que tu en penses ? Non, je plaisante. Je disais ça comme ça.

Il pivota sur lui-même, examinant les lieux.

— Cette maison a un certain charme, Cricket.

De fait, cette petite ferme n'était pas en si mauvais état. Bien sûr, elle portait la marque des années, mais elle pouvait être restaurée sans trop de difficultés.

En revanche, il avait beaucoup de mal à comprendre pourquoi une femme comme Cricket – qui avait grandi dans une immense demeure bâtie à la manière des villas toscanes – souhaitait s'installer dans une maison aussi petite et vétuste.

— Je suis de ton avis. Je me plais beaucoup ici. C'est le genre de vie qui m'attire, alors que le vignoble ne m'a jamais intéressée.

— Oui, j'ai remarqué que tu ne participais pas de gaieté de cœur aux réceptions données par tes parents.

Mais il y avait une grande différence entre se désintéresser du vignoble et vouloir exploiter un ranch. Elle ne le savait peut-être pas encore, mais lui, si.

Pendant des années, il avait entretenu le ranch de Cowboy Wines, suant sang et eau pour mettre en valeur l'héritage de son père, Cash. Jusqu'à ce qu'il découvre la vérité à son sujet. Le premier choc passé…

Il avait décidé d'acquérir son propre ranch.

Malgré tout, il continuait de travailler dans le domaine familial car il ne voulait pas couper les ponts avec son père. Sa mère ne l'aurait pas souhaité. Pendant des années, elle s'était efforcée de maintenir l'unité familiale aux dépens de son propre bonheur, et il n'était pas prêt à détruire tout ce qu'elle avait patiemment construit. Mais il n'était pas obligé de reproduire le même schéma que son père.

— C'est vrai, dit-elle. J'ai toujours rêvé d'avoir un ranch.

— Pourquoi ?

Elle hésita, mal à l'aise, avant de répondre :

— C'est difficile à dire. J'ai l'impression que c'est inscrit dans mes gènes. Ce qui est étrange puisque ma famille ne possède pas de ranch. Est-ce que tu ressens la même chose ? Est-ce que tu as le métier d'éleveur dans le sang ?

Il haussa les épaules, un peu dérouté par sa question.

— Je n'en sais rien. Je fais ce métier parce que je ne me vois pas faire autre chose.

Le visage de Cricket s'éclaira.

— Oui. C'est exactement cela. Sauf que ce n'était pas aussi évident pour moi. J'ai mis du temps à comprendre pourquoi je rêvais d'avoir ma propre maison dans la campagne, comme ici. Et d'avoir des chevaux.

— Comment comptes-tu gagner ta vie ? En élevant des chevaux ?

— Eh bien…

— Ou du bétail ?

Il poursuivit sans attendre sa réponse.

— Des vaches de race laitière ou à viande ? As-tu pensé à la question de l'abattage ? Aux soins vétérinaires ? Aux normes sanitaires ? Aux coûts d'installation et d'entretien ?

— Je...

— Si tu décides d'avoir un haras, choisiras-tu des reproducteurs ou opteras-tu pour l'insémination artificielle ?

— Eh bien...

— Te lanceras-tu dans la production maraîchère ? As-tu pensé au cannabidiol ? L'exploitation du chanvre à usage thérapeutique est une culture prometteuse.

— Il se trouve que je n'ai encore rien décidé, s'empressa-t-elle de déclarer. Je ne sais pas exactement quelle activité j'exercerai sur ce domaine. J'aurais sans doute les idées plus claires une fois qu'il sera remis en état.

— Je l'espère pour toi, dit-il, dubitatif.

Manifestement, elle ignorait où elle mettait les pieds. Elle courait tout droit à la catastrophe. Et il en était quitte pour une mission de sauvetage.

Allons, ne sois pas stupide. Tu te laisses attendrir et tu en oublies ton objectif : lui racheter sa propriété.

Le problème avec Cricket, c'est qu'elle était victime d'un excès de confiance en soi dû à sa jeunesse et à son inexpérience. Elle était persuadée de tout savoir mieux que tout le monde.

— Je ne suis pas sûre d'avoir le courage de me lancer dans l'élevage bovin, dit-elle. D'un autre côté, l'élevage de chevaux est une activité très onéreuse.

— Oui. Surtout si tu veux sélectionner les meilleurs. Mais peut-être cette activité correspond-elle mieux à ce que tu recherches.

— Tu as sans doute raison.

Il n'en revenait pas qu'elle tienne compte de ce qu'il lui disait.

— Je vais y réfléchir. Me renseigner. Consulter de la documentation. Finalement, j'ai tout mon temps. Le ranch est payé intégralement. Et j'ai de l'argent de côté.

— Grâce à la succession de ton père ?

— Oui. Et aussi grâce à la vente de ma participation dans le vignoble. Cette activité ne m'intéressait pas, et j'ai préféré me retirer de l'affaire afin de suivre ma propre voie.

— Et tu m'utilises comme esclave.

— L'occasion était trop belle pour la laisser passer. C'est vrai, pourquoi payer quelqu'un quand on peut l'avoir gratuitement ?

— Commençons par la maison, dit-il, quittant le petit salon pour passer dans la cuisine.

Il remarqua les toiles d'araignées dans les coins.

— As-tu nettoyé la pièce ?

— Un peu.

Il ne dit rien et continua son inspection, remarquant la poussière et la peinture écaillée.

Cricket fit la moue, penaude.

— Bon, je l'admets, je ne suis pas habituée à faire du ménage. À la maison, nous avons des employés qui s'en chargent. Je veux bien m'y mettre, seulement... comme c'est nouveau pour moi, je ne pense pas à tout. Et je m'en veux, car je n'ai pas le sentiment d'être une petite fille riche et gâtée. Même si je le suis dans une certaine mesure. Comprends-moi bien, je suis prête à faire du ménage et ce genre de choses, mais je ne sais pas comment m'y prendre. C'est bon signe, non ?

Il était bien embarrassé. Son objectif était de lui dire la vérité sur l'état de son domaine ; lui donner des conseils censés la décourager et l'inciter à lui vendre sa propriété. Mais elle le regardait soudain comme s'il était en mesure de lui dévoiler les mystères de l'univers. Cette confiance qu'elle plaçait en lui le mettait en porte-à-faux, et il n'aimait pas cela.

— Tout ce que je sais, dit-il, c'est qu'il n'est jamais trop tard pour apprendre à se débrouiller par soi-même. Alors, prends un balai et enlève les toiles d'araignées. Entre-temps, je continue à faire l'état des lieux.

Il fit le tour de la pièce, notant les taches d'humidité à côté de l'évier, évocatrices d'un dégât des eaux. Ce n'était pas surprenant. La maison était vieille et n'avait pas été entretenue, à en juger par la vétusté des lieux.

Il fut étonné de voir que Cricket s'empressait de récupérer un balai dans le placard et de chasser les araignées tapies dans les recoins.

— Par chance, je suis capable de m'occuper de ces bestioles.

— J'aurais cru que les araignées étaient tes ennemies naturelles.

— Pourquoi ?

— Ne mangent-elles pas les criquets ?

Elle leva les yeux au ciel.

— Très drôle !

Curieusement, ce prénom gai et amusant ne cadrait pas avec les Maxfield, dépourvus d'humour, selon lui.

— Pourquoi tes parents t'ont-ils prénommée Cricket ?

— Pourquoi tes parents ont-ils prénommé ta sœur Honey ?

— Facile. C'est ma mère qui a choisi ce prénom, et mon père l'a accepté parce qu'il était ravi d'avoir enfin une fille. Il disait qu'elle serait un gage de douceur auprès de ses deux frères turbulents.

— Il a l'air gentil.

C'était le problème. Cash Cooper était gentil. Un bon père de famille. Les choses auraient été plus faciles s'il avait été un parfait salaud. Or, il ne l'était pas. Cela n'empêchait pas Jackson d'avoir des griefs contre lui au sujet de sa conduite envers son épouse. Mais Honey l'adorait. Quant à Creed, il avait été tellement obnubilé par ses propres problèmes qu'il n'avait jamais été très proche de leur mère, contrairement à Jackson, et n'avait donc jamais recueilli ses confidences. Jackson était le seul à savoir.

— Avec l'âge, il devient bourru et lunatique.

— Malgré tout, tu as de la chance. James Maxfield est bien pire.

Le père de Cricket s'était révélé être un prédateur sexuel endurci. Il avait mis une jeune fille enceinte et l'avait abandonnée ; elle était devenue l'ombre d'elle-même à la suite d'une dépression nerveuse. Il avait aussi menacé plusieurs de ses employées qui voulaient dénoncer ses harcèlements sexuels. En somme, un tricheur, un menteur et une ordure de la pire espèce.

Cash avait ses défauts, mais il n'était rien de tout cela.

— Je suis désolé.

Devant son air perdu, il avait sincèrement de la peine pour elle.

Il se souvenait du profond chagrin qu'il avait ressenti à la mort de sa mère. Sa perte avait été affreuse. Tous les membres de la famille avaient fait de leur mieux pour demeurer forts et soudés dans cette épreuve. Mais cela n'avait pas apaisé pour autant sa détresse et ce sentiment de vide en lui. En voyant la mine défaite de Cricket, il en venait à se demander si le comportement de son père l'avait autant surprise que ses sœurs. Pour sa part, il n'avait pas été étonné outre mesure. La haine que son père avait toujours vouée à James Maxfield devait forcément être justifiée. Son père n'était pas du genre à haïr quelqu'un sans raison valable.

— Je vais bien. Pour en revenir à ton père, comment s'est-il intéressé au vin ? Au départ, il était cow-boy. Ce sont deux métiers différents.

Tout en l'écoutant, Jackson regarda sous l'évier et fronça les sourcils quand il aperçut de l'eau. Puis il ouvrit le robinet pour déterminer l'origine de la fuite.

— Il n'aimait pas ton père. Et il voulait prouver qu'il pouvait faire du vin, comme lui, mais de façon plus responsable et de meilleure qualité que le sien.

— Il devait vraiment le détester pour en arriver à cette

extrémité. Cela dit, je comprends et je respecte l'idée de se prouver quelque chose à soi-même. D'aller au bout de son projet. C'est quelque chose qui me plaît.

— Ne serais-tu pas un peu vindicative ?

Elle haussa les épaules avec désinvolture.

— Peut-être. Quand j'étais en sixième, Billy O'Connor s'est moqué de mes dents en avant. Puis, j'ai porté un appareil orthodontique et, deux ans plus tard, je lui ai fait croire que je voulais aller à l'école de danse avec lui et quand il a accepté, tout content, je lui ai dit que je ne voulais plus de lui.

— Tu lui as joué un sale tour.

— Il n'avait qu'à pas se moquer de mes dents. Avais-tu des dents en avant, toi aussi ?

— Non.

— Et Honey ?

— Non plus, pour autant que je m'en souvienne.

— Dans ma famille, je suis la seule à avoir eu ce problème. C'est étrange, non ?

— Chaque membre de la famille est différent.

— Bien sûr. C'est simplement que... Parfois, j'essaie de trouver des points communs entre mes sœurs et moi, et je n'en trouve aucun. Mais bon. Quand je suis ici, dans ma maison, je ne pense plus à ce genre de choses.

— Tant mieux.

Il s'agenouilla pour examiner le tuyau.

— J'ai du ruban adhésif dans mon pick-up. Mais je vais devoir aller en ville pour acheter une pièce manquante afin de réparer cette fuite d'eau.

— Puis-je t'accompagner ?

— Bien sûr, dit-il.

— Oh ! à propos, il faudrait que je te montre le dortoir.

— Tu veux vraiment m'obliger à dormir là-bas ?

S'il avait été mauvais perdant, tous les soirs, il se serait faufilé en douce hors du dortoir et serait rentré chez lui. Mais c'était un homme d'honneur et il respecterait les termes du pari.

— Absolument. Cela fait partie du contrat. Tu es mon ouvrier agricole.

Elle ne se donna pas la peine de lui expliquer pourquoi elle avait tant besoin de lui dans son ranch. On aurait dit que cela l'amusait de le mener par le bout du nez. Cricket était une petite peste aux griffes acérées. Mais, curieusement, il ne lui en tenait pas rigueur.

Elle s'engagea sur un chemin tracé dans les hautes herbes d'une prairie, et il lui emboîta le pas. En apercevant un bâtiment vétuste et très délabré, il protesta :

— Tu n'envisages pas de me faire dormir dans ce taudis !

— Bien sûr que si. Pourquoi ?

— Si l'extérieur tombe en ruines, qu'en sera-t-il de l'intérieur ?

Elle ouvrit la porte d'un geste décidé. Oh ! Seigneur ! Comme il le pressentait, l'intérieur était encore plus détérioré que la façade. Il y avait des couchettes, mais elles paraissaient moisies. L'endroit devait grouiller de vermine.

— Cricket ! protesta-t-il, outré.

Il avait déjà dormi à la dure, mais pas pendant un mois.

— Bon. J'ai une meilleure idée. Je t'autorise à dormir à la maison.

Il lui lança un regard empreint de scepticisme, mais Cricket s'en moquait. Elle aimait discuter avec lui, savoir ce qu'il pensait, ce qu'il connaissait. Pour voir s'ils se ressemblaient.

Et quand il avait parlé de son père, Cash...

Elle avait ressenti un élan de jalousie. Parce que son propre père ne s'était jamais soucié d'elle. Quelle aurait été sa vie si elle avait grandi dans le ranch des Cooper ? Au sein d'une famille aimante où elle se serait sentie à sa place. Cette question tournait en boucle dans sa tête, nourrissant son fantasme favori : James Maxfield ne serait pas son père, ce qui expliquerait pourquoi elle était si différente de ses sœurs.

— À la maison ?

— Oui, il y a une deuxième chambre.

— Entendu.

Ils rebroussèrent chemin.

— Il y a un édredon, dit Cricket en avisant le sac de couchage de Jackson.

— Plein de poussière ?

— Ne sois pas stupide ! J'ai secoué la literie dehors. Je me suis renseignée sur Internet. Voilà au moins une chose que je sais faire.

— Très bien.

— L'endroit est resté occupé jusqu'à récemment. La vieille dame qui habitait ici est décédée. Mon père ne lui faisait pas payer un loyer très élevé, ce qui ne lui ressemble pas. J'ignore pourquoi il possédait ce ranch. Peut-être est-ce un de ses responsables financiers qui l'a acheté pour son compte en guise de placement. Il n'a pas dû s'en souvenir. À moins qu'il ne l'ait jamais su. Il ne prêtait guère attention aux gens.

Elle avait du mal à dire « mon père » pour parler de James Maxfield. Elle soupçonnait qu'il ne l'était pas depuis qu'elle avait découvert, six mois auparavant, que les Cooper et les Maxfield étaient à couteaux tirés parce que sa mère avait jadis été amoureuse de Cash Cooper.

À l'époque, sa mère avait refusé d'épouser Cash parce qu'il était sans le sou. Elle lui avait préféré James Maxfield et s'était engagée dans une union remplie de désillusions. Cricket se doutait depuis longtemps déjà que si ses parents l'avaient conçue tardivement ce n'était pas parce que la flamme de l'amour s'était soudain ranimée entre eux, dix ans après la naissance de leurs deux aînées.

Aujourd'hui, il lui paraissait plus logique de penser que sa mère avait renoué avec Cash, et qu'elle était le fruit de cette relation hors mariage.

Toutefois, elle devait se montrer prudente dans sa recherche de la vérité car l'épouse de Cash était décédée depuis cinq ans seulement, et Creed, Jackson ou Honey accepteraient sans doute très mal que leur père ait eu une liaison extraconjugale.

De son point de vue, cette idylle était très romantique. James Maxfield n'avait rien d'un héros alors que Cash lui paraissait plus sympathique. Malgré tout, elle n'aimait pas l'idée que Cash ait fait souffrir son épouse. Elle s'était montrée gentille envers Cricket les rares fois où elles s'étaient rencontrées, et ses enfants l'aimaient beaucoup.

Elle devait donc faire preuve de tact. Hélas, elle n'était pas diplomate pour deux sous.

Le problème avec ses théories, c'était Jackson, les sentiments qu'il lui inspirait depuis qu'elle était préadolescente et la façon dont ils avaient tendance à évoluer depuis quelque temps...

Finalement, ce serait un soulagement de savoir qu'elle était la fille de Cash. Oui, vraiment. Elle avait toujours détesté ce pouvoir d'attraction que Jackson exerçait sur elle ainsi que les sensations qu'il faisait naître en elle. Comme si son cœur était trop grand pour sa poitrine et son souffle trop puissant pour ses poumons. Elle avait eu conscience de ce lien invisible qui la reliait à lui à l'instant même où elle avait posé les yeux sur lui, et elle avait détesté cette emprise. Surtout à mesure qu'elle grandissait et qu'elle se rendait compte à quel point un mariage pouvait rendre une femme malheureuse. Celui de ses parents était toxique. Elle ne voulait surtout pas vivre le même calvaire que sa mère. Sauf que son cœur avait jeté son dévolu sur Jackson.

Par chance, six mois auparavant, ce lien avait soudain pris un tout autre sens, étrange et grisant à la fois, quand elle avait pris conscience que Jackson était peut-être son demi-frère.

C'était tellement plus logique.

Car elle ne pouvait pas être amoureuse de lui.

On ne tombait pas amoureuse au premier regard, surtout quand on n'était qu'une gamine !

Cricket n'aimait pas l'ambiguïté. Or, pendant des années, l'intensité des émotions que Jackson Cooper avait suscitées en elle l'avait plongée dans les affres de l'incertitude.

Elle était donc heureuse d'avoir une solution en vue.

Elle grimpa les marches du porche et entendit Jackson jurer dans son dos. Elle se retourna juste à temps pour voir que son pied droit était passé à travers la deuxième marche.

— Je n'ai jamais eu de problème avec les marches du porche, dit-elle.

— Évidemment, tu es un poids plume !

— Qu'est-ce que j'y peux ?

Alors qu'elle atteignait la porte d'entrée, elle remarqua qu'il la suivait d'un pas lourd, sans prendre de précaution particulière sur les planches branlantes. Tant pis pour lui. S'il se retrouvait avec un tendon déchiré, il l'aurait bien cherché.

— Je n'arrive pas à croire que tu aies voulu me faire dormir dans ce fichu dortoir sans même avoir vérifié son état.

Elle haussa les épaules avec désinvolture.

— Je pensais que tu étais un dur à cuire et que tu t'y ferais.

— Si tu préfères, je peux y dormir quand même.

— Non. Ici, ce sera plus confortable, dit-elle. C'est la chambre au bout du couloir.

Elle ne voulait pas se le mettre à dos, mais elle ne voulait pas non plus se montrer trop gentille avec lui au risque d'éveiller sa méfiance. Elle devait trouver un juste équilibre afin de créer un climat de confiance entre eux. Pour qu'elle puisse lui parler de sa théorie concernant son vrai père. Peut-être devrait-elle s'inspirer des méthodes de dressage utilisées pour les chiens. Elle n'avait certes aucune expérience des hommes, mais elle connaissait bien les animaux. Elle avait eu plusieurs chiens dans sa vie, notamment son actuel compagnon à quatre pattes, Pete, un vieux chien de berger. Peut-être Jackson serait-il comme Pete.

Si seulement elle avait su cuisiner. Elle aurait pu le nourrir. Les chiens considéraient la nourriture comme une récompense. Les hommes aussi, peut-être. Ne disait-on pas que le chemin pour toucher le cœur d'un homme passait par son estomac ? Même si elle ne souhaitait pas conquérir le cœur de Jackson.

Elle voulait simplement qu'il ressente quelque chose pour elle. Qu'il lui témoigne un peu d'empathie afin qu'elle puisse lui exposer sa théorie. Sinon, il penserait qu'elle était folle à lier ou qu'elle essayait de nuire aux Cooper. Or, ce n'était pas du tout le cas. Elle n'avait aucune intention malveillante à leur égard.

Elle ouvrit la porte de la petite chambre. Le lit minuscule casé dans un coin était doté de barreaux en laiton encadrant un matelas si mince qu'on l'aurait cru rembourré avec des feuilles de maïs. Un édredon élimé complétait la literie.

— Il est simple, mais il devrait te suffire, dit-elle.

Il posa son sac de couchage.

— Je m'en accommoderai.

Jackson semblait trop grand et trop large pour ce lit à une place. Ses pieds toucheraient les barreaux. Et les rideaux en dentelle ornant la fenêtre derrière lui paraissaient ridicules.

La lumière du soleil qui pénétrait à flots dans la pièce éclairait son visage, soulignant l'ombre de barbe sur sa mâchoire, ses cheveux bruns et ses yeux d'un bleu éclatant, de la même couleur que les lupins sur le tissu de l'édredon. Cricket, elle, avait des yeux marron tacheté de vert et des cheveux d'un blond plus foncé que celui de ses sœurs. Elle était grande pour une femme, environ trois centimètres au-dessus de la moyenne, mais Jackson était immense et tellement... imposant, avec ses grandes mains, ses épaules musclées et son torse puissant. Il avait le physique d'un homme exerçant un métier manuel pénible. Elle ressentit un trouble étrange, une sorte de dilatation dans la poitrine.

Puis il se détourna et regarda par la fenêtre, plissant les yeux pour se protéger du soleil, et une sensation de chaleur se répandit dans son ventre. Il était tellement beau !

Elle se sentit soudain prise de panique. Le sentiment qu'il faisait naître en elle ne pouvait pas être autre chose que... de l'orgueil. Oui, voilà. Elle était fière de lui.

Elle en avait pris conscience alors qu'elle avait douze ans. Les filles de sa classe s'étaient toutes entichées de Ryan Anderson, avec sa chevelure blonde indisciplinée, alors qu'elle n'avait d'yeux que pour Jackson Cooper. Elle en avait eu un peu honte et n'avait osé en parler à personne. Elle était une préadolescente et lui, un homme. Il ne pouvait donc rien y avoir entre eux...

Elle n'avait jamais été suffisamment sotte ou courageuse pour tenir un journal intime et écrire sur lui. Mais elle avait pensé à lui toutes les nuits, s'inventant des histoires dans lesquelles ils vivaient heureux ensemble dans un ranch, au rythme de longues promenades équestres.

Il y avait un souffle de liberté et de transgression dans ses fantasmes et dans l'idée que sa place légitime était aux côtés de cet homme inaccessible, dont la famille était haïe par son père.

Elle n'avait jamais révélé à quel point elle avait été ulcérée que ce soit Wren qui crée la surprise en épousant Creed Cooper. Après tout, c'était Cricket qui avait éprouvé des désirs interdits pour un Cooper pendant des années.

Wren avait fait en sorte qu'une relation entre un Cooper et une Maxfield devienne un événement banal, ne tirant pas à conséquence. Même si ces conséquences existaient bel et bien, Cricket en avait conscience.

Aujourd'hui, c'était donc de la fierté qu'elle ressentait pour lui. Et rien d'autre.

Non, vraiment. Absolument rien d'autre.

Allons, ressaisis-toi, Cricket !

— Bon.

— As-tu toujours l'intention de m'accompagner à la quincaillerie ? demanda-t-il.

— Je pensais plutôt préparer le dîner en t'attendant.

— Tu sais cuisiner ?

— Bien sûr, rétorqua-t-elle avec aplomb.

Ces derniers temps, elle se rendait en ville pour dîner d'un burger ou d'une pizza. Mais il n'avait pas besoin de le savoir.

— Entendu. Alors, à tout à l'heure.

— À tout à l'heure, acquiesça-t-elle d'un ton résolu.

Il s'en alla, et soudain elle respira plus facilement, comme si un étau se desserrait dans sa poitrine.

Elle se précipita dans la cuisine et ouvrit la porte du réfrigérateur. Wren lui avait acheté des produits d'épicerie qu'elle avait royalement ignorés. Mais maintenant, en contemplant les légumes verts et les steaks emballés sous vide, elle se dit qu'ils pourraient lui être utiles. Elle s'empara du téléphone pour appeler sa sœur.

— Comment t'y prends-tu pour cuisiner ?

— Vaste question, répondit Wren.

— Tu m'as donné toute cette nourriture dont je ne sais pas quoi faire. Or, je viens de dire à Jackson que je préparerai à dîner.

— Tu vas cuisiner pour Jackson ? Franchement, Cricket, tu es sûre que tu n'as pas le béguin pour lui ?

Si sa sœur lui avait posé la question six mois plus tôt, elle aurait été horrifiée.

Aujourd'hui, elle la mettait sur des charbons ardents.

— Sûre et certaine ! dit-elle farouchement, ignorant le nœud dans son estomac. Ta supposition est… ridicule.

— Soit, n'en parlons plus. Qu'as-tu l'intention de préparer ? Je te guiderai pas à pas.

— Des steaks.

— Excellente idée. Quels légumes te reste-t-il ?

— Voyons voir... Des haricots verts.

— Dans ce cas, tu vas faire tout simplement des steaks grillés à la poêle accompagnés de haricots verts. As-tu des pommes de terre ? Il me semble t'en avoir acheté.

— Steaks, pommes de terre et haricots verts. Parfait.

Finalement, guidée par Wren, elle réussit sans trop de peine à cuisiner un plat qui sentait délicieusement bon.

— Merci, dit-elle à sa sœur.

— Dis-moi, Cricket, tout va bien ? Parce que j'ai l'impression que nous ne nous sommes jamais parlé aussi longtemps.

— Oui, je vais bien. Quant à savoir pourquoi nous nous sommes peu parlé, c'est difficile à dire. Sauf que j'ai passé toute mon enfance et mon adolescence à me cacher, à me rendre aussi invisible que possible. Je détestais cette maison et je la déteste encore. Je ne m'y suis jamais sentie à ma place tellement j'étais différente de vous tous. Je ne dis pas cela méchamment, mais les révélations abjectes sur James ne m'ont pas vraiment surprise.

Elle ne parvenait toujours pas à l'appeler « papa ».

— Il n'a jamais fait preuve de cruauté envers moi, mais il m'ignorait totalement, comme s'il rejetait tout ce que j'étais. J'avais l'impression d'être transparente aux yeux de vous tous, mais je ne t'en veux pas, ni à Emerson. J'étais une gamine alors que vous étiez des adolescentes avec d'autres aspirations. Puis vous êtes allées à l'université, et pas moi.

— Tu aurais pu y aller.

— Peut-être, admit Cricket. Mais je ne savais pas ce que je voulais faire. C'était le problème. J'ai toujours eu l'impression d'être une étrangère parmi vous. J'ai longtemps cherché où était ma place, et je pense l'avoir trouvée.

Peut-être avait-elle aussi trouvé une famille.

— Maintenant que je me sens mieux dans ma peau, j'éprouve davantage le besoin de vous parler.

Parce que, si Cash Cooper s'avérait être son vrai père, sa mère resterait toujours sa mère, et Wren et Emerson ses demi-sœurs. Et elle pourrait enfin renier cette partie d'elle-même qu'elle n'avait jamais acceptée. Oui, tout cela était d'une logique imparable.

— Je te comprends. Je me suis toujours sentie coincée dans une vie qui ne me satisfaisait pas pleinement. Je l'ai acceptée, et je continue à m'occuper du vignoble. Je ne me plains pas, ce travail me plaît. Mais j'ai décidé de reprendre des études pour devenir ingénieur architecte parce que c'est un métier qui m'a toujours attirée. Papa n'aurait jamais accepté que je suive cette voie car elle ne lui aurait été d'aucune utilité. Il ne voyait que son intérêt.

— Oh ! oui. Être dans sa ligne de mire n'était pas forcément mieux qu'être ignorée, déclara Cricket.

— Exactement. Nous vivions dans une belle maison et ne manquions de rien sur le plan matériel, mais nous n'étions pas plus heureuses et épanouies que d'autres personnes moins bien loties.

— Je pense que je vais être plus heureuse maintenant.

— Je le suis, dit Wren. À la réflexion, je pense qu'Emerson et moi n'étions pas si différentes de toi. Nous menons désormais nos propres vies. Même si nous conservons nos participations dans le vignoble, nous avons d'autres centres d'intérêt, d'autres aspirations. Le vignoble ne t'a jamais attirée, et je suis contente que tu aies trouvé une activité qui te plaise.

Cricket approuva, puis, après avoir remercié sa sœur, elle raccrocha. Juste à temps pour le retour de Jackson, chargé d'un grand sac de fournitures. Il avait gardé son chapeau de cow-boy et sa veste en cuir. Oh ! oui, il était magnifique. Mais si elle l'admirait, c'était parce qu'il symbolisait la vie qu'elle désirait et qu'elle espérait trouver.

Parce qu'il représentait quelque chose qui était en adéquation avec ses aspirations. Il ne pouvait pas y avoir d'autres raisons. Elle devait s'en persuader. Malgré les battements effrénés de son cœur et les papillons dans son ventre.

Elle n'avait pas le choix.

— Hum, ça sent bon, dit-il.

Un sentiment de fierté s'empara d'elle.

— Vraiment ?

Elle s'éclaircit la gorge avant d'ajouter précipitamment :

— Je veux dire bien sûr. Il est impossible de rater un steak.

Pourtant, elle avait le sentiment que c'était tout à fait possible et que, si elle n'avait pas été guidée pas à pas par Wren, elle se serait discréditée aux yeux de Jackson.

— Je ne m'attendais pas à être payé de mes efforts par un bon repas.

— J'espère qu'il te conviendra. Commençons par manger. Tu t'occuperas de la plomberie plus tard.

Elle garnit les assiettes, puis prit place en face de lui. Il régnait une atmosphère incroyablement... intime dans cette cuisine minuscule. À l'opposé de l'atmosphère impersonnelle qui caractérisait la grande demeure des Maxfield. Une table de banquet était dressée chaque soir dans l'immense salle à manger, présidée par son père, à bonne distance du reste de la famille. En revanche, cette petite table carrée avec sa peinture rouge écaillée était très conviviale. Et Jackson se trouvait suffisamment près d'elle pour qu'elle puisse humer sa senteur de savon et de cuir. Une fragrance à la fois simple et rustique, qui correspondait tout à fait à l'idée qu'elle se faisait de la vie dans un ranch.

À une époque, elle avait imaginé ce genre de scène intime : assise à une table avec Jackson, lui demandant comment s'était passée sa journée et lui racontant la sienne.

Ses fantasmes au sujet de Jackson avaient évolué au fil des ans, mais ils aboutissaient toujours à la même conclusion : la seule place possible pour elle était à ses côtés.

Avant d'apprendre que sa mère avait eu une relation amoureuse avec Cash Cooper, cette conclusion l'avait terrifiée parce qu'en grandissant elle avait compris quelle était la nature de ses sentiments pour Jackson. Cette prise de conscience l'avait tellement désespérée qu'elle se serait volontiers fait exorciser. Parce qu'elle ne voulait pas se marier et être malheureuse comme sa mère.

Puis elle avait été immensément soulagée de pouvoir donner une autre signification à ses sentiments.

— Comment se passaient tes repas quand tu étais enfant ? demanda-t-elle.

Elle brûlait d'envie de mieux le connaître, ainsi que sa famille. De savoir quelle avait été sa vie, et ce que la sienne aurait été si elle avait été la fille de Cash.

— Un peu comme maintenant. Au début, nous avions une maison semblable à celle-ci. Puis, mes parents l'ont agrandie au fil des années grâce aux revenus du vignoble.

— Et cela a changé vos vies ?

— Oui. Je suis sans doute le seul qui se souvienne vraiment du changement que l'aisance financière a apporté dans nos existences. Creed doit s'en souvenir un peu, mais pas Honey.

Les choses n'auraient donc pas été différentes pour elle puisqu'elle avait sensiblement le même âge que Honey, songeait Cricket. Elle n'aurait pas connu la simplicité des repas familiaux autour d'une petite table. Bien sûr, elle savait qu'appartenir à une famille riche était un privilège et qu'il était facile d'idéaliser les choses que l'on n'avait pas. Elle n'était pas naïve à ce point.

Étant souvent seule, elle avait eu beaucoup de temps pour réfléchir. Elle s'intéressait à la façon dont les autres vivaient, notamment grâce aux sitcoms. Certes, les familles qui y étaient représentées connaissaient toutes sortes de difficultés dans leurs vies quotidiennes qui lui étaient étrangères, mais elle avait conscience qu'une partie des bonnes choses qu'elles montraient étaient réelles.

— Vous avez donc acheté une table plus grande, dit-elle.

— Je ne vois pas ce que la taille de la table vient faire là, remarqua-t-il, perplexe.

— Eh bien, dans les sitcoms, tout le monde s'assoit gaiement autour d'une petite table. Comme celle-ci. Il y a toujours une cocotte au contenu appétissant qui trône au milieu. Et chacun pioche dedans tout en discutant. Mais, dans la réalité, je ne connais personne qui ait vécu ce genre d'expérience.

— Moi non plus.

— À la maison, nous mangions autour d'une immense table de banquet, comme si nous attendions cinquante convives alors que nous n'étions que cinq. Mon père s'asseyait toujours à une extrémité, maintenant une distance tant physique que morale entre lui et nous. Chacun demeurait plongé dans ses pensées sans se préoccuper des autres. Nous avions un chef et, en début de semaine, nous lui commandions le menu que nous voulions. Nous avions beau être ensemble dans la même pièce, nous étions plus séparés que jamais. Et je me disais que, si nous avions une petite table, nous nous rapprocherions les uns des autres, nous parlerions entre nous, et nos problèmes seraient résolus.

— Nous avions effectivement une plus grande table, mais nous prenions place autour, tous ensemble.

— Oh ! dit-elle, soudain nostalgique. Vous vous aimiez vraiment, n'est-ce pas ?

— Tu aimes tes sœurs, dit-il, éludant sa question.

— Bien sûr.

Elle leva les yeux vers lui, cherchant à capter son regard.

— Mes sœurs sont les personnes les plus importantes dans ma vie.

Il lui sourit, et une étrange langueur s'empara d'elle. Elle s'en voulut aussitôt d'éprouver une sensation aussi inappropriée.

— Si je te raconte tout cela, c'est parce que je suis curieuse de savoir comment les autres personnes ont grandi.

— Allais-tu chez des copines quand tu étais enfant ?

— Non. Mes sœurs étaient inscrites dans une école privée. Elles étaient rarement à la maison. Mes parents m'ont envoyée dans un pensionnat pendant quelque temps, et j'ai détesté cette vie. Je rêvais d'avoir une vraie famille, d'être choyée, au lieu de me retrouver dans une école avec des inconnus, dormir dans un dortoir, prendre mes repas dans un réfectoire impersonnel et me promener toute seule dans le parc. Finalement, mes parents m'ont retirée de ce pensionnat et inscrite dans une école à Gold Valley. Mais ils ne voulaient pas que je fréquente les enfants des familles locales. J'avais des amies, mais je les voyais uniquement à l'école. Elles ne pouvaient pas venir à la maison, et je n'étais pas autorisée à aller chez elles. Le comble, c'est que mon père se désintéressait tellement de moi qu'il n'aurait jamais su quelles activités je pratiquais ou quelles personnes je voyais si je ne lui avais pas demandé la permission ! J'ai beau appartenir à une famille privilégiée, je n'ai pas eu une enfance très gaie.

Bon. Elle forçait un petit peu le trait, mais c'était pour la bonne cause. Elle espérait ainsi mettre Jackson en confiance et l'encourager à parler de lui et de sa famille.

— Maintenant, ajouta-t-elle, j'essaie de rattraper le temps perdu. De faire ce dont j'ai envie. D'avoir des choses que je n'ai jamais eues.

— Comme une petite table de cuisine.

— Oui. Et tu es la première personne à y prendre place avec moi.

Il s'éclaircit la gorge, visiblement mal à l'aise. Et elle mit quelques secondes avant de comprendre que ses paroles pouvaient prêter à confusion.

— Oh ! je ne voulais pas...

Il dut se rendre compte de son affolement, car il reprit contenance et soutint son regard.

— Pas de panique.

— D'accord.

Elle se sentit aussitôt apaisée, sans trop savoir pourquoi.

Il avait une autorité naturelle qui inspirait le respect à son entourage. Alors que James Maxfield ne cessait de tempêter et de lancer des ordres à tout-va, Jackson n'avait qu'à entrer dans une pièce pour capter l'attention de tous. À plusieurs reprises, elle l'avait vu apporter son concours à la préparation de manifestations locales. Il était, selon Cricket, un exemple à suivre. Un homme admirable.

Et elle l'admirait beaucoup.

Elle était fière de lui.

— Je vais t'aider à faire la vaisselle, dit-il.

— Tu n'y es pas obligé.

— Tu as dit toi-même que tu ne connaissais rien à l'entretien d'une maison. Et tu n'as pas de lave-vaisselle.

S'emparant de l'assiette vide de Cricket, il se dirigea vers l'évier et fit couler l'eau. Elle demeura assise là, comme hypnotisée, à contempler son large dos et ses gestes compétents. Comme s'il accomplissait un exploit herculéen alors qu'il nettoyait simplement quelques assiettes et une poêle.

Dans un sursaut de bon sens, elle se releva d'un bond et jeta un regard alentour. Il n'y avait plus grand-chose à faire maintenant que les toiles d'araignées avaient disparu. Histoire de s'occuper, elle saisit à nouveau le balai et entreprit de balayer le sol, même s'il n'y avait plus de poussière.

C'était toujours mieux que de rester plantée à côté de l'évier, les bras ballants.

— Cricket, dit-il. Tu ferais mieux d'essuyer la vaisselle.

Bon. Apparemment, elle allait devoir se tenir à côté de lui.

Elle s'avança vers l'évier, et il lui tendit un torchon. Au moment où elle l'attrapait, ses doigts frôlèrent les siens. Elle frissonna au contact de ses mains rugueuses.

Elle ne l'avait jamais touché auparavant.

Mais elle en avait rêvé.

Ses mains exerçaient un pouvoir de fascination sur elle. Elle ne pensait pas qu'elles seraient aussi rêches.

L'étrange sensation persistait en elle, et elle fit de son mieux pour l'ignorer. Hélas, elle ressentait aussi la chaleur irradiant de son grand corps alors qu'elle se tenait à quelques centimètres de lui et essuyait les plats qu'il posait à côté de l'évier.

Elle leva les yeux vers lui, et il tourna la tête dans sa direction. Elle reporta aussitôt son attention sur le plat qu'elle tenait à la main. Elle se comportait de façon bizarre. Et il devait s'en rendre compte, se demander ce qui lui prenait.

Elle-même était désorientée, car sa réaction n'était pas celle qu'une femme aurait dû avoir vis-à-vis de son demi-frère.

Une vague de désespoir la submergea.

Elle était censée parler à Jackson. Tirer cette histoire de parenté au clair.

Non. Il était encore trop tôt pour lui faire part de ses soupçons. Elle risquait de tout gâcher.

Aussi se contenta-t-elle de ranger la vaisselle propre dans le placard.

— Bon. Je vais me coucher, dit-il, pivotant vers elle et agrippant le rebord du comptoir.

Les muscles de ses avant-bras se bandèrent, et elle entreprit d'examiner attentivement la peinture rouge de la table et tous les endroits où elle s'écaillait et gondolait.

— Il est encore tôt, dit-elle.

— Non, pas vraiment. Bonsoir.

Puis il passa à côté d'elle et la laissa seule dans la cuisine.

La pièce parut soudain plus grande sans lui. Elle se retrouva à nouveau désemparée, avec une foule de questions qu'elle peinait à formuler. Et, même si elle l'avait pu, elle n'était pas certaine d'avoir envie de connaître les réponses.

3

C’était le moment préféré de Jackson. Quand le soleil n’était pas encore levé et qu’il préparait le café, le plus corsé possible. Quand tout était silencieux et immobile dehors. Quand la journée à venir était riche de promesses.

Il fut un temps où il partageait ce moment avec sa mère, à la table de la cuisine. Même s’il était éleveur, son père peinait à s’arracher du lit le matin. Il franchissait toujours le seuil de la maison, les yeux embrumés de sommeil, une tasse de café à la main, quand les premiers rayons du soleil commençaient à filtrer au-dessus des montagnes.

Pas Jackson. Ni sa mère. Aussi loin que remontaient ses souvenirs, il se réveillait à 4 heures du matin. Pour prendre une longueur d’avance sur sa journée. Pour préparer son emploi du temps en toute tranquillité, sans être dérangé par les uns et les autres. Qu’ils continuent donc à dormir !

Ces moments étaient devenus encore plus précieux quand sa mère était tombée malade.

À cette époque, il vivait dans sa propre maison, mais il travaillait encore dans le ranch familial. Une fois levé, il se rendait chez ses parents, s’asseyait auprès de sa mère et buvait son café avec elle.

Par la suite, il s’était peu à peu consacré à son propre ranch, estimant que son père avait suffisamment de main-d’œuvre pour entretenir la propriété familiale sans son aide. De toute façon, une fois sa mère partie, il n'avait plus vraiment eu de raison de revenir dans la maison de son enfance, plus personne n'étant là pour boire le café avec lui.

Il longea le couloir, s'efforçant d'éviter les planches grinçantes, et se rendit dans la cuisine pour mettre la cafetière en route. Ce n'était pas le genre d'appareil programmable auquel il était habitué. Mais, tel MacGyver, il était capable de préparer du café avec une simple boîte en fer-blanc, une étamine et un feu de camp. Cette cafetière rudimentaire ferait donc l'affaire.

Par chance, Cricket avait du café. Il se sentit revigoré quand l'eau commença à chauffer et que l'arôme du café fraîchement moulu embauma la pièce.

Oh ! oui, il aimait beaucoup les petits matins.

Il doutait que ce soit le cas de Cricket car elle n'était pas levée. Mais la solitude lui convenait très bien.

Malgré une première journée passée avec Cricket, il ne savait toujours pas ce qu'elle avait en tête.

Pour une femme pressée d'exploiter un ranch, elle ne semblait pas avoir la moindre idée du travail que cela représentait. Et puis, il y avait eu la façon dont elle s'était comportée la veille au soir.

Comme si tu ne savais pas de quoi il retournait !

Bon sang, il ferait mieux de ne pas trop y penser. Il avait été tellement sûr qu'une fois qu'elle se serait débarrassée de cette fameuse robe rouge affriolante, une fois qu'elle serait redevenue la Cricket qu'il connaissait depuis qu'elle était une gamine gauche avec les dents en avant – car oui, il s'en souvenait –, le désir charnel puissant qu'elle avait fait naître en lui lors du tournoi de poker disparaîtrait une bonne fois pour toutes.

Sauf qu'il savait désormais à quel point Cricket pouvait être sexy. Et il n'aimait pas du tout cela.

Il n'était pas du genre à s'engager sur du long terme avec une femme. Il concluait des arrangements satisfaisants avec des femmes de son âge, adeptes elles aussi de relations éphémères. Des divorcées, des mères célibataires, des femmes visitant la région avec des amies ou participant à un enterrement de vie de jeune fille. Des citadines à la recherche d'une aventure avec un cow-boy. Oui, il était partant pour ce genre de liaisons sans lendemain.

Mais pas avec une jeune femme à la mine grave, appartenant à une famille enracinée dans cette vallée, qui avait déjà été blessée par le comportement de son père et qui cherchait visiblement à donner un sens à sa vie. Sans compter qu'il avait une bonne dizaine d'années de plus qu'elle.

Qu'est-ce tout cela révélait de lui ?

Simplement, qu'il était un homme sans complication, bien dans sa peau, appréciant le sexe et les relations éphémères. À ce propos, cela faisait un moment qu'il en était privé.

Il avait dû passer beaucoup plus de temps dans la propriété familiale. Le moral de son père s'était nettement détérioré depuis la mort de son épouse, cinq ans auparavant. Il s'était replié sur lui-même et n'avait plus goût à rien, se déchargeant de la gestion du domaine viticole et du ranch sur ses enfants, notamment sur Honey, au grand dam de Jackson.

Le comportement de son père l'agaçait d'autant plus qu'il ne comprenait pas pourquoi il se laissait aller ainsi. Il ne savait pas comment aborder la question avec lui, car il ne s'était jamais vraiment remis de la mort de sa mère, et il éprouvait toujours de la colère envers son père après les confidences qu'elle lui avait faites.

Elle avait été la personne la plus importante dans sa vie. Une femme courageuse, qui avait tout sacrifié pour Jackson. Tout. Il n'avait pris la mesure de ce sacrifice que quelques années auparavant. Et il n'avait jamais eu l'occasion de la remercier comme elle le méritait. Il en avait eu l'intention, mais le temps lui avait fait défaut.

Le chagrin et les regrets n'étaient jamais loin. Mais ici, dans le silence de l'aube, il se souvenait de sa mère avec une étonnante précision. Et il se sentait un peu plus proche d'elle.

Il but sa première gorgée de café et esquissa un sourire de gratitude. Dehors tout était calme. Il y avait encore des étoiles dans le ciel. Puis, quand la caféine commença à faire son effet, il décida qu'il était temps de passer à l'action. Il longea le couloir sans chercher à amortir le bruit de ses pas et ouvrit à la volée la porte de la chambre de Cricket.

— Debout, princesse ! Il y a du travail qui t'attend.

Un grognement lui répondit.

— Allons, plus vite que ça !

La silhouette indignée remua dans le lit, puis s'assit. Il faisait sombre, mais il pouvait voir qu'elle portait un T-shirt blanc en guise de pyjama. Et il se demanda si elle était nue sous ce T-shirt. Soudain gêné, il s'efforça de chasser cette pensée incongrue.

— Va-t'en !

— Il est temps de se mettre au travail.

— Tu plaisantes ?

Elle tourna la tête vers la fenêtre.

— Il est minuit !

— 4 h 30.

— C'est du pareil au même.

— Pas pour moi. Ni pour toi si tu veux devenir éleveuse. Je croyais que tu avais ce métier dans le sang.

Il ne pouvait pas voir son visage à cause de l'obscurité. Et elle avait de la chance. Parce que, s'il avait été de méchante humeur, il aurait allumé la lumière. Mais, s'il aimait la taquiner, il ne voulait pas la mettre mal à l'aise.

— À cette heure-ci, c'est le besoin de sommeil que j'ai dans le sang.

— Dommage. Si tu as des animaux, tu devras te lever de bonne heure pour t'occuper d'eux.

— Je...

— Désolé, mais c'est la règle de base du métier.

— C'est indécent !

— Au risque de te scandaliser un peu plus, j'adore me lever tôt le matin.

— Va-t'en ! Je me méfie comme de la peste des gens matinaux.

— J'ai fait du café.

Elle émit un autre grognement.

— Je retourne dans la cuisine et je te verse une tasse de café. Ne m'oblige pas à revenir et à te secouer pour te réveiller.

Pivotant sur ses talons, il rebroussa chemin. Il n'avait pas besoin de la voir sortir du lit. Ni de savoir si elle portait ou non quelque chose sous son T-shirt.

Il n'appréciait pas du tout cette attirance soudaine et déplacée envers Cricket. Certes, ils étaient adultes, même s'il était un peu plus âgé qu'elle. Mais il n'avait rien à lui offrir. Elle cherchait encore sa voie et voulait réussir par ses propres moyens. La dernière chose qu'il souhaitait, c'était aggraver son mal-être.

À quoi bon s'appesantir sur ce sujet ? Il était adulte et responsable. Et trouver une femme jolie ne signifiait pas entreprendre de la séduire.

Il le ferait d'autant moins qu'il était ici pour la dissuader de garder son ranch.

Il sortit une tasse ébréchée du placard et la remplit de café. À cet instant, Cricket apparut, arborant, lui semblait-il, le même T-shirt, un jean et des bottes, ses cheveux blonds ramassés au sommet de sa tête en un chignon improvisé.

— Bonjour, marmonna-t-elle.

— Tu m'as dit que tu voulais devenir cow-girl.

Il lui tendit sa tasse.

— Je ne pensais pas qu'être ma propre patronne m'obligerait à me lever à une heure déterminée. En l'occurrence, je suis ta patronne !

— Je sais. Mais la terre n'attend personne, Cricket. C'est la leçon numéro un pour devenir une éleveuse authentique.

— Je n'aime pas du tout cette idée.

— Alors, qu'est-ce qui te pousse à devenir éleveuse ?

— Je ne sais pas, dit-elle.

— Ce n'est pas une réponse.

— C'est difficile à expliquer. La plupart du temps, je me sens en inadéquation avec mon entourage, mon milieu social, tout ce qui touche au vignoble... En revanche, je me sens à l'aise dans les activités de plein air. J'étais meilleure cavalière que mes sœurs. Elles détestaient se salir, elles avaient peur des insectes, et je me moquais d'elles. Peut-être est-ce de l'orgueil de ma part d'aimer les activités dans lesquelles j'étais meilleure que mes sœurs, alors qu'elles me surpassaient dans les domaines de la scolarité et de la beauté.

— Tu te trouves moins belle qu'elles ?

— C'est évident ! Wren et Emerson ont une élégance naturelle. Elles sont parfaites à tous points de vue.

— Elles sont parfaites dans leur genre de beauté. Ainsi, chacun de nous a tendance à préférer telle ou telle fleur. Il n'empêche qu'elles sont toutes belles.

— Non. Pas toutes.

— Tu gâches ma métaphore.

— Il est trop tôt pour les métaphores.

— Il n'est jamais trop tôt. Bois ton café.

Il n'aurait su dire pourquoi il éprouvait le besoin d'être gentil avec elle. Peut-être parce qu'elle paraissait... complètement perdue. Il comprenait ce sentiment. D'une certaine façon, la perte de lien avec son père – même s'il avait été ténu, selon ses dires – ressemblait à une mort.

Et il savait ce que c'était de perdre un parent. La mort de sa mère avait été une épreuve douloureuse à laquelle il n'avait pas été préparé. Mais personne ne l'était vraiment. Il avait été complètement dépassé par l'intensité de son chagrin. Par toutes ces choses qu'il n'avait pas eu le temps de lui dire ou de faire pour elle. Par tous ces regrets qu'il avait éprouvés à son égard.

Elle s'était sentie enfermée dans un mariage sans amour, même si elle adorait ses enfants et la famille qu'ils formaient. Et il se sentait parfois responsable de sa souffrance.

Son père était anéanti par le chagrin comme si elle avait été l'amour de sa vie. Mais, selon Jackson, il savait qu'ils n'avaient jamais été amoureux l'un de l'autre et qu'ils s'étaient piégés eux-mêmes. Et cela le minait. Pourtant, dans ses souvenirs d'enfance, ils avaient été tellement heureux tous ensemble...

Quoi qu'il en soit, il y avait quelque chose chez Cricket qu'il reconnaissait. Peu importait qu'elle soit très différente de lui. Il savait ce qu'elle ressentait. Il avait beau détester se retrouver dans la position d'un ouvrier agricole, l'honneur l'empêchait de se dédire. Il ferait de son mieux pour l'aider durant les trente jours du pari.

Elle s'assit, les coudes sur la table, la tête enfoncée dans les épaules, et but son café un peu trop lentement à son goût. Quand on aimait prendre son temps le matin, il fallait se lever un peu plus tôt. Certes, ils n'avaient pas de travaux spécifiques à faire, mais c'était une autre leçon qu'elle devait assimiler. Si elle voulait vraiment exploiter un ranch, elle devait prendre de bonnes habitudes dès le départ.

Toutefois, il ne pensait pas qu'elle irait au bout de son projet. En fait, il avait le sentiment qu'il arriverait à ses fins plus tôt qu'il ne le pensait.

— Il est temps d'y aller, petite Cricket, dit-il dès qu'elle eut avalé la dernière goutte de son café.

— Je ne suis pas petite.

— Tu l'es pour moi.

— Évidemment, tout le monde est grand dans ta famille, maugréa-t-elle.

— Honey est petite.

— Mais toi et Creed êtes très grands.

— En effet.

Elle semblait soudain revigorée, et c'était une bonne chose. Il ouvrit la porte d'entrée et s'effaça pour la laisser passer.

— Qu'allons-nous faire, aujourd'hui ? demanda-t-elle.

— Nous pourrions commencer par jeter un coup d'œil à tes pâturages et à tes clôtures. Puis, nous irons voir dans quel état est la grange.

— Excellente idée.

— C'est pour cette raison que tu m'as engagé. Ou plutôt, gagné au poker.

— Oui, je suppose que c'est toi l'expert.

— Redis-le-moi !

— C'est toi l'expert, maugréa-t-elle, furieuse.

— Tâche de t'en souvenir.

Il ouvrit la portière de son pick-up.

— Que fais-tu ?

— Il est préférable d'y aller en voiture.

Elle prit place sur le siège passager en bougonnant. Ils empruntèrent une route d'accès menant à l'extrémité de sa propriété. Ils entameraient là leur inspection et la poursuivraient en rebroussant chemin. Le ciel commençait à s'éclairer et prenait une teinte gris bleu. On aurait dit que de l'encre s'écoulait le long des flancs de la montagne et se répandait dans les prés. Cricket avait une propriété magnifique. Si elle n'en voulait pas, il serait ravi de l'acquérir.

— Tu conviendras que nous n'avions aucune raison de nous lever si tôt puisque je n'ai pas d'animaux, dit-elle.

— C'est pour t'apprendre le métier. Et aussi pour t'inculquer une petite dose de réalité.

— Parce que tu penses que j'en ai besoin ?

— Oui. Avant de te lancer dans l'élevage de chevaux, tu dois savoir dans quoi tu t'engages.

— Ton attitude envers moi est tyrannique.

— Tu m'as choisi pour être ton consultant.

— Mon ouvrier agricole, rectifia-t-elle.

— Et qui commande, de nous deux ?

Elle grommela mais, à cet instant, il stoppa son pick-up et mit pied à terre, consterné.

— Oh ! Seigneur ! s'exclama-t-il en s'avançant vers une clôture.

Maintenant que le soleil était levé, ils y voyaient suffisamment pour faire l'état des lieux.

— Cette clôture bat de l'aile. La restaurer demandera beaucoup de travail.

— J'engagerai du personnel.

— Auparavant, tu devras établir un budget.

— Cesse de me parler comme à une enfant ! J'ai beau venir d'un milieu privilégié et n'avoir jamais eu à me débrouiller par mes propres moyens, je sais qu'il faut beaucoup d'argent pour exploiter un ranch. Mais, comme je te l'ai dit, j'ai cédé ma participation dans le vignoble. J'ai donc de quoi voir venir.

— Tant mieux. Car l'entretien d'un ranch coûte cher.

— Je suis sûre que tu as une idée de la valeur d'un domaine viticole comme Maxfield Vineyards.

— Oui.

Cricket était sans doute une femme très riche, même si sa participation ne représentait qu'un quart de la valeur du domaine.

— Il n'empêche que tu as besoin d'avoir une formation pratique. Tu pourrais être confrontée à une urgence et ne pas obtenir d'aide à temps. Que feras-tu si une partie de ta clôture cède et que tes chevaux s'échappent ? Tu dois être capable de résoudre toi-même quelques-uns de tes problèmes. Quant à cette clôture, elle est sûrement en mauvais état sur toute sa longueur. Et, oui, il nous faudra de la main-d'œuvre pour la réparer. Mais nous pouvons commencer dès maintenant puisque j'ai eu la bonne idée d'apporter des outils.

— Je ne suis pas sûre d'apprécier ce genre d'initiative.

— Que tu le veuilles ou non, mon chou, ce travail fait partie des attributions d'un éleveur.

Il lui tendit un marteau et une pince coupante.

— Voici l'occasion de réaliser ton rêve.

En fin de matinée, Cricket était fourbue et courbaturée. Par chance, Jackson avait aussi apporté des bières et des sandwichs, et elle s'installa sur le hayon de son pick-up pour manger pendant qu'il continuait à travailler. Cet homme était infatigable !

— Bon. Allons voir la grange, dit-il au bout d'un moment.

— Nous n'en avons pas fini pour aujourd'hui ?

— Non. Ça, c'est le travail que tu effectues dans un ranch avant d'avoir des animaux. Encore une fois, je t'explique tout cela pour que tu saches ce qui t'attend.

— J'ai plutôt l'impression que tu cherches à me décourager.

Il haussa les épaules avec indifférence.

— Si mes conseils te découragent, c'est peut-être que tu n'es pas taillée pour ce métier. La vie d'éleveur est difficile et souvent peu rentable. Si tu ne prends aucun plaisir à effectuer toutes ces tâches, tu devrais envisager une autre activité.

— Pourquoi me parles-tu ainsi ?

— Parce que c'est le genre de choses que tu dois savoir pour décider de ton avenir en connaissance de cause, Cricket. Si le travail ne te rebute pas, alors, poursuis dans cette voie. Mais tu pourrais aussi bien vivre dans ta maison sans être éleveuse et louer tes champs. Ou vendre ta propriété et t'acheter une fermette avec quelques poules.

— Je ne veux pas de cette solution, dit-elle d'un ton résolu. Je veux conserver ma terre et mener la vie que je souhaite.

Cette mise au point s'avérait nécessaire, autant pour Jackson que pour elle-même.

Parce que, franchement, entre le lever à 4 h 30 et le travail éreintant qu'il lui avait confié, elle avait commencé à remettre en cause sa décision de devenir éleveuse. Jusqu'à présent, elle avait mené une existence protégée et oisive. Et elle s'était forgé une vision idyllique de la vie dans un ranch, assimilant ses nombreuses randonnées champêtres à l'existence qu'elle mènerait si elle était éleveuse. Mais, bien sûr, la réalité était tout autre.

Si seulement elle avait pu avoir ne serait-ce que la moitié de la force, de l'habileté et de la précision de Jackson dans le travail ! Son corps était une machine bien huilée. Chaque muscle, chaque mouvement contribuait à la parfaite exécution de la tâche à accomplir. À côté de lui, elle se sentait très maladroite. Elle devait donner cinq coups de marteau pour obtenir un résultat alors que Jackson y arrivait du premier coup. C'était terriblement frustrant.

D'un autre côté, le regarder travailler était tellement... instructif. Elle sentit un afflux de sang colorer ses joues et s'efforça de ne pas y attacher trop d'importance. Elle grimpa dans le pick-up à côté de Jackson, et ils se dirigèrent vers la grange.

Il s'arrêta devant le bâtiment aussi décrépit que le dortoir, et ils descendirent du véhicule. Il la précéda et poussa la porte récalcitrante, les muscles bandés. De nouveau, elle se surprit à demeurer plantée là, les yeux rivés sur le dos musclé de Jackson. Se ressaisissant, elle se faufila à l'intérieur du bâtiment dès que l'espace libéré le lui permit.

Il entra à son tour, et elle sentit sa présence derrière elle. Il se produisit alors un phénomène étrange. Comme le crépitement d'une énergie entre eux. Il ne s'agissait pas simplement de la chaleur qui émanait du corps de Jackson ; c'était autre chose.

Elle se retourna et se retrouva face à lui, le regard aussitôt attiré par sa mâchoire carrée, son menton couvert de barbe et ses lèvres. Des lèvres fascinantes aux commissures légèrement tombantes, ce qui lui donnait un petit air maussade. Une intensité ténébreuse. C'était une particularité qui l'avait toujours fascinée chez lui. Cette force tranquille et taciturne. Tout le contraire d'elle. Elle n'était ni sereine ni maussade. Elle choisissait la dérobade.

Elle s'écarta de lui et s'avança dans la grange.

— Bien, dit-elle, regardant alentour.

Il eut un petit rire amusé.

— Tu trouves que l'endroit est bien ?

— Non. Je veux dire qu'il peut être rénové.

Elle lui décocha un regard courroucé.

— Et je suis consciente que cela coûtera beaucoup d'argent.

— Ravi de constater que mes leçons commencent à porter leurs fruits.

Il passa à côté d'elle, et elle remarqua à nouveau qu'il avait une senteur bien à lui. L'odeur de sa peau, du savon qu'il utilisait et de la nature. Celle des pommes de pin et de la terre. Un mélange captivant.

— Une fois remis en état, ce bâtiment pourrait convenir. Ne te méprends pas. Je n'essaie pas de te décourager. C'est promis.

— Tant mieux, dit-elle.

— En revanche, il y a du foin moisi qu'il faut sortir. Attrape une pelle.

— Encore une corvée ?

— Oui. Mais qualifier ce travail de corvée est contre-productif. Il fait partie du job. De la vie. Tu dois prendre soin de tout ce qui compte à tes yeux, que ce soit ta maison ou ton terrain. Si les Maxfield confient à un contremaître l'entretien de leur domaine, les Cooper exploitent eux-mêmes le leur.

— En ce moment, c'est toi qui t'occupes de ton ranch ?

— Non. J'ai du personnel. Et c'est une bonne chose parce que, si je n'en avais pas, je ne serais pas ici. Prends une pelle au lieu de dire des bêtises.

Et c'est ainsi qu'elle se retrouva, furieuse et en nage, à

transporter des pelletées de foin moisi dans la benne de son pick-up.

— Ce foin fera du bon compost, mais je suppose que tu n'en veux pas, dit-il.

— Il sent mauvais.

— Dans un ranch, il y a beaucoup de mauvaises odeurs.

— Elles ne m'incommodent pas, dit-elle résolument.

— Si tu le dis.

— Oui, vraiment. Je faisais une simple constatation à propos de ce foin.

Il haussa un sourcil, et ses lèvres s'incurvèrent en un sourire.

— Tu poses beaucoup de questions pour quelqu'un qui sait tout et qui s'accommode de tout.

Elle se sentit rougir, sans trop savoir pourquoi.

— Oh ! ça va, maugréa-t-elle, prenant rageusement une autre pelletée du fichu foin moisi.

— Oui, tu sembles tout à fait dans ton élément.

— J'ai tellement de choses à apprendre. C'est pourquoi je tenais tant...

À ta présence ici. Mais les mots demeurèrent coincés dans sa gorge.

Son regard accrocha celui de Jackson et le soutint. Elle était comme hypnotisée, incapable de détourner les yeux. Et lui non plus ne les détournait pas. Il était près d'elle.

Plus près que l'instant d'avant. À moins que l'espace autour d'eux ne se soit rétréci. Sauf que c'était impossible. Pourtant, la proximité de Jackson avait quelque chose d'impossible en elle-même. Comme si Cricket se retrouvait brusquement sur une planète étrangère, dans un corps étranger.

Mais elle n'avait pas de guide pour l'aider à comprendre et à gérer l'étrange situation dans laquelle elle se trouvait : cohabiter avec cet homme qui la fascinait depuis la préadolescence. Si différent des personnes qu'elle fréquentait. Qu'elle ne connaissait pas très bien, mais qui pourrait malgré tout l'aider à trouver la réponse aux questions qui la taraudaient depuis six mois.

Encore fallait-il qu'elle maîtrise cette attirance irrésistible qu'il exerçait sur elle et qu'elle la transforme en un sentiment différent, plus approprié, plus… fraternel, sinon elle risquait de tout gâcher. Et elle ne le supporterait pas. Elle ne supporterait pas que sa vie demeure la même. De se sentir toujours aussi inadaptée.

Le regard de Jackson s'attarda plus bas, et elle se rendit compte qu'il fixait sa bouche. Aussitôt, un trouble étrange s'empara d'elle.

Et, soudain, elle eut l'impression que sa bouche était en feu. Cette sensation était tellement intense qu'elle n'avait jamais été aussi consciente d'avoir des lèvres. Mais elle l'était maintenant.

Parce qu'il les fixait. Parce qu'il se tenait là, si près d'elle. Parce qu'ils partageaient le même espace, le même air. Parce qu'il la fascinait irrésistiblement. Parce qu'il avait les réponses.

Elle sentit son cœur s'affoler dans sa poitrine.

Non !

Elle ne s'était jamais trouvée aussi près de lui. Hier soir, ses mains avaient frôlé les siennes, et maintenant il se tenait là, à quelques centimètres d'elle. Elle savait qu'elle devait le considérer différemment désormais ; ne plus voir en lui un homme séduisant, comme elle l'avait toujours fait. Mais elle ne pouvait pas s'y résoudre. Elle n'arrivait pas à forcer son corps à admettre ce que son cerveau soupçonnait au sujet de leur lien de parenté.

Il se tenait là. Et elle le désirait.

Non, ce n'était pas possible.

Puis, une lueur s'alluma dans le regard de Jackson et, malgré son inexpérience, elle reconnut cette expression car elle avait dîné avec lui, la veille au soir.

La faim.

Et elle aussi la ressentait. Intense. Dévorante.

Il bougea, et elle ne sut pas s'il avançait vers elle ou s'il reculait, car elle lâcha la pelle et sortit en courant de la grange.

Elle fuyait comme si elle avait eu le diable à ses trousses. Sans regarder en arrière. Dépassant le pick-up de Jackson. Franchissant la clôture jusqu'à ce qu'elle se retrouve au milieu du champ. Elle s'arrêta, pantelante, le front moite de sueur, pliée en deux, les mains sur les genoux, pour tâcher de reprendre sa respiration. Et ce fut seulement à cet instant qu'elle prit conscience de ce qu'elle venait de faire. Elle avait fui Jackson.

Il devait penser qu'elle était folle. De fait, son comportement était insensé.

Pourquoi ?

Ce cri du cœur exprimait la profonde tristesse qui l'accablait à cet instant. C'était tellement injuste ! Pourquoi fallait-il que ce soit précisément cet homme qui lui inspire des sentiments aussi forts ?

Elle en était malade. À coup sûr, quelque chose clochait chez elle. Elle l'avait toujours su. Mais comment aurait-elle pu imaginer une situation aussi cauchemardesque ?

Elle poussa un cri de détresse. Strident. Sans se soucier de savoir si l'écho se propageait jusqu'à la grange.

Soudain, elle se retourna, paniquée, pour vérifier s'il l'avait suivie. Par chance, il n'y avait personne à la ronde.

Pourquoi fallait-il que ce genre de situation lui arrive ? Elle avait cru pouvoir enfin trouver sa place et s'épanouir. Elle s'efforçait de gagner la confiance de Jackson, d'apprendre à le connaître afin d'aborder avec lui le sujet délicat de leur éventuel lien de parenté... Que ce serait-il passé s'il s'était approché d'elle ? S'il avait essayé de l'embrasser ? Il aurait tout gâché. Absolument tout.

Cricket n'était pas du genre à pleurer sur son sort. Mais, à cet instant, elle avait envie de s'abandonner au désespoir.

Parce qu'elle avait cru avoir trouvé la solution miracle. Celle qui lui permettrait de changer sa vie. Mais elle s'était trompée. Elle resterait toujours la même : bizarre, gauche, se sentant à sa place nulle part. Cette situation était une abomination.

Soit. Mais tu n'es plus un bébé. Tu dois te ressaisir, affronter Jackson et t'excuser auprès de lui.

Bien sûr, mais elle n'avait pas le courage de lui faire face dans l'immédiat. Aussi s'accorda-t-elle une heure de répit, faisant les cent pas dans le champ et évitant de penser au fait qu'elle serait tôt ou tard obligée de le rejoindre. Et, quand elle se décida enfin à retourner à la grange, son pick-up n'était plus là. Et lui non plus.

Elle en vint à se demander si elle n'avait pas imaginé toute la scène.

4

Voyant que Cricket ne revenait pas, Jackson décida d'aller faire quelques courses en ville, puis de s'assurer que tout se passait bien dans son propre ranch. Il avait besoin de se retrouver seul pour réfléchir à ce qui venait de se passer et faire son mea culpa. À l'évidence, il avait effrayé Cricket quand il avait fait un pas dans sa direction. Il aurait pu prétendre qu'il n'avait pas été sur le point de l'embrasser, mais il se serait menti à lui-même. Le matin, il s'était promis de ne pas la séduire, mais là, dans cette grange, l'espace d'une minute, il avait eu l'impression qu'elle le désirait, et il avait perdu tout sens commun.

Lors de la fameuse partie de poker, il n'avait eu aucun scrupule à accepter le pari qu'elle lui avait lancé, sachant qu'il le perdrait et qu'il aurait ainsi tout loisir de la convaincre de lui vendre son ranch.

Mais, maintenant, sa mauvaise conscience le rattrapait. Car il ne voulait surtout pas avoir une relation intime avec Cricket alors qu'il avait des vues sur sa propriété. C'était un pas qu'il n'était pas prêt à franchir. Il avait eu l'intention de s'élancer à sa poursuite pour s'excuser, mais il avait craint de l'effrayer un peu plus. Après tout, elle n'avait pas fui sans raison.

En tout cas, c'était la première fois qu'une femme réagissait à ses avances en s'enfuyant à toutes jambes dans la direction opposée ! Bien sûr, parfois la femme qu'il abordait lui opposait une fin de non-recevoir, et dans ce cas il suffisait qu'elle lui dise : « Non, merci. » Il ne se montrait jamais insistant. D'ailleurs, il n'en avait pas besoin.

Mais Cricket avait fui comme s'il était capable de la forcer. Et il en venait à s'interroger à son sujet. Chose qu'il n'avait aucune envie de faire. Elle l'avait suffisamment déstabilisé comme cela.

Puisqu'il passait à proximité du domaine familial, il décida d'aller prendre des nouvelles de son père. Honey vivait encore au ranch et assumait beaucoup de responsabilités. Sans doute plus qu'elle n'aurait dû. Mais il était soulagé de la savoir relativement protégée.

Cette idée raviva son sentiment de culpabilité envers Cricket. Elle et Honey avaient à peu près le même âge. Et si un homme de l'âge de Jackson se montrait un peu trop entreprenant envers Honey, ce ne serait pas elle qui s'enfuirait à toutes jambes mais l'homme en question, avec Jackson à ses trousses.

Il s'engagea dans l'allée menant à la salle de dégustation du chai. L'endroit lui paraissait toujours aussi imposant que quand il était gamin. Et il garderait toujours dans son cœur l'image de sa mère accueillant les visiteurs avec un sourire.

C'était désormais Honey qui la remplaçait.

— Quel bon vent t'amène ? demanda sa sœur. Je croyais qu'en ce moment tu étais l'homme à tout faire de Cricket Maxfield.

— C'est vrai.

— Franchement, je suis soulagée que tu aies perdu ce pari. Je m'imaginais mal travaillant avec elle dans la salle de dégustation.

— Que lui reproches-tu ?

Honey haussa les épaules.

— Je la connais mal, mais je ne la trouve pas particulièrement sympathique.

Il fronça les sourcils, perplexe.

— Elle ne s'est jamais montrée inamicale envers toi, que je sache.

— Non, mais elle est bizarre, tu ne trouves pas ?

Il pensa à toutes les choses que Cricket lui avait dites, notamment son sentiment d'inadéquation. Et la remarque de sa sœur le chiffonna. Il ressentit un élan de compassion envers elle.

— Ce n'est pas très gentil de ta part.

— Depuis quand t'intéresses-tu à Cricket ?

— Ce n'est pas le cas.

— Avoue qu'elle t'intéresse un peu, quand même.

Il haussa les épaules, mal à l'aise.

— Je la trouve agréable. Et je ne peux pas m'empêcher de la plaindre, ainsi que sa mère et ses sœurs.

— Un de ces jours, il faudra que je leur rende visite. Je n'arrive toujours pas à croire que Creed ait épousé Wren !

— Pourtant, tu apprécies Wren.

— Je sais, mais... Je trouve étrange cette alliance entre nos deux familles rivales.

— C'était James qui posait problème.

— J'ai l'impression que cette rivalité est plus profonde. Selon papa...

— Il n'est pas parfait, intervint Jackson. Et nous ne devons pas prendre tout ce qu'il dit pour argent comptant.

— Je sais.

La pauvre Honey n'était qu'une adolescente quand leur mère était morte. Et Jackson avait le sentiment qu'elle s'était beaucoup plus rapprochée de leur père qu'elle ne l'aurait fait si leur mère avait été là. La relation de Honey avec leur père était fusionnelle, alors que celle que Jackson entretenait avec lui était tout en nuances.

— À propos, papa est-il ici ? demanda-t-il.

— Oui. Dans le bureau.

La pièce où se traitaient les affaires relatives au vignoble se situait derrière la salle de dégustation.

— As-tu des groupes, aujourd'hui ?

— Oui, deux. Tu devrais rester, l'un d'eux est un enterrement de vie de jeune fille.

Contre toute attente, il n'en avait pas envie. Peut-être sa réaction avait-elle quelque chose à voir avec une jeune femme fuyant loin de lui, peu de temps auparavant.

À moins qu'elle ait un rapport avec l'énigme que constituait cette même jeune femme, avec son regard scrutateur et sa bouche pulpeuse. Quel casse-tête !

Il fit un signe de la main à sa sœur en guise d'au revoir et se dirigea vers le bureau dans un bruit de bottes qui résonnait sur le parquet. Il frappa une fois, puis ouvrit la porte sans attendre la réponse de son père.

— Le fils prodigue est de retour, dit Cash.

— Je viens prendre de tes nouvelles, marmonna Jackson.

— Jericho est passé hier, et d'après lui tu es très occupé avec ta nouvelle patronne.

— Il ferait mieux de se mêler de ses affaires !

Jericho était comme un autre frère pour Jackson. Ils étaient amis depuis l'enfance et avaient acquis leurs propres ranchs à la même époque. Mais Jericho pouvait aussi s'avérer exaspérant au possible.

— Quelle est la vraie raison de ta visite ?

— M'assurer que tu vas bien. Je n'aime pas m'absenter aussi longtemps.

— À t'entendre, cette visite est une contrainte pour toi.

— Que se passe-t-il, papa ? Écoute, je ne t'ai jamais critiqué, et je ne me permettrai pas de le faire devant Creed ou Honey. Encore moins devant Jericho. Bien que tu ne sois pas son père, il t'admire et te respecte. Toujours est-il que tu te laisses aller. Je vois bien que tu souffres, mais je ne comprends pas la raison de ton chagrin. Parce que j'étais très proche de maman et, pour autant que je sache, elle n'était pas l'amour de ta vie.

— Jackson !

— Vous ne vous entendiez pas toujours bien tous les deux.

— J'aimais ta mère.

Jackson marqua une pause, les nerfs à fleur de peau. Il répugnait à discuter des sentiments qu'éprouvait ou non son père, mais il devait crever l'abcès qui le rongeait.

— Je n'en doute pas. Mais l'aimais-tu au point d'être incapable de remonter la pente au bout de cinq ans ?

Son père soupira.

— Ce n'est pas simple.

— Bien sûr.

— Tu n'as jamais aimé une femme de toute ta vie, Jackson. Encore moins deux. Alors, comment pourrais-tu savoir ce que je traverse ?

La curiosité de Jackson fut éveillée.

— Deux femmes ?

— Je n'ai pas l'intention d'en discuter avec toi. La seule chose que je peux te dire, c'est que tout va de travers dans ma vie depuis la mort de ta mère. Il y a à cela plusieurs raisons. Peut-être les choses sont-elles simples de ton point de vue mais, pour moi, elles sont compliquées. Peut-être estimes-tu que je ne mérite pas d'avoir du chagrin et des regrets, mais j'éprouve les deux. Sais-tu ce qui est pire que pleurer l'amour de sa vie ? C'est pleurer une personne que tu as traitée injustement.

— Que veux-tu dire…

— Je n'ai pas envie d'en parler. Tu ferais mieux de retourner travailler sur la propriété des Maxfield. Je croyais d'ailleurs que tu les détestais.

— C'est toi qui les détestes.

Son père s'éclaircit la gorge, visiblement embarrassé.

— Oui. Je les ai détestés.

— Mais plus maintenant ?

— C'était James, le problème.

— Je l'avais compris.

— Il était un problème pour tout le monde.

— Cela ne me surprend pas.

Curieusement, Jackson en vint à se demander si les problèmes de James Maxfield n'avaient pas davantage surpris, voire traumatisé, Cricket qu'elle ne voulait l'admettre, et s'ils ne pouvaient pas expliquer en partie son mal-être.

Qu'est-ce qui lui prenait de décortiquer chaque propos ou chaque réaction de Cricket ? Il n'était pas du genre à ressasser chaque chose dans sa tête. C'était un homme d'action. Quand il avait un problème, il faisait en sorte de le résoudre. Mais peut-être réagissait-il de la même façon avec Cricket. Son attitude l'intriguait. Il n'arrivait pas à comprendre pourquoi elle tenait tant à ce qu'il travaille dans son ranch. Bien sûr, elle avait besoin de conseils, mais elle s'agaçait souvent de ses recommandations et semblait s'intéresser davantage à lui en tant que personne qu'à son savoir-faire en tant qu'éleveur.

Si elle ne s'était pas enfuie quand il avait failli l'embrasser, il aurait volontiers pensé qu'elle avait le béguin pour lui.

Quoi qu'il en soit, il préférait affronter Cricket plutôt que d'essayer de faire entendre raison à son père.

— Bon. Je repasserai dès que je pourrai. Pourquoi n'irais-tu pas dîner en ville, ce soir ? Honey ne devrait pas être obligée de te préparer à manger tous les soirs de la semaine.

— Rien ne l'y oblige. Je pourrais très bien commander une pizza ou autre.

— Elle n'accepterait pas. Elle veut que tu prennes soin de toi. Comme tu ne le fais pas, elle se sent obligée de rester ici.

— Tu ne t'es pas senti obligé de rester.

— Non, en effet. Contrairement à elle, je ne me sens pas responsable d'un vieil homme têtu.

Puis il remit son chapeau sur sa tête et sortit, furieux, du bureau de son père. De retour dans la salle de dégustation, il retrouva Honey en train de discuter avec Jericho.

— Tu n'as rien de mieux à faire que traîner ici ? demanda-t-il à son ami.

Jericho afficha un grand sourire faussement innocent.

— Je venais m'assurer que tout le monde allait bien. Puis j'ai vu ton pick-up et je me suis demandé comment tu t'en sortais maintenant que tu travailles comme simple ouvrier agricole.

— Je ne vois pas ce que tu trouves de si amusant à cela.

— Depuis que je te connais, tu as toujours été ton propre patron. Or, j'apprends que tu as une patronne.

— Pas exactement.

— Et que tu dors dans un dortoir, précisa Honey. Si je me souviens bien des termes du pari.

— Il se trouve que le dortoir est inhabitable. Alors, je dors dans la maison.

Jericho et Honey le contemplèrent, interloqués.

— Vraiment ? demanda Jericho.

— Oui, répondit-il, impassible.

Jericho fronça les sourcils.

— Je ne pensais pas que tu les aimais aussi jeunes.

— Ce n'est pas ce que tu crois.

Il s'efforça de chasser son malaise qui persistait au souvenir de la fuite de Cricket.

— Et moi, je ne te prenais pas pour un fouineur, ajouta-t-il.

— Ce n'est pas tous les jours que mon meilleur ami est ravalé au rang de valet de ferme. Je mentirais si je disais que je ne trouve pas ce renversement de situation très réjouissant.

— Et tu prétends être mon meilleur ami !

— Je n'ai jamais prétendu être un ami parfait. Simplement, le meilleur que tu aies.

— Ou plutôt, le plus exaspérant ! intervint Honey. De toute

façon, j'ai du travail à faire, contrairement à deux cow-boys paresseux de ma connaissance.

— C'est vrai, les clients se bousculent autour de nous, ironisa Jericho, jetant un regard à la salle vide.

— J'organise un enterrement de vie de jeune fille dans vingt minutes. Et, non, il est hors de question que vous restiez pour faire les jolis cœurs auprès de ces dames. Ce serait trop facile.

— Je ne déteste pas la difficulté, déclara Jericho. Les fruits les plus inaccessibles sont souvent les meilleurs.

— Va donc faire ta cueillette ailleurs, cow-boy, dit-elle, le chassant d'un geste de la main. Ces dames méritent de s'amuser en paix.

Jackson et Jericho obtempérèrent et sortirent du bâtiment.

— Quelle est la vraie raison de ta présence ici ? demanda Jackson.

— J'ai rendez-vous avec ton père. Au sujet de votre domaine viticole.

— Vraiment ?

— Oui. Toi et Creed participez pour moitié au capital du domaine en tant que commanditaires. Mais la gestion du vignoble, qui reste la prérogative de ton père, ne l'intéresse plus autant qu'avant et il souhaite passer la main.

— Tu as l'intention de lui racheter sa participation ?

— Nous sommes en discussion.

Pour une raison qui lui échappait, cette perspective déplaisait à Jackson.

— Il ne t'est pas venu à l'idée de m'en parler ?

— C'est une proposition commerciale, Jackson. Je n'ai pas à discuter de mes affaires avec toi.

Son ami était éleveur comme lui, mais il diversifiait aussi ses sources de revenus grâce à de fructueux investissements.

— En effet. Mais tu es mon ami.

— Oui. Et je t'en parle maintenant, mais j'aurais préféré

en discuter d'abord avec ton père. Nous n'avons encore rien conclu.

— Quels sont les termes du marché ?

— Je propose d'entrer pour moitié au capital du domaine et de m'occuper de la gestion quotidienne du vignoble.

— Cela signifie que tu rachètes la quote-part qui revient à Honey.

— Du point de vue légal, elle n'est pas encore en âge d'en disposer. Mais, oui, c'est ce que cela signifie.

— Elle va être...

— Libérée de cette contrainte, tu ne crois pas ?

— Et maintenant, tu vas me dire que c'est uniquement dans l'intérêt de ma sœur que tu veux conclure cette affaire !

Jericho secoua la tête.

— Non, mais cela ne m'empêche pas de me soucier d'elle. J'ai longuement réfléchi avant de prendre cette décision.

— Elle va être furieuse après toi.

— Peut-être. Comme je te l'ai dit, il n'y a rien de personnel. Il s'agit d'affaires et de rien d'autre.

— Que tu le veuilles ou non, c'est personnel puisque cela affecte notre relation.

— Si c'était personnel, je rachèterais la participation de ton père au plus juste prix, alors que je lui propose un montant supérieur au prix du marché.

— C'est déjà ça.

Son père s'était bien gardé de lui en parler ! En fin de compte, que son père l'admette ou non, un fossé s'était creusé entre ses parents, et Jackson s'était retrouvé malgré lui dans le camp de sa mère. Toutefois, ils avaient ressoudé leurs liens dans l'adversité. Ainsi, son père était resté au chevet de son épouse durant toute sa maladie. Sa conduite avait été irréprochable. D'une certaine façon, Jackson le regrettait. Car si son père avait fait défaut à sa mère, il aurait eu toutes les raisons de le renier. De l'exclure de sa vie.

Hélas, les choses n'étaient pas aussi simples ni aussi tranchées., Pour ce que Jackson en savait, son père avait été un mauvais mari. Mais ce n'était pas quelqu'un de mauvais et il avait été présent pour son épouse quand elle avait eu besoin de lui.

— Écoute, Jericho, il faut que je retourne travailler. Je te verrai plus tard.

Il grimpa dans son pick-up, plantant là Jericho et laissant ses sentiments contradictoires chez Cowboy Wines, parce que c'était plus facile que de rester et de les affronter. Il préférait cent fois avoir affaire à Cricket, malgré ses états d'âme compliqués et ses réactions à fleur de peau. C'était tout dire !

5

Cricket était déterminée à faire comme s'il ne s'était rien passé quelques heures plus tôt. Mais, en voyant arriver Jackson, elle fut prise de court. Elle espérait avoir un petit répit. Après tout, puisqu'elle s'était enfuie comme une folle, il aurait pu s'estimer quitte de tout engagement envers elle. Mais non. Il était de retour.

Elle ouvrit la porte d'entrée et se tint là pour l'accueillir, un grand sourire plaqué sur son visage. Un sourire qui le mettait au défi de faire le moindre commentaire.

Il récupéra deux sacs en papier dans son pick-up et demeura immobile, le regard rivé sur elle, attendant visiblement d'être fixé sur son sort.

— Contente que tu sois de retour, dit-elle.

— J'ai tout ce qu'il faut pour réparer l'évier.

— Tant mieux.

— J'ai dit que je le ferai.

Il referma la portière de son pick-up et s'avança vers la maison. Elle recula dans l'entrée, mais sans lâcher la poignée de la porte. Elle ne voulait pas avoir l'air de fuir encore une fois. Elle devait à tout prix se ressaisir. Cesser de se comporter comme une idiote.

— J'apprécie vraiment ton aide.

— Merci.

Il passa devant elle, et elle retint son souffle parce qu'elle ne voulait pas respirer son odeur. Elle suscitait d'étranges sensations au creux de son ventre, et elle n'aimait pas du tout cela. Elles lui faisaient perdre ses moyens. Or, elle avait besoin de se concentrer pour prétendre que tout allait bien. Comme si ce qui s'était passé tout à l'heure était un non-événement.

Il posa les sacs sur la table, et elle demeura sur le seuil de la cuisine, l'observant pendant qu'il sortait des tuyaux, le fameux ruban adhésif et divers outils.

— Es-tu disposée à apprendre quelque chose ?

— Je suis l'élève et toi l'enseignant.

— Bonne réponse.

Par chance, ils avaient réussi à retrouver leur ton léger d'avant.

— Sais-tu où se trouve le robinet d'arrêt d'eau ? demanda-t-il.

— Non, je l'ignore.

Il secoua la tête, visiblement déçu.

— Il faut couper l'eau, sinon nous allons provoquer une inondation.

— Oh. Dans ce cas, je vais regarder dans l'un des placards.

— Parce que, selon toi, c'est là que se trouve le robinet d'arrêt d'eau.

— Non, mais j'ai découvert des documents concernant la maison. Ils indiquent peut-être l'emplacement de ce fameux robinet.

Elle passa à côté de lui et ouvrit la porte du placard. Elle n'avait pas jugé utile de déplacer la liasse de papiers car elle possédait peu de plats ou d'ustensiles de cuisine. Elle sortit les documents, les étala sur la table et commença à les feuilleter. Mais Jackson était déjà sorti de la pièce. Elle entendit la porte d'entrée se refermer. Quelques instants plus tard, il était de retour.

— J'ai trouvé.

— Comment ?

— La logique. L'expérience. Nous allons pouvoir commencer.

— Il vaudrait mieux que je sache où se trouve ce robinet, dit-elle, un peu dépitée.

— Je te le montrerai tout à l'heure.

Il s'agenouilla sous l'évier, des outils à la main, et commença à démonter des pièces.

— Veux-tu que je te passe des outils ?

— Bonne idée.

Ils organisèrent une sorte de chaîne de montage. Elle lui tendait les objets qu'il réclamait, puis récupérait ceux dont il n'avait plus besoin et les reposait sur la table.

Elle se sentait moins stressée et moins obnubilée par sa mésaventure de l'après-midi.

— Viens à côté de moi, dit-il.

Elle sursauta, prise au dépourvu.

— Quoi ?

— Je veux te montrer quelque chose.

Elle s'avança prudemment vers lui. Ce n'était pas de lui qu'elle avait peur mais d'elle-même. Il ignorait pourquoi elle avait tant paniqué. Si ça se trouvait, il n'avait peut-être jamais eu l'intention de l'embrasser. Elle n'était pas restée suffisamment longtemps pour le savoir. Elle s'était fait des idées. Voilà tout. Elle s'agenouilla donc à côté de lui, s'efforçant de ne pas respirer le même air que lui pour éviter de se trouver à nouveau dans une situation embarrassante.

— Que veux-tu me montrer ?

— C'est toi qui vas fixer le tuyau.

— Oh... D'accord.

Il lui tendit une clé.

— Penche-toi et serre ici.

Elle se pencha et ne put s'empêcher de respirer.

Aussitôt, elle se sentit submergée par son odeur virile.

Pourquoi fallait-il qu'il sente aussi bon ? Qu'il soit aussi séduisant ? Elle contempla la ligne carrée de sa mâchoire, l'arête droite de son nez. L'intensité de son regard. Ses yeux d'un bleu éclatant qui l'avaient toujours subjuguée.

Elle avait eu le béguin pour lui, mais maintenant ce n'était plus possible.

Plus possible.

Elle baissa les yeux, mais elle sentait son regard posé sur elle, et elle ne put s'empêcher de lever à nouveau les yeux vers lui.

Il était si près d'elle. Il la fixait avec une telle intensité. Tout à l'heure, elle avait fui. Et elle avait eu raison de mettre de la distance entre eux.

Elle devait en faire autant, maintenant. S'écarter de lui. Fuir à nouveau. Parce que ce qu'elle ressentait pour lui était totalement inapproprié. Dément. Oui, elle était folle.

Mais, pour une raison qui lui échappait – colère ou rébellion contre ce qu'elle ressentait –, elle ne s'enfuit pas. Au contraire, elle se pencha en avant, comblant la distance entre eux.

Elle allait se prouver à elle-même, une bonne fois pour toutes, qu'elle ne le désirait pas. Qu'un baiser la dégoûterait. Qu'il réduirait à néant ses sentiments inavouables.

Pour la première fois de sa vie, les lèvres de Cricket touchèrent celles d'une autre personne. Parce qu'elle était certaine d'être dégoûtée une fois qu'elle aurait percé le mystère d'un baiser avec Jackson. Elle avait forcément raison, non ? La nature viendrait sûrement à son secours, et elle s'écarterait, saisie d'horreur, quand leurs bouches s'uniraient.

Mais, contre toute attente, dès que ses lèvres se posèrent sur celles de Jackson, elle prit conscience de son erreur.

C'était comme si une bombe incendiaire avait éclaté dans son ventre.

Et elle s'enflamma aussitôt.

Il se rapprocha d'elle, ses grandes mains rugueuses enserrant son visage et la maintenant solidement en place tandis qu'il l'embrassait ardemment. Sa barbe la piquait délicieusement, sa bouche était chaude, et il sentait divinement bon.

Elle tremblait. La culpabilité cédait du terrain face au désir qui la consumait. Le vide se faisait dans son esprit. Oubliées ses bonnes résolutions. Oubliés ses soupçons. Il ne restait plus rien, hormis la sensation intense et exquise d'être touchée par lui, embrassée par lui.

Comment un tel revirement avait-il pu se produire ?

Comment en était-elle arrivée à le désirer à ce point ?

Bien sûr, elle avait toujours été intriguée et fascinée par Jackson, mais elle n'avait jamais cherché à mettre des mots sur les sentiments qu'il lui inspirait. Elle évoquait tout au plus un béguin d'adolescente.

Puis il y avait eu le divorce de ses parents. Et, quand elle avait découvert que sa mère avait eu jadis une relation amoureuse avec Cash Cooper, elle avait échafaudé une hypothèse qui, si elle se révélait exacte, donnait un sens plus conforme aux sentiments qu'elle éprouvait pour Jackson.

Encore fallait-il qu'elle vérifie cette hypothèse.

Elle s'était installée dans ce ranch, convaincue qu'elle découvrirait la vérité. Et qu'elle aurait enfin la vie à laquelle elle aspirait. Au lieu de quoi, elle était en train de perdre tout sens commun, submergée par un désir inapproprié. En train de faire un immense gâchis.

Tu embrasses Jackson Cooper. Et il est peut-être ton demi-frère !

Elle se recula brusquement, horrifiée.

— Non !

— Cricket, tout va bien, dit-il. Ne t'enfuis pas.

— Je ne peux pas...

— Tu n'as pas à avoir peur de moi.

— Ce n'est pas de toi que j'ai peur. Mais de moi.

Et, à sa grande honte, des larmes perlèrent à ses yeux et se mirent à couler sans qu'elle puisse les retenir. Elle pleurait comme une enfant inconsolable devant Jackson. Il devait penser qu'elle était folle. À coup sûr, elle l'était.

— Que se passe-t-il, Cricket ?

— C'est à cause de nous deux, dit-elle. Il se peut que tu sois mon frère.

6

Sous le coup de la stupeur, Jackson se releva d'un bond et recula au milieu de la pièce.

Il ne savait pas où Cricket était allée chercher cette idée, mais elle se trompait.

Il le savait au plus profond de son être.

Il avait une sœur. Les sentiments qu'il éprouvait à son égard étaient tendres et fraternels. Or, ce qu'il ressentait pour Cricket n'avait absolument aucune connotation fraternelle ou familiale. Pendant des années, il l'avait considérée comme une petite peste irritante au possible avant qu'elle se métamorphose en une jeune femme toujours aussi irritante et beaucoup trop séduisante pour sa santé mentale.

Puis elle l'avait embrassé. Et maintenant, elle lui annonçait qu'il était peut-être son frère !

— Tu ferais mieux de t'expliquer, et vite.

— Je… j'ai découvert quelque chose à propos de nos parents. Ma mère et ton père… T'es-tu déjà demandé pourquoi ton père détestait autant le mien ? Je veux dire, en dehors du fait que James est une ordure. Il y avait forcément une autre raison. Eh bien, après son divorce, ma mère s'est confiée à mes sœurs et à moi. Elle nous a raconté qu'avant son mariage elle avait eu une relation amoureuse avec ton père. Mais il était pauvre, et elle a choisi d'épouser James. Soudain, j'avais enfin des réponses logiques à toutes les questions que je me posais.

Pourquoi suis-je beaucoup plus jeune que mes sœurs et très différente d'elles ? Pourquoi ai-je le sentiment d'être décalée par rapport à ma famille alors que je me sens proche de toi ?

— Cricket, tu n'es pas ma sœur.

— Si. Il est très probable que je le sois.

— Non, c'est absolument impossible !

— Pourquoi ? Cette hypothèse me paraît tout à fait raisonnable.

— Elle ne rime à rien !

— Au contraire, elle explique le fait que je ne me sois jamais sentie à ma place au sein de ma famille.

— Si tu es tellement persuadée d'être ma sœur, pourquoi diable m'as-tu embrassé ?

— Pour me prouver que je trouverais cela répugnant !

Jackson n'avait ressenti aucun dégoût au contact des lèvres de Cricket, bien au contraire. Il en voulait pour preuve l'embrasement de son sang dans ses veines.

Mais il se garderait bien de le lui dire.

— Eh ! *Tu* as failli m'embrasser dans la grange, dit-elle, d'un ton accusateur. Pourquoi crois-tu que je me suis enfuie ? Parce que nous aurions commis une énorme erreur. Et maintenant, j'ai tout gâché !

— Monte dans mon pick-up.

— Quoi ?

— Monte dans mon pick-up. Nous allons voir une personne en mesure de régler la question.

— Nous pourrions faire un test ADN...

— Nous allons parler à mon père.

— Oh...

— Je l'obligerai à te dire une bonne fois pour toutes que tu n'es pas sa fille.

— Je...

— En as-tu parlé à ta mère ?

— Euh, non. Je ne lui ai pas posé la question. Ce n'est que

tout récemment qu'elle nous a parlé de sa vie. De sa relation avec ton père. En fait, nous ne sommes pas très proches l'une de l'autre. Même si je lui pose la question, je ne croirai pas ce qu'elle me dira.

— Si tu lui expliques que tu envisages d'avoir une relation intime avec moi, je suis sûr qu'elle te dira la vérité.

— Comment peux-tu dire une chose pareille ! Je n'ai jamais eu l'intention de… d'avoir… Je t'ai simplement embrassé !

— Tu n'es plus une gamine, Cricket. Tu sais très bien qu'un baiser n'est pas une fin en soi.

Voyant qu'elle ne disait rien, il s'en voulut de se montrer aussi brutal envers elle, mais il était déboussolé et furieux.

Bon sang ! Son père aurait trompé son épouse… Serait-ce une si grande surprise ?

Il ne pensait pas que Cricket soit sa sœur. Il avait suffisamment l'expérience des femmes et de l'alchimie sexuelle pour croire une seule seconde à une telle hypothèse. Il pouvait se fier à sa libido.

Mais pouvait-il se fier à son père ? C'était moins sûr. Tout en sachant que Cricket faisait fausse route, il redoutait qu'il y ait une part de vérité dans ses dires concernant son père.

— Encore une fois, monte dans le pick-up.

Ils sortirent de la maison, et il lui tint la portière du passager pour qu'elle prenne place.

— Merci, dit-elle doucement.

— De rien.

Il mit le moteur en marche et démarra sur les chapeaux de roues.

— Pourquoi ne m'as-tu pas dit tout de suite que tu avais des soupçons ?

— Parce que… c'était délicat. L'idée que ma mère ait pu tromper mon père ne me gênait pas. Elle a aimé le tien et a fait une terrible erreur en refusant de l'épouser. Et je peux comprendre que, quand on aime profondément quelqu'un, on ait du mal à l'oublier.

— Vraiment ?

— Oui, assura-t-elle. Je ne juge pas ma mère. Sauf... si elle a fait du tort à la tienne. Je sais que tu l'aimais beaucoup. Je garde d'elle le souvenir d'une femme charmante. Mais je ne te connaissais pas suffisamment pour aborder de but en blanc ce sujet délicat avec toi. J'avais besoin de me faire une meilleure idée de la situation.

— Pourquoi n'as-tu pas posé la question à Creed ?

— Je ne suis pas non plus très proche de Wren et d'Emerson. J'aimerais l'être davantage, mais... c'est comme ça. Nous n'avons jamais été une famille normale. Elles sont complices en raison de leur faible écart d'âge et de leurs éducations similaires. Je suis différente. Je l'ai toujours été. Alors, non, je ne suis pas devenue subitement proche de Creed parce qu'il a épousé ma sœur.

— Et tu pensais devenir subitement proche de moi en m'employant sur ton ranch ?

Elle se mit à bredouiller :

— Je... J'ai toujours été... Non, rien.

Il se remémora la façon dont elle le suivait, tel un chiot perdu, quand elle était gamine. Pensait-elle déjà qu'il était son frère ? Non, elle lui avait dit qu'elle avait eu ce soupçon récemment. Quelle histoire ! Désormais, son projet de lui racheter son ranch était relégué au second plan.

Sa priorité était d'établir la vérité sur cette prétendue parenté.

Il se gara devant le chai et aperçut de la lumière dans la salle de dégustation. Avec un peu de chance, son père était encore là.

— Descends.

— D'accord, dit-elle, visiblement nerveuse.

Il l'agrippa par le bras et la poussa vers le chai.

— Ne me touche pas ! protesta-t-elle en se dégageant.

Elle semblait aussi dégoûtée que lui par cette situation. Sauf que... Son corps n'était pas du tout dégoûté. Ce baiser avait embrasé son sang dans ses veines. Et, bien que le choc provoqué par la révélation de Cricket ait jeté un froid sur son désir, il ne l'avait pas éteint pour autant. Il couvait, prêt à se ranimer à la moindre étincelle.

Mais chaque chose en son temps.

Il voulait que Cricket soit sûre et certaine que ses soupçons étaient infondés. Il avait plus d'expérience qu'elle en matière de sexe. Peut-être était-elle suffisamment naïve pour imaginer qu'ils puissent être frère et sœur, mais il ne confondait pas les liens de parenté avec l'alchimie et l'attirance sexuelles. Et ce qu'il y avait entre Cricket et lui ne relevait en aucun cas du domaine familial.

Il entra sans frapper dans la salle de dégustation et aperçut son père au fond de la pièce, occupé à vérifier le stock.

— Papa, nous devons te parler.

Son père se retourna, l'air stupéfait à la vue de Cricket.

— Que puis-je faire pour vous ?

— Hum...

Cricket passait nerveusement d'un pied sur l'autre.

— J'ai une question à vous poser.

— Je vous écoute, jeune demoiselle.

— Eh bien, j'aimerais savoir si... je suis votre fille.

Voilà. C'était fait.

Elle se tenait en face de Cash Cooper et lui demandait si elle était sa fille. Sauf que, maintenant, elle espérait que ce ne serait pas le cas.

Parce qu'elle avait Jackson dans le sang. Et elle le désirait de tout son être. Elle avait cru qu'elle parviendrait à maîtriser ses sentiments, mais elle avait échoué. Pourtant, ce n'était pas faute d'avoir essayé. Et elle avait fini par l'embrasser sur le plancher de la cuisine.

Elle avait tout gâché. Absolument tout. Mais il ne pouvait pas en être autrement car, selon elle, il n'y avait que deux scénarios possibles. Dans le premier, elle était irrésistiblement attirée par Jackson Cooper, lequel était inaccessible. Il ne voudrait jamais d'elle dans sa vie, même s'il prenait plaisir à l'embrasser. Et elle aurait toujours ce même sentiment de décalage par rapport à sa famille et d'inaccomplissement sur le plan personnel.

Dans le deuxième, elle était irrésistiblement attirée par son demi-frère. Un sentiment inexcusable.

Dans les deux cas, elle était perdante.

— Qu'est-ce qui vous fait penser cela ? demanda Cash.

Il se montrait tellement gentil qu'elle était émue aux larmes. Quelle différence avec James, qui ne lui avait jamais témoigné la moindre marque d'attention ! Elle avait envie d'avoir Cash pour père, mais elle ne voulait pas que Jackson soit son frère…

Deux vœux contradictoires.

— Ma mère m'a dit qu'elle était amoureuse de vous. Qu'elle avait fait le mauvais choix en épousant James Maxfield. Or, je me suis toujours sentie comme une étrangère au sein de ma famille. Je me faisais l'effet du vilain petit canard. Et, quand ma mère m'a raconté son histoire, j'ai pris conscience que je n'étais peut-être pas une Maxfield. Que ma place était peut-être ici. Parce que je veux devenir éleveuse, passer ma vie au grand air, et non rester enfermée dans une salle de dégustation. Parce que je suis tellement différente de mes sœurs, tant physiquement que sur le plan psychologique. Voilà pourquoi je vous pose cette question.

— Cricket.

La voix de Cash était si douce et si compatissante qu'elle était sur le point de craquer.

— Je ne suis pas votre père.

Elle avait envie de pleurer. De désespoir. De soulagement.

Jackson n'était pas son frère.

C'était donc le premier scénario qu'elle avait envisagé…

Elle entendit Jackson pousser un gros soupir de soulagement. Cash dut l'entendre aussi car il jeta un regard sceptique à son fils avant de reporter son attention sur elle.

— C'est vrai, j'aimais votre mère.

Puis il se tourna vers Jackson.

— C'était le problème, lui dit-il. J'aimais Lucinda, et je n'ai jamais vraiment cessé de l'aimer. Tu sais que ta mère et moi nous sommes mariés parce qu'elle t'attendait. Je me suis conduit de façon inconsidérée avec elle parce que j'avais le cœur brisé. Ta mère et moi en avons payé le prix pendant des années. Nous avons essayé de faire de notre mieux. Nous vous aimions infiniment, toi, Creed et Honey. Et j'avais beaucoup de tendresse et d'affection pour ta mère. Mais sais-tu ce qui me désole le plus ? C'est de n'avoir jamais été le mari dont elle avait besoin. C'est qu'elle soit morte en ayant vécu aux côtés d'un homme qui a toujours aimé une autre femme. Voilà ce qui me tue à petits feux.

Cricket se sentait coupable d'assister à ce qui était clairement une conversation privée, qui plus est, provoquée par elle.

Parce qu'elle avait cherché désespérément un remède à son mal-être.

Quelque chose clochait chez elle. Depuis toujours. Et sa présence ici en était une preuve supplémentaire. Une larme roula sur sa joue, et elle se sentit honteuse de montrer son émotion devant Jackson, et surtout Cash, cet homme qui n'était pas son père et qui n'avait aucune raison de se montrer gentil envers elle.

— Vous ressemblez à votre mère, dit-il doucement.

Sa remarque la prit au dépourvu. Elle lui fit l'effet d'une flèche en plein cœur.

— Oh ! non, vous vous trompez. Ma mère est belle et élégante. Et ses cheveux ne sont pas rebelles comme les miens, dit-elle, désignant ses boucles.

— Quand je l'ai connue, elle était comme vous, Cricket. Elle a été mon premier amour. Comme j'ai été le sien. Mais l'amour ne lui suffisait pas. La vie est ainsi faite.

— Elle a fait le mauvais choix et a été malheureuse durant ses années de mariage. J'espère que vous n'avez pas été malheureux.

— Non, je ne l'ai pas été, dit-il. Mais il se peut que j'aie rendu ma femme malheureuse, et j'en éprouve beaucoup de regrets.

— Mon père n'en a qu'un seul, celui d'avoir perdu tout son patrimoine. Le reste l'indiffère.

Une vague de tristesse l'assaillit. Parce qu'elle avait espéré de tout son cœur que cet homme gentil était son père.

— As-tu trompé maman ? demanda soudain Jackson d'une voix dure.

Cash reporta son attention sur son fils.

— Non, jamais. Je le jure.

— Dans ce cas, je suppose que Cricket a les réponses aux questions qu'elle se posait.

— Je ne sais pas si je dois m'excuser ou non, dit Cash en se tournant vers elle.

Elle secoua la tête, confuse.

— Non. C'est à moi de vous présenter des excuses. J'ai imaginé des choses à votre sujet qui étaient injustes. Et je l'ai fait parce que... je me sens malheureuse au sein de ma famille. Je ne m'y sens pas à ma place. Mais c'est ainsi. Je dois me faire une raison.

Puis elle pivota sur ses talons et s'enfuit de la salle de dégustation, en direction du pick-up. Elle s'adossa à la portière, le souffle court.

Décidément, elle courait beaucoup aujourd'hui.

Et elle avait honte du terrible gâchis qu'elle avait fait avec ses suppositions ridicules. Elle avait mis Cash dans une situation impossible et avait révélé à Jackson qu'elle était attirée par lui… Elle avait cru qu'elle serait en mesure de maîtriser la situation, mais elle lui avait échappé.

Jackson apparut quelques instants plus tard, le regard orageux. Les révélations de son père avaient dû le blesser, car elle le savait proche de sa mère. Elle se sentait plus que jamais stupide. Mesquine. Inexcusable.

— Je peux rentrer à pied si tu préfères.

— Non. Monte dans le pick-up.

Elle obtempéra, trop honteuse pour discuter, et ils firent le trajet de retour sans échanger une parole.

Elle allait le dispenser de respecter les termes du pari et le renvoyer chez lui parce que sa présence ne lui était plus d'aucune utilité. Elle ne deviendrait jamais éleveuse. Elle n'avait pas ce métier dans le sang. Et Jackson ne voudrait jamais d'elle, surtout après ce qui venait de se passer. Elle avait tout perdu. Elle était au comble du désespoir.

Quand ils furent arrivés à la maison, elle sortit du véhicule, le cœur meurtri et les jambes flageolantes.

— Jackson…

Il contourna l'avant de son pick-up et se dirigea vers elle, le regard incandescent.

— Procédons par ordre, dit-il.

Sans lui laisser le temps de réagir ou de dire quelque chose, il plaqua ses lèvres sur les siennes et l'embrassa à nouveau. Un baiser profond, dur, plus long que la première fois. Il y avait de la rage dans ce baiser. Une intensité qu'elle n'aurait jamais crue possible.

Inadaptée. Mesquine. Laide.

Tous ces qualificatifs qu'elle avait coutume d'utiliser pour se décrire commencèrent lentement à s'effacer, comme si chaque passage de la bouche de Jackson sur la sienne l'obligeait à les ravaler. Et des émotions nouvelles fleurirent en elle, devenant de plus en plus impérieuses : besoin, désir, espoir.

C'était l'espoir qui la sidérait le plus. Il remplissait de

lumière cet espace béant et caverneux dans sa poitrine. Il la soulevait sur la pointe des pieds et la propulsait en avant dans les bras de Jackson.

Il inclina la tête, s'ouvrant un passage entre ses lèvres et mêlant sa langue à la sienne.

Elle se sentait si bien dans ses bras ! Comme si sa place était là, de toute éternité. Comme si elle lui était destinée.

C'était ce sentiment qu'elle avait éprouvé quand elle avait été en âge de comprendre les rapports amoureux régissant les hommes et les femmes. Elle avait immédiatement su que Jackson Cooper serait l'homme de sa vie.

Et, maintenant, il l'embrassait avec une passion identique à la sienne. S'il l'embrassait ainsi, c'est qu'elle trouvait grâce à ses yeux. Elle n'était donc pas aussi inadaptée, mesquine ou laide qu'elle le croyait.

Si elle s'était raconté toutes ces histoires, c'est parce qu'elle avait été une enfant mal aimée et qu'elle avait eu besoin de rendre sa vie plus supportable. Et elle avait adapté ses histoires à la situation du moment.

Ainsi, il avait été plus facile pour elle de penser que son père ne l'aimait pas parce qu'il n'était pas son père biologique.

Que sa mère se montrait distante envers elle parce qu'elle lui rappelait ses péchés.

Qu'elle était très différente de ses sœurs parce qu'elles n'étaient que ses demi-sœurs.

Que Jackson comptait pour elle non pas parce qu'elle était amoureuse de lui, mais parce qu'il était son demi-frère.

Qu'elle voulait devenir éleveuse pour perpétuer une tradition familiale, et non parce que ce métier l'attirait.

Ce baiser était la preuve qu'elle avait ses propres rêves et sa propre personnalité, avec ses qualités et ses défauts, ses forces et ses faiblesses. Pour le meilleur et pour le pire.

Il était aussi la preuve qu'elle désirait Jackson peut-être parce qu'il était inaccessible, comme le métier d'éleveur.

Au fond, peut-être était-elle une pionnière. Une personne qui avait conscience de ce qui était possible et qui aspirait à obtenir un petit supplément de bonheur.

Décidément, ce baiser était une révélation à tous points de vue !

Puis, aussi soudainement qu'il l'avait embrassée, Jackson s'écarta d'elle.

— Cela devait arriver, dit-il, le souffle court. Je ne pouvais pas me contenter de ce simple baiser dans la cuisine. Pas après ce que tu m'avais dit.

En guise de réponse, Cricket se jeta dans ses bras. Parce qu'elle ne voulait être nulle part ailleurs. Parce qu'elle voulait savourer pleinement toutes ces sensations et ces émotions que lui seul était capable de faire naître en elle.

Voilà. Elle avait osé franchir le pas. C'était l'intérêt de s'être déjà ridiculisée. Désormais, elle ne pouvait plus revenir en arrière. Plus rien ne la protégeait. Hélas, James Maxfield était probablement son père biologique. Mais le plus important à ses yeux était de savoir que Jackson n'était pas son frère.

Il avait dû deviner qu'elle était amoureuse de lui. Son comportement irresponsable tout au long de l'après-midi l'avait trahie. Mais c'était aussi bien ainsi. Elle pouvait donner libre cours aux sentiments qu'elle avait refoulés durant toutes ces années. Assouvir ce désir ardent qui embrasait ses sens.

Et c'est ce qu'elle fit. Elle l'embrassa avec avidité, comme si la bouche de Jackson était une fontaine de jouvence. Sa barbe picotait ses paumes tandis qu'elle enserrait son visage, dressée sur la pointe des pieds.

— Que veux-tu exactement, petit criquet ? demanda-t-il, l'agrippant par les hanches pour la remettre d'aplomb. Parce que tu joues avec le feu. Et je ne veux pas que tu te brûles.

— Je n'ai pas peur du feu.

— Vraiment ?

Elle releva le menton d'un air de défi.

— Je n'ai peur de rien.

— Pourtant, tu trembles.

— Oui, cela arrive parfois quand une femme éprouve du désir pour un homme. Tu ne le savais pas ?

Elle parlait avec une assurance qu'elle était loin de ressentir.

— Tu pourrais combler mes lacunes en la matière.

— Pourquoi pas ? Tu sais, j'avais très peur de te désirer alors même que je soupçonnais un éventuel lien de parenté entre nous. J'avais aussi très peur de me ridiculiser. Et ça n'a pas manqué. Alors, que peut-il m'arriver de pire ? Je pourrais craindre pour ma sécurité physique, mais ce n'est pas le cas. Pas quand tu me tiens dans tes bras. Toute ma vie, j'ai désiré des choses que je ne pouvais pas avoir. L'amour de mes parents. Me sentir bien dans ma peau. Appartenir à une famille autre que la mienne.

Un reste d'orgueil l'empêcha de mentionner qu'elle avait toujours été subjuguée par lui mais que, jusqu'à ce jour, il n'avait jamais daigné lui accorder la moindre attention.

— Aujourd'hui, j'en ai assez de me sentir frustrée. Je n'ai pas peur de toi. Ni de mon désir pour toi. Mais je redoute l'absence de changement dans ma vie.

— Avant d'aller plus loin, il faut que tu saches que je ne suis pas fait pour le mariage. Ni pour la romance.

— T'ai-je demandé quoi que ce soit, cow-boy ?

— Je veux simplement que les choses soient claires entre nous, Cricket. Je ne peux pas ignorer le fait que tu as eu une rude journée et, avant cela, quelques semaines difficiles. Par ailleurs, tu es plus jeune que moi. Voilà pourquoi je veux être certain que nous sommes sur la même longueur d'onde.

— Nous le sommes. Je te désire de tout mon être, Jackson, et j'en ai assez de ne pas obtenir ce que je veux.

— Si tu es sûre de toi...

En fait, ce qu'elle ressentait pour lui allait bien au-delà du désir, mais il n'avait pas besoin de le savoir. Jackson lui faisait l'effet d'une montagne qu'elle devait gravir si elle voulait découvrir l'autre versant de sa personnalité. La clé du mystère que cet homme constituait pour elle. Car il était au centre de sa vie depuis qu'elle le connaissait, et aussi au centre des histoires qu'elle se racontait pour rendre son existence plus supportable.

Certes, le lien mystique et magique qu'elle avait imaginé avec la famille Cooper n'existait pas, mais il restait cette part de mystère avec Jackson. Et elle devait l'élucider avant de devenir la nouvelle Cricket, décidée à s'assumer telle qu'elle était et à s'émanciper de sa famille pour suivre sa propre voie.

Elle frissonnait d'impatience à la perspective de vivre une expérience inédite avec cet homme qui la fascinait. En revanche, elle n'était pas sûre qu'il y trouve son compte ou qu'il comprenne l'importance que ce moment représenterait pour elle. Tant pis. Ce qui comptait, c'était ce qu'*elle* voulait.

Peu importait ce que Jackson pensait d'elle. Elle avait atteint le summum de l'humiliation en accusant à tort Cash Cooper d'avoir trompé sa femme et en lui demandant s'il était son père. Désormais, plus rien ne pouvait l'atteindre puisqu'il ne restait plus rien à protéger ou à détruire en elle.

Elle était une Cricket exsangue. Et elle voulait se reconstruire.

— Oui, je suis sûre de moi. Assez parlé maintenant.

Parler n'était pas son fort. Elle avait vécu tellement d'années livrée à elle-même, imaginant la vie qu'elle aimerait avoir plus tard. Elle avait davantage parlé avec Jackson en l'espace d'une semaine qu'avec toute autre personne. Maintenant, elle voulait agir.

— Comme tu veux.

Sans plus attendre, il la souleva de terre, une main glissée sous ses fesses, l'autre autour de son dos, et il l'embrassa avec une passion qui l'électrisa. Elle sentait son corps dur et insistant contre elle, preuve de son excitation. C'était si bon de savoir que, en dépit de toutes les folies qu'elle avait commises aujourd'hui, son désir pour elle ne s'était pas émoussé. Bien au contraire.

Son baiser devenait incandescent, sauvage, dépassant de loin tout ce qu'elle avait imaginé. Elle avait beaucoup fantasmé sur Jackson Cooper, mais ses désirs étaient demeurés pudiques, flous, sensuels plutôt que sexuels. Elle n'avait jamais connu la chaleur du corps d'un homme pressé contre elle, le frottement de sa barbe contre sa joue, la fermeté de sa bouche, la friction de sa langue contre la sienne. Leurs souffles mêlés, leurs cœurs battant à l'unisson. Ces mains rugueuses s'insinuant sous son T-shirt, contre sa peau nue. Les frissons d'excitation qui la parcouraient tout entière.

Rien ne l'avait préparée à cette avalanche de sensations. À leur intensité. À leur réalité. À leur beauté. Elles la métamorphosaient en une autre femme – une créature sauvage, ce qu'elle avait toujours été de bien des façons, mais animée d'un objectif précis.

Se donner corps et âme à Jackson. Lui rendre son baiser avec une frénésie identique à la sienne.

Elle n'éprouvait aucune gêne. Aucune nervosité.

Riche de cette nouvelle assurance, elle mordit la lèvre inférieure de Jackson et exulta en percevant son grognement rauque contre sa bouche. Elle ne savait pas pourquoi elle avait eu cette réaction, mais elle lui avait paru naturelle. Elle ne s'interrogeait pas sur son bien-fondé. Ni sur le bien-fondé de leur baiser, car il était dans l'ordre logique des choses. Elle était à sa place dans les bras de Jackson. La douceur de son corps était faite pour la robustesse du sien. Elle ne s'était jamais sentie aussi bien. Aussi vivante. Aussi accomplie. Elle avait désormais la certitude que ses différences étaient une richesse et non un handicap.

Toute sa vie, elle avait eu le sentiment d'être le vilain petit canard de la couvée, mais plus maintenant. Car elle avait enfin trouvé sa place.

Il l’emporta vers la maison, trébuchant légèrement sur une marche du porche, puis il la plaqua contre la porte d’entrée, et elle haleta en sentant son érection pressée fermement entre ses cuisses, à l’endroit précis où elle se languissait de lui.

Il se plaqua contre elle dans un grognement rauque et l’embrassa avec une ardeur renouvelée. Grisée par son baiser, elle rejeta la tête en arrière et s’arc-bouta contre lui, frottant ses seins contre son torse et savourant la sensation exquise que ce contact lui procurait. C’était si bon de ne plus avoir honte des pulsions de son corps, comme cela avait été son cas pendant longtemps !

Il ouvrit la porte d’entrée et se dirigea tout droit vers la chambre qu’il occupait. Vers son lit à une place, identique au sien. Déjà qu’il devait s’y sentir à l’étroit tout seul, elle se demandait comment ils allaient tenir à deux. Mais cela ne semblait pas le préoccuper.

D’un geste compétent, il fit passer son top par-dessus sa tête et lui ôta son soutien-gorge dans la foulée.

Elle demeura immobile, la poitrine dénudée, hypnotisée par la faim dévorante qu’elle percevait dans son regard. À l’évidence, il la désirait, malgré ses courbes graciles et ses cheveux frisés. Comme c’était grisant de se sentir belle et séduisante !

Elle combla l’espace qui les séparait et glissa ses mains sous le T-shirt de Jackson, savourant le contact de ses muscles durs et du duvet qui recouvrait sa peau chaude. Elle n’avait jamais beaucoup réfléchi au sexe en général. Uniquement au sexe avec lui. Mais le plaisir de l’excitation qui faisait vibrer son corps dépassait de très loin toutes ses attentes, reléguant ses fantasmes à l’arrière-plan.

Tremblant d’impatience, elle lui ôta son T-shirt, dévoilant son corps d’athlète. Tellement plus beau, plus parfait qu’elle ne l’avait imaginé, avec son torse large, sa taille mince et ses épaules musclées. Tellement viril, se disait-elle, grisée à la perspective du plaisir qu'il lui donnerait.

Contre toute attente, une brusque envie de pleurer la saisit. Parce que Cricket Maxfield n'obtenait jamais ce qu'elle voulait. L'excellence et l'éclat n'étaient pas pour elle. Ses sœurs ayant hérité de la meilleure part du patrimoine génétique familial, elle n'était pas particulièrement belle, brillante ou ambitieuse.

Mais elle désirait Jackson Cooper depuis qu'elle savait ce que ce mot signifiait. Et, à cet instant, il était tout à elle. Ce qui se passerait ensuite n'avait pas vraiment d'importance, parce que ce moment était le plus parfait qu'elle ait jamais vécu.

— Pourquoi me regardes-tu ainsi ? demanda-t-il.

— Parce que je te trouve éblouissant.

Il rit, visiblement amusé. Puis elle se retrouva prisonnière de ses bras musclés, ses seins nus effleurant sa peau chaude et duveteuse.

— Ton compliment me flatte.

Sans plus attendre, il l'embrassa à nouveau tout en s'employant à la débarrasser du reste de ses vêtements.

Puis elle se retrouva allongée en travers du lit, le grand corps de Jackson recouvrant le sien. Elle, complètement nue, et lui, toujours vêtu de son jean. La rugosité du denim meurtrissait la peau délicate de ses cuisses. Et elle sentait son érection contre son intimité, tellement dure et insistante que c'en était presque douloureux.

Et il continuait de l'embrasser. Encore et encore. Elle le sentit bouger légèrement et glisser une main entre ses cuisses, là où elle se languissait de lui, chaque passage de ses doigts sur ce bouquet de nerfs hypersensibles faisant naître en elle une sensation de chaleur incandescente qui la laissait pantelante.

Elle n'avait jamais rien ressenti de tel auparavant. Bien sûr, elle s'était déjà caressée, mais sans obtenir le même résultat, tant s'en faut. Elle était à la merci de Jackson tandis que ses doigts rugueux poursuivaient leurs caresses expertes, alternant un rythme soutenu et un rythme plus langoureux. Quand il introduisit un doigt en elle avant de le retirer et de distiller sa moiteur sur la source de son désir, elle haleta. Il refit ce geste encore et encore, ajoutant un second doigt, jusqu'à ce qu'elle se sente chavirer à force de volupté. Jusqu'à ce qu'elle le supplie. De faire quoi ? Elle ne le savait même pas.

Elle glissa une main entre leurs deux corps pour tenter de déboutonner son jean.

Il rit. Un rire rauque et entendu.

— Pas encore, dit-il. Je n'en ai pas fini avec toi.

S'agenouillant près du lit, il la tira au bord du matelas et drapa ses cuisses sur ses épaules, directement en contact avec son intimité.

— Jackson, balbutia-t-elle.

Elle avait beau être vierge, elle n'était pas une oie blanche. Elle savait ce que les hommes et les femmes faisaient ensemble. Ses sœurs parlaient très librement de leur sexualité et de leurs désirs. Et elle ne s'était jamais autocensurée dans ses lectures ou dans les films qu'elle regardait.

Mais se retrouver entièrement nue, à la merci d'un homme, était très différent d'une simple connaissance théorique de la situation. Quand la bouche de Jackson se posa sur son intimité, elle sursauta et tenta de se dégager, mais les bras robustes de Jackson noués autour de ses cuisses la maintinrent fermement en place.

Elle se trémoussait en gémissant de plaisir tandis qu'il la léchait et la dégustait, comme si elle avait été un dessert succulent.

— Jackson, haleta-t-elle, en proie à l'étrange sensation de ne plus être maintenue sur le lit mais de planer quelque part au milieu des étoiles.

Son souffle s'accélérait. Elle peinait à respirer.

Le moment qu'elle vivait était fabuleux. Et Jackson était le magicien, avec ses mains expertes, sa force et sa bouche insatiable. Le plaisir prenait possession d'elle, l'enveloppait et lui procurait un sentiment de sécurité alors même que les sensations qui la submergeaient étaient d'une intensité inouïe.

Elle ondulait des hanches en rythme avec le mouvement imprimé par Jackson et, quand il introduisit à nouveau deux doigts en elle, elle eut l'impression d'imploser. Ses muscles internes se convulsèrent autour de ses doigts tandis qu'il poursuivait ses va-et-vient érotiques.

Ces caresses la laissaient pantelante, dans l'attente désespérée de la délivrance ultime qu'elle appelait de ses vœux.

— Le meilleur est à venir, dit-il. Patiente encore un peu.

Il se releva, et elle le contempla, fascinée, tandis qu'il abaissait lentement la fermeture zippée de son jean, dévoilant son érection.

Elle était... beaucoup plus imposante qu'elle n'avait imaginé. Non qu'elle ait eu une idée de la taille moyenne. Mais à l'instar de Jackson, son érection était aussi belle qu'intimidante. Chaque parcelle de son corps était magnifique. Un chef-d'œuvre de beauté virile. Presque un miracle.

Elle n'eut pas le temps de s'inquiéter car il se positionna à nouveau au bord du lit, enroulant ses bras autour des cuisses de Cricket et lui soulevant les hanches hors du matelas, avant d'unir leurs deux corps d'une seule poussée.

Une douleur fulgurante lui fouailla le ventre.

Elle hurla, cherchant désespérément à se raccrocher à lui, mais sans trouver la moindre prise. Pourtant, elle avait besoin de se cramponner à lui et d'enfoncer ses ongles dans sa chair pour s'empêcher de défaillir.

Jackson écarquilla les yeux et, pour la première fois, parut décontenancé. Il ajusta aussitôt leurs positions, faisant pivoter les jambes de Cricket afin qu'elle soit allongée, puis il se positionna au-dessus d'elle, toujours en elle. Ainsi, elle put s'agripper à ses épaules, les yeux clos.

— Cricket, gronda-t-il.

— Ne t'arrête pas, supplia-t-elle. Le mal est fait.

— Cricket...

— Je t'en prie, ne t'arrête pas.

Puis elle rouvrit les yeux, enserra son visage entre ses paumes et l'embrassa.

Ainsi encouragé, il se mit à bouger, lentement au début, et même délicatement, jusqu'à ce que la douleur commence à s'estomper et qu'elle soit remplacée par une réelle sensation de plaisir qui lui donnait à la fois envie de pleurer et de crier de désir.

Elle se mit à onduler des hanches pour accompagner ses va-et-vient, tandis qu'ils trouvaient un rythme qui leur convenait à tous deux. Tandis qu'ils se trouvaient.

Puis il prit le contrôle de la situation et accéléra le mouvement, sa peau frappant la sienne en cadence. Cette première expérience se passait tellement mieux qu'elle ne l'avait imaginé !

Le désir grandit en elle jusqu'à ce qu'elle tremble d'impatience, comme elle l'avait fait dehors, et comme elle l'avait fait après leur baiser. Il glissa une main entre leurs deux corps et promena ses doigts sur son intimité, à l'endroit où ils étaient unis, puis il la pinça gentiment tout en donnant un vigoureux coup de reins. Alors, un éclair lumineux éclata derrière ses pupilles, et la vague de la jouissance déferla sur elle.

C'était tellement différent de toutes les sensations qu'elle avait éprouvées à ce jour. Un plaisir d'une intensité inouïe, interminable, tandis que ses muscles internes pulsaient autour de lui. Il donna deux autres coups de reins avant d'atteindre à son tour l'orgasme dans un grognement guttural.

Elle était à la fois abasourdie et bouleversée par la révélation du plaisir charnel tandis que de petites répliques de ce plaisir continuaient de faire vibrer son corps, l'obligeant à se raccrocher aux épaules de Jackson.

— Cricket, dit-il. Tu aurais dû me prévenir.

— Au sujet de ma virginité ?

— Bien sûr !

— Je pensais que c'était évident.

— Pas suffisamment.

— Ce n'était pas ton problème.

— Bien sûr que si !

— Je ne voulais pas que c'en soit un pour toi. Je t'en prie, ne me gâche pas ce moment en me sermonnant ou en m'accablant de reproches, parce que je me moque de ton opinion.

Elle se laissa retomber sur le lit, la tête au creux de l'oreiller.

— J'ai beaucoup apprécié cette expérience, et c'est l'essentiel.

— Cricket... Je ne devrais pas rester.

— Pourquoi ?

Elle se redressa d'un bond, complètement nue. Elle ne savait pas pourquoi elle n'éprouvait aucune gêne en tenue d'Ève devant lui. Mais cela lui paraissait naturel. Elle se sentait enfin elle-même. Comme si cette expérience avec Jackson la révélait à elle-même et la débarrassait des complexes qui l'avaient jusque-là empêchée de s'épanouir. Elle s'estimait à sa place dans cette maison, dans ce lit, avec cet homme. Et elle n'avait aucune raison de se sentir timide, d'avoir des regrets ou de s'excuser auprès de Jackson pour lui avoir caché sa virginité.

— Parce que tu ignores la véritable raison qui m'a poussé à venir travailler ici.

— Tu as perdu un pari, cow-boy. C'est aussi simple que cela. Mais ce pari n'a rien à voir avec ce qui vient de se passer entre nous. Alors, encore une fois, n'essaie pas de me gâcher ce moment.

— Ce n'est pas mon intention, dit-il, la regardant droit dans les yeux. Cricket, pourquoi crois-tu que j'aie accepté les termes du pari que tu m'as lancé ?

— Parce que tu étais sûr de gagner.

— Non. Je savais que j'allais perdre. Tu avais une telle

confiance en toi, une telle arrogance, que tu ne pouvais qu'avoir la meilleure main.

— Comment... est-ce possible ? balbutia-t-elle, interloquée.

— C'était écrit sur ton visage que tu allais gagner. Et j'ai accepté les termes que tu as fixés parce que cela m'arrangeait. Parce que je voulais... te prouver que tu n'avais pas les compétences requises pour devenir éleveuse.

— Mais pourquoi ?

— Je voulais te décourager afin de racheter ta propriété.

Elle le contempla, effarée.

— Tu voulais m'escroquer ?

— En quelque sorte. Mais je ne t'ai jamais menti sur l'ampleur de la tâche que tu aurais à accomplir pour exploiter ta propriété. Tout ce que je t'ai dit était l'exacte vérité. Le réveil à l'aube, le travail harassant, les dépenses d'entretien et de personnel, et les horaires élastiques. En revanche, je n'ai rien fait pour t'encourager. Parce que je voulais que tu jettes l'éponge et que tu me vendes ton ranch.

— Jackson...

— Maintenant, je me fais l'effet d'un salaud. Rien ne s'est passé comme je m'y attendais. J'ignorais que tu me prenais pour ton demi-frère. Et maintenant, nous...

— Avais-tu l'intention de me séduire pour m'extorquer mon ranch ?

— Non !

— Je t'en prie, Jackson, dis-moi que ce qui vient de se passer entre nous était dénué d'arrière-pensée. Que tu étais sincère.

— Oui, il n'y avait aucune arrière-pensée de ma part. Mais ce qui s'est passé ce soir ne doit pas se reproduire. Nous devons en rester là.

— Je ne vois pas pourquoi.

— Parce que je ne suis pas le genre d'homme capable de combler tes attentes. Tu as déjà été blessée par trop de personnes dans ta vie, et je ne veux pas te causer davantage de tort.

— C'est déjà fait. Ce que tu viens de me révéler m'a blessée.

— J'en suis désolé. Ce n'était pas mon intention.

— Non. Tu voulais simplement anéantir mes rêves en me persuadant que je n'étais pas à leur hauteur, puis me priver de mon bien le plus précieux. Jackson, tu as bel et bien voulu me faire du mal. Et tu t'en moquais parce que tu ne me connaissais pas. Si tu te sens coupable maintenant, c'est uniquement parce que tu te rends compte à quel point je suis pathétique. Et j'étais vierge, par-dessus le marché.

— Je n'ai pas pitié de toi.

— Dans ce cas, de quoi s'agit-il ?

— Maintenant que je t'ai vue nue et que j'ai couché avec toi, je ne peux pas abuser de ta confiance. Bien sûr, je pourrais justifier mes actes, t'assurer que je ne t'ai pas menti et faire comme si tout allait bien. Mais ce serait malhonnête de ma part. Si j'ai réussi à faire taire mes scrupules jusque-là, c'est parce que je ne me sentais pas personnellement concerné par ce qui t'arrivait mais, après ce qui s'est passé ce soir – la visite à mon père et notre rapport sexuel –, je suis forcé d'admettre qu'un lien personnel s'est créé entre nous.

— Alors, comment peux-tu dire que nous devons en rester là puisque tu admets l'existence de ce lien ?

— Parce que j'ai tout gâché.

— Non, ton argument ne tient pas. C'est une experte en matière de gâchis qui te parle !

Elle poussa un soupir exaspéré.

— Sais-tu que je suis amoureuse de toi depuis des années ? Alors, quand j'ai découvert que tu étais peut-être mon frère, j'ai cru devenir folle tellement l'idée était horrible. Je suis désolée, mais il fallait que je sache la vérité. Et, quand je l'ai su, j'ai éprouvé le besoin d'être avec toi. C'était une expérience nécessaire pour me permettre de laisser derrière moi toutes ces années de solitude et de tourments intérieurs. Pour commencer à me sentir plus… normale. Et voilà qu'après ce rapport sexuel fabuleux je découvre que tu as tenté de me voler mon ranch ! Je ne t'aurais jamais cru capable d'un acte aussi vil.

— Cricket, j'ignorais que tu étais amoureuse de moi. Mais je crains que tu ne m'aies idéalisé. Je n'ai rien d'exceptionnel. Je ne suis pas un méchant homme, mais je ne suis pas non quelqu'un d'admirable.

— Pourquoi mon ranch t'intéresse-t-il autant ?

— Parce qu'il jouxte le mien. Si je veux me développer…

— Pourquoi voudrais-tu te développer ?

— C'est ce que font les gens.

— Je voulais dire, dans quel but ? Pour gagner plus d'argent ?

— Non. Pour agrandir mon patrimoine. Je suis un homme de la terre.

— Oh ! c'est un argument que je comprends. Avoir quelque chose à soi. Mais, en l'occurrence, ce ranch m'appartient, et tu ne l'auras pas. Peu m'importe que ce soit difficile de le remettre en état et de le rentabiliser. Je suis prête à relever ce défi. Tu as sous-estimé ma force de caractère. J'ai vécu un enfer durant les six derniers mois, alors ce ne sont pas quelques difficultés qui me feront renoncer à mon rêve de devenir éleveuse.

— Je retourne chez moi ce soir. Nous avons besoin de prendre du recul.

— Je n'en ai pas besoin.

— Moi, si.

Elle le foudroya du regard.

— Nous avions un accord. Et il n'est pas devenu caduc à cause de ce qui s'est passé ce soir. Es-tu le genre d'homme à revenir sur ses engagements ?

— La situation a…

— Changé pour toi. Parce que tu m'as menti. Alors que j'ai toujours été honnête avec toi, et…

— Sauf que tu pensais que j'étais ton frère et que tu avais besoin de… quoi, au juste ?

— De devenir suffisamment proche de toi pour te demander : « Penses-tu que ton père ait pu tromper ta mère avec la mienne et qu'il puisse être mon père biologique ? »

Il demeura impassible, à l'exception d'un muscle qui se contracta sur sa joue.

— Oui, dit-elle. C'est affreux. Et il n'y a pas de bonne façon d'aborder la question. Du moins, je n'en ai pas trouvé. Pourtant, Dieu sait si j'ai cherché. Alors, oui, j'admets avoir eu, moi aussi, des arrière-pensées. Mais mon seul objectif est d'exploiter mon ranch. Pour cela, j'ai besoin de ton aide. Et tu t'es engagé à demeurer ici et à travailler gratuitement pour moi pendant trente jours.

— Tu es dans mon lit.

— Je te propose trois options. Tu me rejoins dans ton lit. Tu vas dormir dans le dortoir en compagnie des araignées. Tu vas dans mon lit, où j'irai te rejoindre.

Il exhala un profond soupir et se rassit sur le matelas.

— Tu ne te rends pas compte du jeu dangereux que tu joues, petit criquet.

— Il n'y a qu'une seule façon pour moi de le découvrir. Continuer de jouer.

Elle prit une profonde inspiration, se concentrant sur le sentiment de tendresse qui s'épanouissait dans sa poitrine.

— Franchement, Jackson, j'en ai assez de me sentir tout le temps mal dans ma peau. Comme un poisson hors de l'eau. Or, ici, dans ce ranch, avec toi, je me sens bien. Alors, pourquoi ne pas continuer ce que nous avons commencé ?

— Je t'ai menti, dit-il.

— Oui. Et alors ? Je veux dire, nous ne sommes pas amis. Ni parents. Nous ne sommes… rien l'un pour l'autre. Tu as perdu un pari. Fin de l'histoire. Par ailleurs, ton plan n'aurait fonctionné que si tu m'avais persuadée de renoncer à mon rêve. Si tu avais réussi, je n'aurais d'ailleurs eu que ce que je méritais.

— Le penses-tu vraiment ?

— Oui. Sais-tu ce qui est encore plus difficile que d'apprendre à exploiter un ranch ? Grandir dans un mausolée dédié à son père, alors qu'on n'éprouve ni amour ni respect pour lui. Être obligée de s'intégrer dans un cadre de vie qui n'est pas fait pour vous. Je ne le supportais plus et j'ai décidé de me prendre en main. De changer de vie. Alors, ce ne sont pas les réveils matinaux, les courbatures et autres bobos qui vont me rebuter.

— Décidément, tu n'arrêtes pas de me surprendre.

Il s'allongea près d'elle et l'attira contre lui. Elle posa sa main sur son torse puissant, traçant des motifs sur ses pectoraux.

— Tu es mon mentor dans les travaux des champs et les ébats amoureux, et j'espère te surprendre encore par mon zèle à me perfectionner dans ces deux matières, dit-elle, mutine.

— Que les choses soient claires. S'agissant de sexe, il n'y aura aucun engagement de part et d'autre. Rien que de l'amusement.

— Cela me convient. Je suis dans une période charnière de ma vie. J'essaie de trouver ma voie. De savoir qui je suis… D'accepter l'idée que James est sans doute mon père.

— As-tu l'intention de poser la question à ta mère ?

— Oui. J'ai besoin de connaître la vérité, tout en la redoutant.

— Parfois, on est confronté à des découvertes déplaisantes au sujet de ses parents. Mais je te l'accorde, ton père est bien pire que le mien.

— Ton père s'est montré gentil avec moi. Il aurait pu très mal prendre ce que je lui ai dit.

— Ce n'est pas un mauvais homme, mais… je n'aurais pas été surpris d'apprendre qu'il avait trompé ma mère.

— Je suis désolée.

— Ce n'est pas ta faute.

— Tout de même. Je vous ai mis dans une situation embarrassante, ce soir.

Il haussa les épaules.

— C'est le comportement de mon père qui l'a mis dans cette situation.

— Je peux bien te l'avouer, j'ai toujours envié la famille que vous formiez. J'aurais aimé en faire partie.

— Confidence pour confidence, je n'aurais pas aimé faire partie de la tienne.

— Forcément. La tienne est imparfaite et la mienne dysfonctionnelle. Une sacrée différence, tu peux me croire.

— Il se pourrait bien que tous deux nous frôlions la relation dysfonctionnelle, dit-il en plaisantant.

— Peut-être. Mais nous sommes en mesure de la gérer. Et nous sommes les seuls concernés.

— C'est vrai.

— Et j'ai la ferme intention de profiter de toi pendant les vingt et un jours de servitude que tu me dois.

Elle se retrouva soudain clouée sur le matelas par le corps imposant de Jackson.

— Et moi, j'ai la ferme intention d'user et d'abuser de ton corps pendant ces vingt et un jours, gronda-t-il.

Puis ils cessèrent de parler durant le reste de la nuit.

7

Jackson s'en voulait de ne pas être parti la veille au soir quand il en avait eu l'intention, mais Cricket l'avait regardé d'un air implorant, tel un chiot blessé, et il n'avait pas eu le courage de la décevoir. Pourtant, il n'avait aucune raison de rester. Sa seule excuse, c'était d'être un homme, tout simplement, avec ses qualités, ses défauts et ses faiblesses – celle de la chair, notamment. Et Cricket représentait une tentation à laquelle il n'avait pas su résister. Mais il ne pouvait pas se contenter de cette explication, car, s'il s'était retrouvé dans la même situation avec une autre femme, il n'aurait pas eu autant de scrupules à partir. En fait, c'était Cricket qui lui posait un problème. Et non des moindres.

Il réfléchissait à la question tout en quittant la quincaillerie de Gold Valley où il avait acheté diverses fournitures destinées au ranch de Cricket. Ce matin, elle s'était levée à l'aube sans se plaindre, et c'était lui qui avait eu un mal fou à sortir du lit. Alors qu'il retournait au ranch, il repéra le pick-up de son frère arrivant sur la voie d'en face. Creed lui fit signe de le rejoindre, et Jackson roula jusqu'au prochain rond-point pour faire demi-tour et suivre son frère. Ils s'arrêtèrent dès qu'ils trouvèrent à une place sur le bas-côté de la route. Ce n'était pas inhabituel que les deux frères se croisent aux abords de Gold Valley. Outre le fait que c'était une petite localité, tous deux étaient éleveurs et s'approvisionnaient dans les mêmes magasins.

— Cette rencontre tombe à pic, remarqua Creed. J'avais justement l'intention de te rendre visite aujourd'hui.

— Ah ?

— Oui. Ma femme a beaucoup insisté pour que j'aille m'assurer qu'il ne se passait rien de fâcheux entre toi et sa petite sœur.

Jackson demeura impassible.

— Vraiment ?

— Oui. Elle m'a dit que Cricket l'avait appelée un soir pour lui demander comment préparer un steak. Parce qu'elle cuisinait pour toi. Et ça l'a tracassée.

— Je ne vois pas ce que les sentiments de ta femme ont à voir avec moi.

— Figure-toi que j'ai vu papa ce matin, et il m'a raconté que toi et Cricket aviez déboulé dans le chai hier soir, et qu'elle avait voulu savoir s'il était son père.

— Oh.

— Et tu as dit à papa que vous aviez besoin de connaître la vérité.

— Parce que le soupçon de Cricket était fondé.

— Comment est-ce possible ? Papa aimait follement maman. Il ne l'aurait jamais trompée !

La frustration de Jackson était à son comble. Peut-être était-elle due aux suppositions fantaisistes de Cricket ou au fait que son frère ait occulté certaines informations concernant leurs parents alors que Jackson supportait le poids de ce secret depuis des années. Quelle que soit la raison, il était à bout de patience.

— Tu te fais des illusions, Creed. Papa n'aimait pas maman à la folie.

— Qu'est-ce que tu racontes ? Il est anéanti par le chagrin depuis qu'elle est morte. Cela fait cinq ans qu'il ne va pas bien du tout. Alors, ne viens pas me dire que ce n'est pas l'attitude d'un homme fou amoureux de sa femme !

— C'est celle d'un homme accablé par la culpabilité.

Jackson exhala un profond soupir de frustration.

— J'étais plus proche de maman que toi.

— Et je m'en veux de ne pas avoir été davantage là pour elle. Mais, à l'époque, j'avais des soucis par-dessus la tête.

— Je sais. Ce n'était pas une critique. Mais tu peux me croire, les suppositions de Cricket n'étaient pas totalement infondées. T'es-tu demandé pourquoi papa détestait autant James Maxfield ? Ce n'était pas uniquement parce que cet homme était un salaud.

— Oui. Je me le suis demandé parfois, mais sans y attacher d'importance.

— Papa était amoureux de *sa* femme. Il l'a toujours été. Et ses sentiments pour maman, quelle qu'ait été leur nature, n'ont jamais réussi à éclipser l'amour qu'il portait à la femme de Maxfield. C'était injuste pour maman. Et papa en est conscient. C'est pourquoi il est miné par les regrets et la culpabilité. Et il y a de quoi.

Creed secoua la tête, atterré.

— Cela n'a aucun sens ! Pourquoi maman serait-elle restée avec lui ?

— À cause de nous, les enfants, bien sûr.

— Elle n'aurait jamais dû l'épouser, pour commencer. Pourquoi l'a-t-elle fait ?

Jackson dansa d'un pied sur l'autre, mal à l'aise.

— Parce qu'elle était enceinte. Je suis né peu après leur mariage. Tu n'as peut-être jamais fait le calcul, mais moi, si. Qui plus est, elle me l'a confié. Moi qui croyais que nous formions une famille heureuse ! Je suis tombé de haut. Ils se sont mariés contraints et forcés. Par la suite, ils ont essayé d'améliorer leur relation, et Honey est le fruit de cette tentative de rapprochement. Mais ces rabibochages fonctionnent rarement. C'est là qu'intervient Cricket. Étant née plusieurs années après ses sœurs, comme Honey, elle se disait qu'elle était peut-être une enfant adultérine. Parce que sa mère n'a jamais cessé d'aimer papa. Mais il assure qu'il n'a jamais trompé maman.

— Oh ! c'est très différent de ce que Wren redoutait.

Creed fixa un bosquet d'arbres, l'air désemparé.

— Je ne savais pas que papa et maman...

— Ils ne voulaient pas que nous soyons au courant.

— Alors, comment se fait-il que maman t'en ait parlé ?

Creed semblait blessé. Mais Jackson était trop perturbé pour le réconforter.

— Elle avait besoin d'en parler à quelqu'un. Elle se sentait seule, et...

— Papa a toujours été là pour elle. Et puisqu'il n'avait pas de liaison extraconjugale...

— Tu es marié, Creed. Ne me dis pas que tu ne ferais pas la différence entre être aimé d'amour par ta femme et savoir que tu passes en second après un autre homme.

— Tu as raison. Mais...

Creed eut un rire gêné.

— Wren et moi nous sommes mariés parce qu'elle était enceinte. Toutefois, ce n'est pas pour cette raison que nous restons ensemble. Nous nous aimons profondément.

— Tant mieux. Malheureusement, ce n'était pas le cas de nos parents.

— Tu sais, quand je t'ai fait signe de t'arrêter, j'étais loin de penser que tu me raconterais une histoire aussi déprimante.

— J'essaie simplement de t'expliquer ce qui s'est passé ces dernières vingt-quatre heures. Pour moi aussi, elles ont été plutôt étranges.

— En tout cas, sois prudent avec Cricket. Wren se fait du souci pour elle.

Ce fut au tour de Jackson de fixer le bosquet d'arbres. Il sentait le regard de son frère rivé sur lui.

— Si tu couches avec ma belle-sœur, je serai obligé de venger l'honneur de ma belle-famille. Et ça m'ennuierait.

— Je serai prudent avec elle.

— Ce n'est pas une dénégation.

— En effet.

— Vraiment ? Vraiment ? Tu as couché avec Cricket ?

Jackson s'abstint de répondre et haussa les épaules, mal à l'aise.

— Elle pensait que tu étais son demi-frère, et finalement vous avez... Oh ! je préfère ne rien savoir.

Creed leva les mains en signe de reddition et recula d'un pas.

— Moins j'en saurai, mieux je me porterai. Parce que je vais devoir rendre des comptes à Wren. J'ai beau aimer ma femme de tout mon cœur, elle est du genre à tuer le porteur de mauvaises nouvelles. Et je préfère rester indemne.

— Moi aussi.

— Alors, arrange-toi pour que le mari d'Emerson ne soit pas au courant.

— Pourquoi ?

— Tu es mon frère, et j'aurai des scrupules à jouer les justiciers vengeurs à ton encontre. Mais Holden n'en aura aucun.

— Rien ne s'est passé ni ne se passera sans le consentement de Cricket.

— Je te fais confiance. Et j'espère qu'il en sera de même pour Wren.

— C'est une affaire qui ne concerne que nous.

— Je ne peux cacher aucun secret à ma femme, mais je peux détourner son attention, déclara Creed avec un large sourire.

— Parfait. Surtout, n'ébruite pas cette histoire. Ce qui se passe entre Cricket et moi est strictement personnel.

— À vrai dire, j'ai du mal à comprendre que tu sois attiré par elle. Elle est belle, bien sûr, mais...

Jackson ressentit un violent besoin de… la protéger ? Il avait du mal à définir sa réaction. À la fois primitive et pleine de colère. Il était incapable d'expliquer ce qui l'attirait chez Cricket. Elle était spéciale. Quand il cessait de la considérer comme une adversaire à abattre, il se rendait compte qu'elle était courageuse. Belle. Naïve par certains côtés. Et tellement différente de toutes les personnes qu'il connaissait.

Il la revoyait telle qu'elle lui était apparue la première fois qu'il s'était rendu chez elle. Une reine des pirates sur un bateau en perdition. Il aurait dû comprendre à ce moment-là quelle femme déterminée et intransigeante elle était. Mettant tout en œuvre pour obtenir ce qu'elle voulait, quelles que soient les difficultés. Maintenant qu'il se rendait compte à quel point elle était courageuse et vulnérable, il voulait la protéger et non plus l'exploiter.

— Ne te fais pas de souci pour moi. Ni pour Cricket. Elle est tout à fait capable de prendre soin d'elle.

Et il allait l'aider à réaliser son rêve.

Jackson avait prévu de s'absenter presque toute la journée, et c'était sans doute mieux ainsi, admettait Cricket à contrecœur. Elle aurait préféré qu'il reste au lit avec elle au lieu d'effectuer les travaux nécessaires à la remise en état de son ranch. Certes, ils étaient indispensables si elle voulait devenir éleveuse. Et c'était pour cette raison que Jackson était ici. Mais, maintenant qu'elle avait goûté aux plaisirs de la chair, elle avait du mal à y renoncer, ne serait-ce que temporairement. Un orgasme était tout de même plus tentant que la réparation des clôtures !

Pourtant, elle aussi avait quelque chose d'important à faire aujourd'hui : rendre visite à sa mère pour savoir avec certitude qui était son père.

Depuis qu'elle avait pris ses distances avec sa famille en s'installant au ranch, elle évitait le plus possible de se rendre au domaine Maxfield Vineyards car il lui rappelait trop de mauvais souvenirs. Mais curieusement, alors qu'elle roulait en direction de la demeure familiale, elle n'éprouvait plus ce sentiment d'angoisse qui lui pesait tant, cette impression d'être prise au piège. Elle était capable d'apprécier la beauté des lieux, avec les coteaux couverts de pieds de vigne bien entretenus, la grande demeure familiale de style toscan, et les pavillons élégants abritant le chai et les salles de dégustation. C'était un beau domaine, quand elle n'y était pas prisonnière.

Bon. Le terme « prisonnière » était un peu exagéré. Il n'empêche que c'était le sentiment qu'elle avait à l'époque où elle vivait là. Mais, maintenant qu'elle avait son chez-elle, maintenant qu'elle avait un homme dans son lit...

Était-ce possible qu'une nuit avec Jackson l'ait changée à ce point ? Ce matin, elle s'était contemplée dans le miroir pour vérifier si le changement intervenu dans son corps était visible sur son visage, mais elle n'avait rien remarqué. Elle prit une profonde inspiration et gara sa voiture dans l'allée circulaire, juste devant l'entrée imposante de la demeure familiale. Un endroit où elle ne s'était jamais sentie chez elle. Mais, aujourd'hui, elle n'avait plus l'estomac noué par l'appréhension, comme à l'époque où James était le maître des lieux.

Elle frappa à la porte puisqu'elle ne vivait plus ici et, quand une employée lui ouvrit, elle fut accueillie aussi poliment que si elle avait été une invitée. Elle demeura dans l'entrée, attendant l'arrivée de sa mère.

Quand elle apparut, Cricket la contempla, admirative. Sa mère demeurait l'éternelle châtelaine du manoir, même si la situation dudit manoir avait changé du tout au tout.

— Cricket ! s'exclama Lucinda avec un sourire radieux. Quel bon vent t'amène ?

— Je voudrais te parler de...

Elle prit une profonde inspiration avant d'ajouter d'un trait :

— J'ai parlé à Cash Cooper, hier soir.

— Oh ! balbutia sa mère, l'air consterné.

— Je lui ai demandé s'il était mon père.

— Cricket...

— Je sais que vous vous aimiez et que tu n'as pas voulu l'épouser parce que tu as préféré l'argent à l'amour. Alors, j'ai pensé que peut-être...

— Il n'est pas ton père.

— C'est ce qu'il m'a dit.

— Comment a-t-il réagi ? demanda sa mère, visiblement gênée.

— Il m'a répondu gentiment. J'étais très embarrassée de lui poser cette question, mais elle me taraudait, et il fallait que je sache ce qu'il en était. Parce que je me suis toujours sentie décalée par rapport à vous tous. Il me semblait avoir davantage d'affinités avec les Cooper. Puis, quand j'ai appris que tu étais amoureuse de lui...

— Je l'ai toujours été, et le serai toujours. J'ai sacrifié l'amour pour une vie qui, espérais-je, me rendrait heureuse. Mais je me suis trompée sur toute la ligne. Et il m'a fallu tout ce temps pour l'admettre. Tout ce temps pour être capable de comprendre à quel point j'avais tort. Je pensais que cette maison, l'argent et la position sociale remplaceraient avantageusement l'amour. Puis, Cash a gagné beaucoup d'argent et connu la réussite sociale à son tour, et j'ai pris peu à peu conscience de tout ce que je manquais. Je l'avoue, j'ai été tenté de renouer avec lui. Nous avons été tentés de réécrire l'histoire. Des occasions se sont présentées, et c'était très dur de résister. Parce que je me souvenais à quel point j'étais heureuse avec lui. Mais... je ne devrais pas te raconter tout cela. Mes histoires d'amour ne t'intéressent pas.

De fait, elles ne l'intéressaient pas vraiment, mais elle comprenait mieux sa mère maintenant qu'elle-même entretenait une relation avec Jackson. Serait-elle éternellement amoureuse de lui ? Saurait-elle le repérer d'instinct au milieu d'une foule, comme s'ils étaient reliés par un fil invisible ? S'il épousait une autre femme, se souviendrait-elle toujours de la sensation exquise de ses mains sur son corps ? Que se passerait-il si elle épousait un autre homme ?

Franchement, cette dernière hypothèse lui paraissait improbable. Elle n'avait jamais vraiment rêvé d'être une épouse et une mère. C'était Jackson qui avait toujours été au centre de ses rêves.

— Mais tu n'as pas succombé à la tentation.

— Non.

— Et... Avec un autre homme ?

— Non plus.

— Donc, James Maxfield est mon père.

Ce n'était pas une question, mais une affirmation douloureuse.

— Oui.

Cricket se détourna, le cœur gros. Elle n'avait pas osé poser plus tôt la question à sa mère de peur d'obtenir cette réponse. À présent, elle avait perdu le peu d'espoir qui lui restait. Rien n'était plus romantique qu'une famille cachée qui l'attendrait quelque part. Plus merveilleux que de savoir enfin pourquoi elle était ainsi faite. Mais la réalité était plus prosaïque.

Elle devait donc se faire une raison. Trouver le moyen de s'accepter telle qu'elle était.

— Cash m'a dit que je te ressemblais.

Elle se tourna de nouveau vers sa mère et contempla sa peau soyeuse, dépourvue de rides, et sa chevelure blonde et lisse.

— Pourtant, je ne trouve pas, ajouta-t-elle. Il a dit aussi que je le faisais penser à toi.

L'expression de sa mère s'adoucit et se teinta de mélancolie.

— Parce qu'à l'époque j'étais comme toi. Tu es sans doute celle de mes filles qui me ressemble le plus. J'étais rebelle et têtue. Je défiais sans cesse Cash. Je le poussais dans ses retranchements. J'aspirais à une vie meilleure que celle que je pouvais avoir à Gold Valley. Meilleure que celle qu'il était en mesure de m'offrir. Et je lui disais que s'il tenait vraiment à moi, s'il m'aimait vraiment, il devait faire en sorte de m'offrir toutes les choses que je voulais. Parce que, vois-tu, j'étais persuadée que l'homme qui me rendrait heureuse serait celui qui comblerait toutes mes attentes, mais je ne me souciais pas de savoir si je saurais combler les siennes. Et c'est ainsi que j'ai contracté un mariage déséquilibré, dans lequel je ne posais aucune question et me contentais de prendre tout ce qu'on me donnait. Je n'avais pas d'aspirations particulières en dehors de ce que je pouvais obtenir. Et quand je me suis rendu compte que j'étais liée à un homme qui ne m'aimait pas, et qui m'était infidèle, c'était trop tard. Je vous avais toutes les trois. J'avais trop peur de vous perdre pour entreprendre la moindre démarche. Il se servait de vous trois pour me menacer.

Elle ferma les yeux, le visage empreint de douleur.

— Pour être tout à fait honnête, la seule chose qui m'empêchait de renouer avec Cash Cooper, c'était la crainte que votre père découvre notre liaison et qu'il vous arrache à moi.

— Je suis désolée de ne m'être jamais rendu compte à quel point tu étais malheureuse ici, maman.

— J'ai causé mon propre malheur.

Sa mère balaya les lieux du regard.

— Cette maison était ma prison. J'en ai construit les murs et je me suis enfermée à l'intérieur, repliée sur ma souffrance, incapable de vous offrir la tendresse et le réconfort dont vous aviez besoin.

Cricket ne savait pas quoi dire à cela. En revanche, elle se souvenait de la question que Jackson lui avait posée le premier jour où il était arrivé au ranch.

— Pourquoi m'as-tu prénommée Cricket ?

Sa mère sourit.

— Parce que cela me rappelait ma jeunesse. Les chaudes

nuits d'été, quand je m'asseyais dehors pour écouter les criquets, les grillons et autres cigales. Une époque heureuse, où tout était plus simple. Quand tu es née, je savais déjà que je ne trouverais jamais le bonheur dans cette maison. Mon seul bonheur, c'était vous trois. Mais je me suis laissé dominer par la peur et la culpabilité. Et cela a affecté mes rapports avec vous. Tu m'as accusée de m'être montrée distante envers toi et tes sœurs, et tu avais raison. Si tu savais comme je m'en veux de ne pas vous avoir témoigné davantage d'amour ! Mon divorce m'a permis de prendre conscience de la femme que je suis devenue. Et je n'aime pas ce que je vois dans mon miroir : mes défauts, mes échecs, mes insuffisances...

— James Maxfield est un salaud de la pire espèce.

— Il fut un temps où nous formions un couple assorti. Et je n'en éprouve aucune joie.

— Je ne veux pas t'accabler, maman, mais je ne comprends pas comment tu as pu l'épouser alors que tu aimais Cash.

— Quand je lui ai annoncé que j'allais épouser James, Cash n'a pas tenté de me dissuader. Jusqu'au jour du mariage, je croyais vraiment qu'il viendrait me chercher sur un cheval blanc, tel un prince charmant, pour m'emmener loin de Gold Valley. Mais il n'est pas venu à ma rescousse. À la place, il a rencontré une autre femme, et ils ont eu des enfants tout de suite. Beaucoup plus vite que ton père et moi. Alors, pour me consoler, je me suis lancée dans des dépenses inconsidérées. Si Cash ne s'était pas marié, mon mariage avec ton père n'aurait sans doute pas duré. Mais on ne réécrit pas l'histoire.

— Pourtant, maintenant, vous êtes disponibles, tous les deux.

Sa mère sourit tristement.

— Cash est un homme fier. Je ne pense pas qu'il voudrait de moi. Et je ne peux pas lui en vouloir.

— Tu ne sais pas comment il réagirait. À moins de tenter

l'expérience. Ne penses-tu pas que nous méritons tous d'être heureux ? Quelles que soient les circonstances ?

— Pour moi, il est trop tard. Mais, toi, tu mérites tout le bonheur du monde, ma chérie.

Cricket quitta la maison de sa mère, songeuse. Elle avait le sentiment que sa mère avait entretenu une relation plutôt dysfonctionnelle avec Cash et qu'elle avait une grande part de responsabilité dans la tournure des événements. Mais elle ne comprenait pas pourquoi ils devraient se morfondre chacun de leur côté jusqu'à la fin de leurs vies. Il y avait beaucoup de non-dits entre eux, et ils auraient tout intérêt à mettre les choses au clair.

En tout cas, Cricket était sûre d'une chose : elle ne pourrait pas épouser un autre homme que Jackson ni avoir des enfants d'un autre que lui. Sa conversation avec sa mère avait renforcé sa conviction. Elle finirait donc probablement vieille fille dans son ranch. Au moins, elle aurait ses propres rêves.

Quand elle arriva chez elle, Jackson restaurait le plancher du porche. Ses coups de marteau étaient vigoureux et précis, chaque muscle et chaque tendon de son corps travaillant harmonieusement pour atteindre leur objectif. Il était beau comme un dieu. Et le porche était pour ainsi dire flambant neuf. En l'espace de quelques heures, il avait radicalement changé d'aspect. Il ne menaçait plus de s'effondrer. Il n'avait plus l'air délabré. C'était un petit miracle. Grâce à Jackson. Cet homme était incroyable.

Son cœur se dilatait de joie dans sa poitrine, et elle se sentait revigorée, d'une certaine façon. L'histoire de sa mère était tragique, mais elle lui rappelait qu'en aucun cas elle ne devait baisser les bras et accepter son sort.

Elle était la fille de James Maxfield. Ce n'était pas son choix. En revanche, elle déciderait de ce qu'elle voulait faire de sa vie. Elle n'appartenait pas à James. Il n'avait aucun droit sur elle. Elle était Cricket, prénommée ainsi parce qu'elle rappelait à sa mère les nuits d'été d'une époque heureuse. Son patrimoine génétique était composé aussi bien de ces éléments que de l'ADN de son père.

Elle se sentait plus que jamais enracinée dans cet endroit et certaine de la pertinence de ses décisions.

— Des chevaux, dit-elle, dès qu'elle fut sortie de son pick-up.

— Pardon ?

Jackson s'arrêta de travailler, et un trouble délicieux s'empara d'elle quand leurs regards se croisèrent.

— J'ai décidé d'élever des chevaux. Et j'ai l'intention de commencer tout de suite.

— Il te faudra des écuries.

— Nous établirons un budget et engagerons un entrepreneur. Je sais que cela demandera un peu de temps, mais je suis plus déterminée que jamais. Ma vie sera ce que je veux qu'elle soit. Qu'importe de qui je tiens mon ADN. Je viens de parler à ma mère. Elle m'a confirmé que James est bien mon père. Et elle m'a raconté aussi que, pendant des années, elle a mené une existence qu'elle n'aimait pas parce qu'elle se sentait piégée. Parce qu'elle pensait ne pas avoir le choix. Mais, moi, je refuse de penser que je n'ai pas le choix. Mon existence n'est pas déterminée par le fait que je suis la fille de James et non celle de Cash. Je serai ce que je déciderai d'être.

— Bravo.

Elle pointa son index dans sa direction.

— Et tu n'auras pas mon ranch.

— J'ai bien compris.

— Et tu devras respecter les termes du pari. Il est hors de question que tu t'en ailles avant le délai imparti sous prétexte que ton plan pour récupérer mon ranch a échoué. Me donnes-tu ta parole d'honneur de rester comme prévu ?

— Je te la donne.

— Je veux aussi continuer de dormir avec toi jusqu'à l'échéance des trente jours.

— Tu en es sûre ?

— Oui. Je suis en train de construire ma vie. D'affirmer ma personnalité. Désormais, je ne reste plus dans mon coin à me morfondre en me disant que l'homme qui me plaît est inaccessible. De même, je ne me contente plus de rêver de posséder un ranch et de devenir éleveuse. Je fais en sorte d'atteindre mon objectif.

— Que se passera-t-il au bout des trente jours ? demanda-t-il.

Elle ressentit un pincement au cœur. Mais sa résolution ne faiblit pas.

— Nous partirons chacun de notre côté.

Elle ne s'appesantirait pas sur ce que Jackson pourrait ou non lui apporter, mais elle se concentrerait sur tout ce qui l'aiderait à avancer dans la voie qu'elle s'était tracée.

Parce que, contrairement à sa mère, elle ne serait jamais une participante passive de sa propre vie. Non. Elle ferait en sorte que sa vie soit en adéquation avec ses aspirations. Elle aurait bientôt un ranch opérationnel. Même si Jackson n'était dans sa vie que de façon temporaire, l'avenir s'annonçait prometteur.

Oh ! oui, elle avait hâte d'inaugurer cette nouvelle phase de son existence.

8

Une équipe d'ouvriers avait commencé à ériger les fondations de l'écurie de Cricket. C'était étrange, songeait Jackson, ce revirement qui s'était produit en lui. Désormais, il souhaitait sincèrement que le projet de Cricket réussisse. Et cela changeait tout pour lui. Ainsi, il lui apprenait les ficelles du métier au lieu de lui tenir des discours condescendants et de se réjouir de ses erreurs. Il l'emmenait pour effectuer des réparations et l'encourageait dans ses efforts, au lieu de la dissuader de poursuivre dans cette voie. À chaque restauration réalisée dans sa propriété, il voyait Cricket s'épanouir, prendre plus d'assurance, confortée dans sa décision de devenir éleveuse. Il en retirait une grande satisfaction, mais aussi un sentiment d'accomplissement qu'il peinait à s'expliquer. À moins que… Il s'était senti impuissant à chasser la tristesse infinie qu'il avait perçue chez sa mère, et le fait d'aider Cricket à se construire une vie meilleure contribuait d'une certaine façon à apaiser son sentiment d'échec.

Il ne pouvait pas s'empêcher de penser que, si la santé de sa mère s'était améliorée, il aurait pu l'aider à quitter son mari, lui offrir l'hospitalité et lui prouver qu'il n'était pas nécessaire de rester tous ensemble, comme une famille traditionnelle. L'important était qu'elle soit heureuse. Mais il ne lui en avait jamais parlé. Elle était morte avant que son propre ranch soit opérationnel. Peut-être avait-il encore cette idée dans un recoin de sa tête quand il avait décidé de se développer et d'acquérir la propriété de Cricket. Mais il n'en était plus question. En revanche, il pouvait aider son amie à réaliser son rêve.

Avec un peu de chance, cette bonne action contribuerait à apaiser ses regrets. Aujourd'hui, Cricket n'était pas avec lui. Elle s'occupait dans la maison. Après avoir vérifié l'avancement des travaux sur le chantier de construction de l'écurie, il se trouvait maintenant dans les hauts pâturages, aux confins de la propriété de Cricket, afin d'évaluer l'état du terrain et des clôtures. Elle possédait vraiment un ranch magnifique.

Il songea à la question qu'elle lui avait posée un jour – s'il avait le métier d'éleveur dans le sang. Et, tandis qu'il se tenait au milieu d'une prairie semblable à un patchwork où le vert éclatant s'unissait au vert olive et au vert plus sombre d'une rangée de pins, où les diverses plantes herbacées à fleurs mêlaient leurs couleurs écarlates, orangées et jaunes, il sut avec certitude que la réponse était oui, il était fait pour ce métier. Comme si la terre faisait partie intégrante de son patrimoine génétique.

Auparavant, il n'avait jamais vraiment réfléchi à la question. Il avait fallu que Cricket l'interroge pour qu'il prenne conscience de son attachement viscéral à la terre. Et il comprenait mieux pourquoi elle tenait tant à vivre dans son ranch. Elle aussi éprouvait ce rapport fusionnel à la terre.

Un bruit de moteur interrompit le cours de ses pensées, et il aperçut le pick-up de Cricket qui grimpait le long du chemin carrossable. Il sentit son sang bouillonner dans ses veines. Parce qu'il ne se contentait pas de l'aider à entretenir sa propriété.

Non.

Ils passaient de longues nuits au lit, à s'embrasser, s'explorer et se goûter. Il se plaisait à penser qu'il lui enseignait à la fois l'art de l'amour et les travaux des champs. Mais c'était plus que cela. Cricket était semblable à un tout nouveau paysage, qu'il n'avait jamais vu, exploré ou imaginé auparavant. Elle était pleine d'énergie et de curiosité. Rien ne l'arrêtait ni ne l'embarrassait.

Au contraire, elle le caressait et le goûtait avec enthousiasme et sans fausse pudeur. Cette adolescente rebelle qu'il avait aperçue autrefois sur une balançoire lors d'une réception donnée dans le domaine des Maxfield insufflait cette même sensation de liberté débridée dans la chambre à coucher. Et il savourait chaque instant passé avec elle.

Il eut un sursaut de bon sens. Il n'était pas question qu'il s'attache aux plaisirs exquis que lui procurait Cricket.

Et pourquoi pas ?

Il s'empressa d'écarter cette pensée incongrue tandis que Cricket sortait de son véhicule, vêtue d'un top blanc et d'un jean ajusté, portant une couverture et un panier de pique-nique. Elle était bien trop tentante pour qu'il puisse résister.

Après tout, il avait cédé à la tentation durant les dernières semaines, alors pourquoi aurait-il des scrupules maintenant ? S'avançant à sa rencontre, il l'enlaça et déposa un baiser sur ses lèvres charnues.

— Que fais-tu ici ?

— J'apporte le déjeuner, dit-elle avec un sourire satisfait. Ce matin, j'ai joué les pionnières en faisant du pain, en cuisinant un jambon et en préparant des sandwichs maison.

— Tu as vraiment fait du pain ?

— Oui, déclara-t-elle, triomphante. J'en ai réussi deux sur quatre. Ils m'ont servi à préparer des sandwichs.

— Cricket, c'est très gentil de ta part.

— Je sais. Une telle gentillesse n'est pourtant pas dans mes habitudes, plaisanta-t-elle.

De fait, elle était plutôt caustique, mais il s'en accommodait très bien.

Elle étendit la couverture sur l'herbe, s'assit et commença

à déballer les provisions. Il la contemplait, intrigué, tandis que les rayons du soleil caressaient son visage, se demandant pourquoi elle avait préparé tout cela pour lui. Pour autant qu'il s'en souvienne, personne n'avait jamais eu ce genre d'attentions envers lui. Bien sûr, sa mère cuisinait pour son mari et ses enfants, mais c'était la famille.

Or, Cricket n'avait aucun lien de parenté avec lui. Elle ne lui était redevable de rien. Il avait simplement perdu un pari. Et il n'était pas prévu qu'elle le nourrisse. Elle avait donc préparé ce repas simplement pour lui faire plaisir. Ce geste le toucha plus qu'il n'aurait cru, car il n'était pas sentimental pour deux sous. Mais ce qu'elle avait fait pour lui était tellement inattendu qu'il lui en était reconnaissant.

Il n'en revenait pas que ses sandwichs soient aussi délicieux. Pourtant, il n'aurait pas dû être surpris. Quand Cricket décidait de faire quelque chose, elle y mettait toute son énergie. Ainsi, elle avait préparé quatre pains afin de pouvoir lui en proposer au moins un qui soit réussi. Il ne pouvait qu'être admiratif devant une telle ténacité.

Il aimait la regarder manger parce qu'elle y mettait la même énergie que dans tout ce qu'elle faisait. Assise sur la couverture, les coudes sur les genoux, elle dévorait son sandwich tenu fermement entre ses deux mains. Elle avait apporté des canettes de Coca et, quand elle eut fini la moitié de son sandwich, elle prit la sienne et renversa la tête en arrière pour boire son contenu.

Elle le regarda, intriguée.

— Pourquoi me dévisages-tu ainsi ?

— Parce que tu es belle.

En disant cela, il se fit l'effet d'un ado stupide. Ce qui ne lui était pas arrivé depuis belle lurette !

Contre toute attente, sa remarque fit rougir Cricket, et il en fut tout chamboulé. Encore un sentiment auquel il n'était pas habitué.

— Je te retourne le compliment, dit-elle.

— Vraiment ?

— Oui. Je t'ai toujours trouvé beau et séduisant.

— Hum. Je me souviens que tu m'en as parlé, dit-il, soudain gêné.

Il ne tenait pas à s'appesantir sur le sujet car, bizarrement, il ressentait déjà une sorte d'obligation morale vis-à-vis d'elle – un sentiment qu'il avait éprouvé à un degré bien moindre envers ses autres partenaires sexuelles. Mais tandis qu'il était assis là, dans ce cadre idyllique, en train de manger un délicieux sandwich au jambon fait maison, il ne voyait pas comment il aurait pu ne pas se sentir engagé vis-à-vis de Cricket. Il ne voyait pas comment ils pourraient se séparer au terme des trente jours en éprouvant des sentiments neutres l'un envers l'autre après tout ce qu'ils avaient partagé. Peut-être était-ce impossible. Peut-être n'avaient-ils d'autre choix, dans ce genre de situation, que de développer une sorte d'attachement réciproque.

— Sais-tu que je suis une petite maligne ? demanda Cricket avec un sourire mutin. Figure-toi que j'avais l'habitude de cacher mes véritables sentiments aux autres pour me protéger. Notamment les sentiments que j'éprouvais envers toi. Je racontais à mes sœurs que je trouvais les cow-boys agaçants au possible et que je ne voulais rien avoir à faire avec eux. Une ruse plutôt convaincante, non ? Par ailleurs, je savais que tu étais inaccessible pour moi, vu notre très grande différence d'âge.

— Eh, je n'ai pas cent ans !

— Je sais mais, à l'époque, l'écart me paraissait plus important qu'aujourd'hui.

Elle sourit à nouveau.

— Je me souviens qu'au collège et au lycée je n'étais amoureuse d'aucun garçon. Mais comment l'aurais-je pu alors que j'aimais déjà un homme ? Et un Cooper, qui plus est. Je savais que personne ne me comprendrait. Alors, ce fut mon secret. Quand Wren a commencé à fréquenter ton frère, j'étais furieuse après elle, comme si elle m'avait volé la vedette puisque j'étais attirée par un Cooper depuis plus longtemps qu'elle. Par ailleurs, cette improbable attirance envers toi me différenciait un peu plus du reste de ma famille. Alors, quand Wren m'a dit qu'un jour moi aussi je tomberai amoureuse d'un cow-boy, j'ai prétendu que je les avais en horreur. En fait, c'était toi que je voulais. Et je suis heureuse d'inaugurer cette nouvelle phase de ma vie en ta compagnie. Mais, que les choses soient claires, je n'attends rien de toi. C'est promis.

— Je suis ravi de t'être utile.

Sauf que les déclarations de Cricket le mettaient mal à l'aise et lui donnaient mauvaise conscience. Il s'en voulait d'avoir entamé cette relation alors qu'elle était jeune et inexpérimentée. Et qu'elle avait des sentiments pour lui. Elle était tellement sûre du bien-fondé de cette liaison, alors qu'il avait l'impression de s'être fourvoyé.

Pour justifier cette relation inappropriée, il s'était décrit comme un homme viril, à l'affût de toutes les opportunités sexuelles qui s'offraient à lui. Mais c'était faux. Il ne se comportait pas ainsi. Il avait de la considération pour les femmes. L'histoire qu'il s'était racontée ne rimait à rien, alors que celle de Cricket avait un sens. Mais elle était tellement désirable qu'il n'avait pas pu résister à la tentation.

— Tu sais, dit-elle, le jour où nous sommes allés voir ton père et où tu as discuté de ta mère avec lui, cela m'a donné envie d'en savoir davantage sur elle. Sur vous tous. Je t'ai déjà parlé de mes parents, mais je ne sais pas grand-chose des tiens.

— Ils se sentaient obligés d'être ensemble. À cause de moi.

Il pouvait aussi bien lui raconter l'histoire de ses parents. Après tout, elle avait raison. Il connaissait tout ou presque sur elle et sa famille. Par ailleurs, comme elle n'avait pas de liens avec les Cooper, il ne prenait pas de risque en se confiant à elle. Enfin, le moment et l'endroit convenaient à merveille pour ce genre de confession.

— Ma mère et moi étions les deux seuls membres de la famille à nous lever très tôt. Nous prenions notre petit déjeuner ensemble, et j'aimais beaucoup cette complicité entre nous. Un matin, je devais avoir seize ans, j'ai trouvé ma mère en pleurs et je lui ai demandé ce qui n'allait pas. Et soudain, la belle idée que je me faisais de l'unité familiale a volé en éclats. Elle m'a raconté que mon père l'avait épousée parce qu'elle était enceinte, mais qu'il était amoureux d'une autre femme. Il l'avait avoué à ma mère avant qu'ils se marient. Au moins, il s'est montré honnête avec elle. Malgré tout, elle espérait qu'il finirait par oublier cette autre femme et qu'il tomberait amoureux d'elle, mais il n'en fut rien. Et ils sont restés ensemble pendant des années. Parce qu'ils avaient une famille et une entreprise. Parce qu'ils avaient toutes ces choses qui passent avant les sentiments. Avant l'amour.

— Je n'en veux plus autant à mon père, poursuivit-il. Je pense qu'il avait pris son parti de cette situation. Comme il ne pouvait pas avoir ta mère, il s'est forgé une existence qu'il appréciait. Mais je ne suis pas sûr que ma mère ait eu la chance d'aimer vraiment. Ou d'être aimée. C'est triste, quand on y pense. Bien sûr, elle avait une famille, mais ce n'était pas suffisant pour elle. Heureusement, quand elle est tombée malade, mon père s'est comporté en mari digne de ce nom en s'occupant d'elle jusqu'à la fin. De nombreux mariages d'amour ne se terminent pas toujours aussi bien. Quand l'un des conjoints est atteint d'une longue maladie, il arrive que l'autre craque parce que c'est trop difficile à supporter. Parfois, je me demande si l'absence d'amour a aidé mon père à mieux s'occuper d'elle durant tout ce temps. La vie de couple est tellement compliquée ! Ils étaient unis par un lien très fort, qu'il soit fait d'affection, d'habitudes ou autre, mais ma mère avait parfois de profonds accès de mélancolie, et je me sentais démuni devant tant de détresse. Je me reprocherai toujours de ne pas avoir trouvé le moyen de l'aider à s'en sortir.

— Tes parents ont fait leur choix, déclara Cricket. Il en a été de même pour ma mère. Bien sûr, je regrette qu'elle ait été malheureuse dans son couple, mais elle a choisi d'épouser James Maxfield. Elle voulait être riche. Elle pensait que l'argent était plus important que l'amour. Puis, quand elle a compris son erreur, elle est restée avec lui au lieu de partir. Parce qu'elle avait peur qu'il nous arrache à elle. Bien sûr, c'est une raison tout à fait valable pour rester avec lui, mais elle aurait aussi pu choisir de se battre. Elle a pesé le pour et le contre, et a pris sa décision.

— Elle a peut-être pensé qu'elle n'avait aucune chance de gagner.

— Il n'empêche qu'elle a fait un choix. Comme ta mère. Nous ne sommes plus au XIXe siècle. Elles auraient pu demander le divorce. Au lieu de quoi, elles sont restées prisonnières de leurs choix. Ce n'est ni ta faute ni la mienne.

— Peut-être, mais ta mère a une chance de reconstruire sa vie contrairement à la mienne. Et cette pensée me tourmente.

— Je comprends. Je ne prétends pas qu'il leur aurait été facile de se battre pour obtenir gain de cause. Je veux simplement dire que nous ne devons pas culpabiliser à cause du choix qu'elles ont fait.

— C'est facile pour toi de dire cela. Tu n'as que vingt-deux ans et aucune expérience de la vie.

— Et, à trente-quatre ans, tu sais tout sur tout ? Je ne suis pas stupide. J'ai eu beaucoup de temps pour réfléchir. C'est ce qui arrive quand on se sent isolée au sein de sa propre famille. Je n'ai pas besoin d'avoir une longue expérience de la vie pour comprendre qu'on a toujours le choix, même s'il s'avère souvent difficile.

— Tu as réponse à tout, pas vrai ?

— Uniquement quand le sujet me touche de près.

Décidément, elle ne doutait de rien ! Elle fonçait tête baissée dans la vie. Elle faisait des paris fous à une table de poker. Elle tirait des conclusions hâtives. Elle se précipitait dans son lit. Et... Il aimait son appétit de vivre et son énergie insatiable.

— N'est-ce pas un peu prétentieux de ta part ?

— Je ne pense pas. J'ai traversé une longue période difficile mais, maintenant que je sais qui je suis et ce que je veux, j'ai une meilleure compréhension des choses de la vie.

Émoustillé par tant d'assurance, voire d'arrogance, il l'attira sur lui tandis qu'il s'allongeait sur la couverture. Quand il vit son beau visage sérieux penché au-dessus de lui, le désir enflamma son sang dans ses veines.

— Et qu'en est-il des mystères du sexe ? demanda-t-il.

— Je les ai résolus, affirma-t-elle effrontément.

— Tous, vraiment ?

Il ne savait pas pourquoi il éprouvait un tel besoin de lui faire l'amour maintenant, mais c'était ainsi. Ce qu'il ressentait était plus profond que le simple assouvissement d'un désir sexuel. Et c'était le problème. Il aurait préféré que les choses soient plus simples, plus banales entre eux, mais c'était impossible. Ils étaient ici de leur plein gré, ils choisissaient de s'unir sous ce ciel d'un bleu éclatant, au milieu de cette prairie aux couleurs flamboyantes. Avec l'amour de la terre dans leur sang et le besoin lancinant de se perdre l'un dans l'autre.

— Je parie que tu es incapable de m'apprendre quoi que ce soit, dit-il d'une voix enrouée de désir.

Sa provocation eut l'effet escompté, car Cricket s'assit à califourchon sur lui et se délesta de son top. Elle portait un soutien-gorge blanc sans fioriture, mais son corps mince et athlétique était une pure merveille.

— Es-tu certain de vouloir à nouveau parier avec moi, cow-boy ?

— Sûr et certain.

— Je te rappelle quand même que tu as coutume de perdre.

— C'est vrai. Pour l'instant, je suis à ta merci, mais souviens-toi qu'il m'est arrivé de perdre à dessein.

Il enserra sa taille mince entre ses mains et remonta plus haut en direction de sa poitrine, frottant avec délectation ses pouces sur ses mamelons avant de dégrafer son soutien-gorge et de le jeter dans l'herbe.

Elle émit un petit cri indigné, mais il n'en avait cure. Parce qu'elle était nue, splendide, parfaite, et qu'il brûlait d'envie de la savourer.

Il pressa fermement sa paume contre son dos pour l'obliger à s'incliner vers lui, vers sa bouche. Puis, il saisit un bouton de rose entre ses lèvres et le suça avec gourmandise. Cette fois, le cri qu'elle laissa échapper n'exprimait plus du tout l'indignation mais le plaisir et le désir. Et il exultait de savoir qu'elle était à l'unisson de ses propres émotions. Elle se libéra de son étreinte pour lui ôter son T-shirt. Et il en profita pour la faire rouler sur le dos, lui clouant les bras au-dessus de la tête et l'embrassant passionnément.

— Les petits criquets dotés de bouches adorables s'attirent des ennuis, dit-il d'un ton badin.

Une lueur de défi s'alluma dans le regard de Cricket.

— Comme c'est excitant !

— Vraiment ?

— Oui. Je suis terriblement indisciplinée.

— Comment cela se fait-il ?

— J'ai été négligée. Et j'ai besoin d'être reprise en main.

— Je pourrais m'y employer.

— Les hommes promettent beaucoup, mais...

N'y tenant plus, il défit prestement la fermeture zippée du jean de Cricket et le fit glisser le long de ses cuisses, avec son aide empressée. Puis, toujours positionnée sous lui, elle égrena des baisers sur son torse nu et sur son ventre tout en s'affairant à lui ôter son pantalon et son slip. Quand elle eut libéré son érection, elle la caressa sur toute sa longueur en émettant un son de pur plaisir.

— Tu es une véritable œuvre d'art, murmura-t-elle, se penchant en avant pour frotter sa joue contre son sexe, l'air extatique.

Jamais une femme ne lui avait procuré une caresse aussi délectable. Et le plaisir que semblait y prendre Cricket fit grimper en flèche sa libido, manquant lui faire perdre sa maîtrise de soi.

Elle lui donna une légère poussée, et il bascula obligeamment sur le dos. Puis elle s'agenouilla au-dessus de lui et le prit délicatement dans sa bouche, sa chaleur douce et moite livrant un véritable assaut sur ses sens déjà exacerbés. Elle exerçait sur lui une torture exquise alors même qu'elle était inexpérimentée en la matière. Mais elle compensait son manque de pratique par un enthousiasme sincère. Elle se délectait visiblement de son corps, et il n'avait jamais vécu une expérience aussi grisante. De même, il n'avait jamais rien vu d'aussi beau que la ligne élégante de son dos et celle de ses fesses rebondies tandis qu'elle lui procurait du plaisir à foison.

Ils vivaient un moment de pure liberté, et quelque chose dans sa poitrine commença à se déliter, comme si chaque passage de sa langue, chaque mouvement de sa bouche sur son corps contribuaient à libérer quelque chose en lui dont il n'avait pas eu conscience jusqu'à présent.

Qui eût cru que des sandwichs et des caresses érotiques au beau milieu d'une prairie suffiraient presque à convaincre un homme de croire à la romance ? Pas lui, en tout cas. Pourtant, il se passait quelque chose en lui. Un phénomène qu'il n'avait jamais connu ni expérimenté avec une autre femme. Seulement avec Cricket.

Elle poursuivit ses caresses jusqu'au moment où il ne fut plus capable d'en supporter davantage. Alors, il récupéra son portefeuille dans la poche arrière de son pantalon, en sortit un préservatif et repoussa délicatement Cricket afin d'enfiler la protection en latex.

Sans plus attendre, elle se jucha à califourchon sur lui et se coula lentement sur son membre, soupirant d'aise, les yeux clos et la tête rejetée en arrière. Puis elle recula ses hanches et commença à se mouvoir, lentement au début, plus rapidement ensuite. Mais c'était loin d'être suffisant pour lui. Alors, il agrippa ses hanches, la soulevant et l'abaissant sur lui à un rythme endiablé, destiné à les rendre fous de désir, à les pousser au bord du précipice, jusqu'à ce qu'elle crie de plaisir. Puis il inversa leur position et donna un vigoureux coup de reins, incapable de se retenir plus longtemps. C'était primitif et urgent, exactement ce dont il avait besoin pour accompagner cette étrange sensation de libération dans sa poitrine. Sauf qu'à cet instant précis Cricket ouvrit les yeux et croisa son regard.

Il en eut le souffle coupé. Tandis que la jouissance prenait possession de lui, il se perdit dans le regard de Cricket, dans l'expression d'émerveillement qui se peignait sur son visage, dans la confiance absolue qu'elle plaçait en lui. Il était son premier amant. Le seul homme qui l'ait jamais touchée aussi intimement. Il était lié à tous les psychodrames qu'elle avait vécus et il n'avait pas envie de l'être davantage, mais il l'était malgré lui. Il lâcha prise et s'abandonna à la vague de jouissance qui déferlait sur lui, criant son nom en même temps qu'elle criait le sien et se convulsait autour de lui. Et, tandis qu'elle le contemplait, l'expression de félicité absolue qu'il lut dans son regard l'anéantit. Parce qu'elle n'avait pas connu d'autre homme que lui. Parce qu'elle se fiait entièrement à lui.

Pourtant, il avait profité de l'attirance qu'elle avait pour lui afin de coucher avec elle. Il avait profité de son inexpérience en tant qu'éleveuse et joueuse de poker pour tenter de lui extorquer son ranch.

Il se sentait soudain honteux. Parce qu'au tréfonds de lui il savait qu'il ne serait jamais en mesure de répondre au besoin lancinant qu'il percevait dans ses yeux. Parce qu'il savait que, à cause de son béguin d'adolescente et de sa découverte du plaisir sexuel entre ses bras, elle se sentirait toujours liée à lui. Et c'était un problème. Que devait-il faire ? L'arracher à cet endroit qu'elle s'appropriait peu à peu ? L'arracher à l'existence qu'elle se forgeait pour l'intégrer dans la sienne ? En agissant ainsi, il serait simplement un de ces hommes qui faisaient passer les rêves d'une femme après les siens.

Leur relation prendrait fin à l'échéance des trente jours, conformément aux termes du pari. Quelles que soient les possibilités qu'il entrevoyait ici, dans ce décor magnifique, elles étaient purement et simplement irréalistes.

C'était une bonne chose qu'il en soit conscient. Le moment venu, Cricket resterait chez elle, il retournerait chez lui, et la vie reprendrait son cours normal. Parce que, s'il en était autrement, il serait incapable de combler toutes les attentes de Cricket. Quand elle s'en rendrait compte, ils se retrouveraient piégés dans le même enfer que leurs parents. Et il ne le voulait à aucun prix.

Mais il s'abstint d'aborder le sujet avec elle. À la place, il l'embrassa sur le front, et elle se lova contre lui. Et là, en pleine nature, complètement nus, ils s'endormirent dans les bras l'un de l'autre. En attendant l'échéance cruciale des trente jours, ils profitaient de ce délicieux intermède.

Et la dernière pensée de Jackson avant de sombrer dans le sommeil fut qu'il ne s'était jamais senti aussi comblé de toute sa vie.

9

C'était le trentième jour.

Cricket n'avait pas eu le courage de demander à Jackson s'il resterait toute la journée ou s'il partirait tout de suite ou… Elle ne savait pas. Et elle redoutait de connaître la réponse. Elle était lâche. Elle souhaitait désespérément qu'il reste avec elle et qu'ils poursuivent leur relation.

Donc, tu vas le supplier de rester chez toi ? Pour quoi faire ? N'es-tu pas censée trouver ta propre voie ?

Non. Elle ne lui demanderait rien.

Ce matin, ils s'étaient réveillés dans le même lit, comme ils le faisaient depuis qu'ils avaient décidé de dormir ensemble, et il était parti travailler comme à son habitude.

En le voyant revenir le soir, sale et ébouriffé, elle poussa un soupir de soulagement.

Peut-être n'était-il pas prêt à partir. Peut-être le statu quo se prolongerait-il pendant quelque temps. Peut-être remettraient-ils à plus tard les conversations difficiles. Ils pourraient se dire au revoir un autre jour. En tout cas, elle avait préparé à dîner, au cas où il resterait. Et elle avait bien fait. Contre toute attente, elle prenait beaucoup de plaisir à cuisiner. Elle s'en serait voulu d'aimer une occupation considérée comme traditionnellement féminine s'il n'avait pas autant apprécié tous les plats qu'elle lui concoctait. Elle se remémora avec joie le jour où elle lui avait apporté des sandwichs composés de pain et de jambon cuisinés maison. Oh ! oui, il s'était régalé. Que de bons souvenirs elle gardait de ces trente jours !

Il avait répondu à toutes ses attentes. Réalisé tous ses rêves.

Bien sûr, elle était censée aller de l'avant, aborder la nouvelle phase de sa vie, mais… Jackson était ici, avec elle. Que déciderait-il ?

Elle n'arrêtait pas de se poser la question tandis qu'ils se préparaient des sandwichs avec les ingrédients qu'elle avait disposés sur la table.

— Jackson, comment s'est passée ta journée ? demanda-t-elle quand ils eurent fini de manger.

— Bien. Et la tienne ?

— Bien aussi. Et…

Elle laissa sa phrase en suspens. Parce qu'elle n'avait pas envie d'avoir cette conversation. Elle n'avait tout simplement pas envie de parler. Parce que l'angoisse la tenaillait. C'était le dernier jour, et elle ne savait pas comment lui demander s'il resterait. Elle ne savait pas comment s'expliquer à elle-même, sans se sentir trop stupide, pourquoi elle devrait lui demander de rester.

Parce que je veux me marier avec lui.

Parce que je veux porter ses enfants.

Parce que je veux partager sa vie dans cette maison ou dans n'importe quelle autre.

Parce qu'il était l'homme de ses rêves, tout simplement.

Pourtant, elle était jeune. Elle était censée sortir, s'amuser, voyager, vivre sa vie. Elle le savait. Elle n'était pas censée désirer un homme sur lequel elle avait fantasmé sans espoir de retour depuis qu'elle avait douze ans. Elle était censée avoir d'autres expériences, d'autres amants.

Mais elle ne voulait rien de tout cela.

Et elle avait le sentiment affreux que, quoi qu'il arrive, comme pour sa mère, un seul homme compterait dans sa vie, et que cet homme serait Jackson. Alors, à quoi bon perdre son temps à discuter ?

Elle se jeta dans ses bras et s'assit à califourchon sur ses genoux, son intimité plaquée contre l'érection naissante de Jackson. Et elle l'embrassa éperdument, passionnément, comme si sa vie en dépendait.

Il lui dérobait son oxygène, et en même temps, sans qu'elle puisse se l'expliquer, il devenait son oxygène, sa raison de vivre. Elle n'avait jamais réfléchi à cette situation sous l'angle du destin, car elle s'était toujours targuée d'être pragmatique. Mais elle en était sûre, Jackson lui était destiné de toute éternité. Leur relation ne pouvait pas se terminer sous prétexte que les termes du pari fixaient une échéance à sa présence dans son ranch.

Il se leva de sa chaise et repoussa d'un geste de la main les assiettes et les couverts qui se fracassèrent sur le sol.

— Je les remplacerai, dit-il d'une voix rauque.

— Je m'en moque.

Oui, vraiment, elle s'en moquait. Parce que tout ce qu'elle voulait, c'était être avec lui. Faire l'amour avec lui. Le reste ne comptait pas. Elle se félicita d'avoir mis une robe, ce qu'elle faisait rarement, car elle était ainsi plus accessible pour Jackson. Déjà, il agrippait ses hanches, glissait ses doigts entre ses cuisses et la caressait, attisant la flamme de son désir. C'était un moment d'une folle intensité. La réalisation de tous ses fantasmes.

Elle eut soudain la certitude que c'était de l'amour qu'elle ressentait pour lui depuis le début. L'amour et le destin. C'était l'évidence même. La clé de l'énigme. La raison pour laquelle elle avait été irrésistiblement attirée par lui depuis qu'elle avait douze ans.

Et il se trouvait ici, avec elle.

Et il l'embrassait passionnément après l'avoir juchée sur

la table de la cuisine. Cette table qui était le symbole de tout ce qui lui avait manqué.

À l'époque, elle avait rêvé d'avoir une famille comme celles représentées dans les sitcoms. Et elle avait essayé de caser Jackson dans ce tableau idyllique. Mais elle avait fait fausse route. Ce n'était pas la vie de famille et les dîners conviviaux qui lui manquaient, mais Jackson. Lui et lui seul. C'était une existence passée à ses côtés, toutes ces choses qu'on partageait avec l'être aimé, qui l'avaient fait rêver depuis le premier jour où elle avait posé les yeux sur lui. Peu importait que cette idée soit extravagante. Peu importait qu'elle soit plus jeune que lui et qu'elle débute dans la vie. Elle savait qu'ils étaient faits l'un pour l'autre.

Il s'était moqué d'elle l'autre jour quand elle lui avait dit qu'elle comprenait les choses de la vie parce que son travail d'introspection avait compensé son manque d'expérience. Mais c'était vrai.

Et à cet instant, dans les bras de Jackson, elle comprenait qu'elle l'aimait. Elle l'aimait et voulait être avec lui. Son cœur et son corps le savaient depuis le début. Il n'était plus question de se protéger en se racontant des histoires, comme elle l'avait fait jusqu'à présent.

Bien sûr, elle se sentait nue et terriblement vulnérable, mais il était temps pour elle d'affronter cette nouvelle réalité. Aussi s'abandonna-t-elle à la frénésie qui s'emparait d'eux.

D'un vigoureux coup de reins, il unit leurs deux corps, faisant cogner la table contre le mur à chacun de ses assauts. Il était fabuleux. Dans tous les sens du terme. Et elle s'abandonna aux sensations exquises qui déferlaient sur elle, à l'amour qui s'épanouissait dans sa poitrine, telle une fleur au soleil. C'était si beau qu'elle en avait les larmes aux yeux. Quand elle atteignit l'orgasme, elle ne les retint pas. Elle tremblait et pleurait d'émotion tout en enserrant Jackson dans ses bras tandis qu'il se laissait porter à son tour par la jouissance.

Quand ce fut fini, il se redressa, et elle demeura allongée sur la table, le corps brisé. Comme sa vaisselle sur le sol.

— Je...

— Jackson, dit-elle en même temps.

— Cricket..., le pari est terminé.

Elle se figea, les bras en croix, tel un papillon cloué sur une planche.

— Tu t'en vas ?

— Le pari est arrivé à son terme, se contenta-t-il de dire.

— Le trentième jour. Tu as failli me quitter aussi, ce premier soir où nous avons fait l'amour. Tu t'en souviens ?

Une expression torturée se peignit sur son beau visage.

— J'aurais dû partir à ce moment-là. C'est tout le problème. Alors, mieux vaut tard que jamais.

— Non !

— Je ne peux pas rester éternellement ici, Cricket. Je dois m'occuper de mon ranch. J'ai ma vie, et tu as la tienne.

— Au moins, ne me quitte pas comme ça, avec ma vaisselle en miettes !

Sans mot dire, il rajusta ses vêtements et récupéra un balai et une pelle dans un coin de la pièce. En le voyant faire, elle se souvint du premier soir de son arrivée au ranch, quand il avait pris la situation en main et lui avait demandé de balayer les toiles d'araignées. Ce souvenir était si vivace qu'elle faillit se remettre à pleurer. Et elle demeura allongée sur la table, nue, pendant qu'il ramassait les débris de vaisselle, mais pas les fragments de son cœur brisé.

— Si tu as besoin de mon aide, par exemple quand les chevaux seront là, fais-le-moi savoir, dit-il.

— Non.

Parce que ce qu'elle voulait, il n'était pas disposé à le lui donner.

Les mots étaient bloqués dans sa gorge ; elle ne parvenait pas à les exprimer. Et quand il quitta sa maison, l'abandonnant là, malheureuse comme les pierres, elle se demanda si elle avait un tant soit peu changé. Parce qu'elle n'avait pas osé dire à Jackson qu'elle l'aimait. Elle avait gardé ses sentiments pour elle de peur qu'il la rejette.

À quoi servaient toutes les bonnes résolutions qu'elle avait prises si elle n'était pas fichue de lui dire ce qu'elle avait sur le cœur ?

Qu'est-ce que tu attends pour te ressaisir ?

Mais elle était trop anéantie pour réagir.

Durant les nombreux jours qui suivirent, elle ne tenta pas de le faire revenir sur sa décision. Elle ne fit rien du tout. Jusqu'à ce qu'elle se rende compte que quelque chose clochait au niveau de son cycle menstruel. Quand elle se présenta chez sa sœur Emerson, tremblant de tous ses membres et agrippant un sac contenant un test de grossesse, elle était hébétée.

— Tu en fais une tête. Que t'arrive-t-il, Cricket ?

— Je ne pouvais pas aller chez Wren parce qu'elle est mariée à Creed.

— Je ne vois pas le rapport, remarqua Emerson, perplexe, s'effaçant pour la laisser passer.

Cricket pénétra dans l'entrée et lui montra le test.

Emerson porta une main à son ventre.

— Je n'en ai pas besoin. Mais peut-être as-tu quelque chose à me dire.

— Peut-être. Puis-je utiliser ta salle de bains ?

— Bien sûr.

— N'en parle à personne, demanda Cricket.

— Entendu.

Elle s'enferma dans la salle de bains et y demeura beaucoup plus longtemps que le délai mentionné dans la notice du test. Emerson dut s'inquiéter car elle frappa à la porte.

— À en juger par ton mutisme, le résultat du test ne doit pas te satisfaire.

La voix de sa sœur lui parvenait assourdie à travers la porte.

— Non, en effet.

Mais, alors même qu'elle disait cela, elle n'était pas sûre que ce soit vrai. Elle ne se sentait pas anéantie. Ni même triste. D'une certaine façon, le résultat lui paraissait… pertinent. Elle ne pouvait pas sortir d'une relation aussi intense avec Jackson sans garder quelque chose de lui. Sans être changée à jamais.

— Chérie, ouvre cette porte, demanda Emerson.

Elle rajusta ses vêtements, encore sous le choc, et obtempéra.

— Je suis prête à te rendre tous les services que tu veux, chérie. Je ne suis pas ici pour te juger. Si tu as besoin que je t'emmène quelque part et que je te procure un alibi pendant que tu récupères une arme pour tuer quelqu'un…

— Non, dit Cricket.

— Non à quoi ?

— Non à tout ce que tu viens de me proposer. Ça va aller. Il faut simplement que je trouve le courage de le lui dire.

— Je suppose que tu parles de Jackson Cooper.

— Lui-même. Si je suis ici, c'est parce que je ne veux pas que Wren demande à Creed de le tuer.

— Dans ce cas, c'est moi qui demanderai à Holden de le faire. Ainsi, tout ce que tu gagneras, c'est d'éviter un cas de conscience à Creed.

— Je t'en prie, laisse Jackson tranquille. Je dois lui parler.

— Soit.

— Je ne suis pas bouleversée.

— Pourtant, tu en as l'air.

— En fait, nous… ne sommes plus ensemble. C'est le problème.

— Tu n'as pas besoin de lui. Nous sommes là pour toi. Quoi que tu décides, nous t'aiderons.

— Je veux avoir ce bébé, déclara Cricket. Je ne pensais pas que j'aurais un jour envie d'être maman. Mais, maintenant que je suis enceinte, je me fais à cette idée.

— Tant mieux.

— Il faut simplement que je parle à Jackson.

Emerson s'était montrée très protectrice envers elle, mais Cricket avait tenu à se rendre sur-le-champ chez Jackson. Elle n'était jamais allée chez lui auparavant, et elle tomba en admiration devant sa demeure imposante et moderne, avec ses persiennes noires, son revêtement extérieur en cèdre rouge et ses finitions anthracite. Avec sa grande variété de formes et de matières. Elle était tellement différente de sa petite ferme classique. Et ils étaient tellement différents l'un de l'autre.

Pourtant, ils avaient de nombreux points communs. S'ils se trouvaient dans cette situation, ce n'était pas par hasard. L'alchimie sexuelle entrait en ligne de compte, bien sûr, mais pas seulement.

Elle n'oublierait jamais cet après-midi où ils avaient pique-niqué et fait l'amour au milieu d'une prairie. Il avait eu beau se montrer froid et intraitable envers elle lors de leur dernière soirée ensemble, ce comportement n'était pas représentatif du couple qu'ils formaient.

Un couple ? Vraiment ?

Ils étaient alors deux personnes réunies par le sexe, par son histoire personnelle douloureuse et par un aperçu de celle de Jackson. Bien qu'il se soit montré plutôt avare de confidences, elle pressentait que sa personnalité était plus complexe qu'il n'y paraissait. Mais le moment de vérité arrivait.

Prenant une profonde inspiration, elle sortit de son véhicule et remonta le chemin dallé qui conduisait à une vaste terrasse de plain-pied. La porte d'entrée était tellement massive que Cricket se sentait toute petite à côté. Elle demeura immobile, s'efforçant de chasser de son esprit d'autres circonstances dans lesquelles elle s'était sentie amoindrie, notamment devant la porte du bureau de son père, ou assise à l'extrémité de la longue table familiale.

Non. Aujourd'hui, c'était différent. Parce qu'elle avait changé. Elle n'était plus cette adolescente mal dans sa peau, en quête de soi. Quand Jackson l'appelait « petit criquet », ce n'était pas méchant. Au contraire, ce surnom affectueux lui donnait le sentiment d'être spéciale, protégée. Et, à cet instant, elle protégeait une vie en elle. Elle se sentait étrangement puissante. Régénérée. Changée.

Elle n'avait jamais vraiment songé à devenir maman. Plus exactement, elle s'était dit qu'elle ne le deviendrait jamais à cause de sa propre expérience familiale déplorable. Mais, désormais, cette expérience n'était plus un frein pour elle. Parce qu'elle avait pris ses distances avec ses parents et qu'elle ne calquerait pas sa vie sur la leur. Réconfortée par cette pensée, elle frappa à la lourde porte en chêne, se demandant si quelqu'un l'entendrait dans cette vaste demeure.

Mais la porte s'ouvrit, et elle recula d'un pas. Parce que Jackson se tenait dans l'entrebâillement, vêtu d'un jean, d'un T-shirt noir ajusté et d'un chapeau de cow-boy noir également. Il était... époustouflant.

— Bonjour, dit-elle.

— Cricket. Que fais-tu ici ?

— Ton accueil n'est pas des plus chaleureux !

— Désolé. Veux-tu entrer ?

— Oui, ce serait préférable.

Il ouvrit la porte en grand, et elle pénétra dans une pièce entièrement lambrissée de cèdre rouge, comme la façade extérieure de sa maison, avec des finitions d'un noir brillant qui apportaient une touche de modernité à l'aspect rustique de l'ensemble. La pièce était vaste et carrée, avec un plafond si haut qu'elle se sentit à nouveau petite et vulnérable.

Bien sûr, la haute taille de Jackson et son attitude réservée contribuaient aussi à la mettre mal à l'aise.

— Il faut que nous parlions, dit-elle. La façon dont tu m'as quittée... Je voulais que tu restes.

— Oui. Et je t'ai expliqué que c'était impossible.

L'expression de son visage était déterminée, et sa mâchoire crispée.

— Sauf que tu ne m'as pas donné la véritable raison de ton départ. Et j'aimerais beaucoup la connaître.

Avant de lui annoncer sa grossesse, elle voulait qu'il lui expose ses arguments en toute objectivité.

— C'est compliqué.

— Non. Ce qui est compliqué, c'est d'avoir le béguin pour un homme pendant des années, puis découvrir qu'il pourrait être son demi-frère et avoir quand même envie de coucher avec lui. Puis découvrir qu'il n'est pas son demi-frère et coucher avec lui pendant les trente jours d'un pari. Alors, je doute que ce que tu as à me dire puisse égaler ce niveau de complexité. Nous trouverons une solution, j'en suis sûre. Je ne suis pas du genre à renoncer facilement.

— Très bien, Cricket. Tu tiens vraiment à avoir cette conversation ?

— Oui.

— Je ne veux pas me marier. Parce que, selon moi, le mariage, ce sont deux personnes liées l'une à l'autre sans raison particulière.

— Nous ne sommes pas forcés de nous marier. Nous pouvons simplement vivre ensemble.

— Je ne veux pas me sentir coupable de ne pas aimer suffisamment ma partenaire. Lui faire vivre l'enfer que mon père a fait vivre à ma mère. Au bout du compte, que j'admire ou non Cash Cooper, je suis son fils.

— Et je suis la fille de James Maxfield. Pour autant, je n'ai pas l'intention de harceler qui que ce soit, de négliger mes enfants ou de tromper mon partenaire. Peu importe de qui tu es le fils. Ce qui compte, c'est l'homme que tu es. Et c'est ton choix.

— Dans ce cas, c'est mon choix de ne pas me mettre dans une situation où je serais susceptible de blesser quelqu'un.

— Tu ne penses donc pas pouvoir m'aimer.

Elle le fixa droit dans les yeux, s'adjurant de ne pas craquer devant lui.

— Il ne s'agit pas de toi.

— Oh ! il ne s'agit pas de toi, mais de moi. Ce n'est pas un argument très original. Franchement, Jackson, j'espérais mieux de ta part. Mieux pour nous.

— Je ne cherche pas à te blesser…

— Encore un cliché. Qui a écrit tes dialogues ? Parce qu'ils sont mauvais.

— Je suis désolé.

— Et moi, je suis enceinte.

10

Jackson était aussi sonné que si une bombe avait atterri au milieu de son salon. Il avait l'impression de regarder un film d'horreur. En se remémorant les dernières semaines, il savait qu'il n'aurait jamais dû franchir le seuil de cette petite maison délabrée, mais il l'avait quand même fait. Et, maintenant, il se retrouvait dans la situation qu'il voulait éviter à tout prix.

Cricket était enceinte.

Cette nouvelle était tellement sidérante qu'aucune pensée cohérente ne lui venait à l'idée.

— Quand l'as-tu appris ?

— Il y a environ une heure. Je suis allée chez ma sœur – pas celle qui est mariée à ton frère – et je suis venue ici directement.

— Bon sang, qu'allons-nous faire ?

— Vois-tu, en venant ici, j'espérais que tu aurais quelque chose de plus constructif à me proposer.

— Tu comprends que nous ne pouvons pas nous marier, n'est-ce pas ?

— Super, répondit-elle. Je me vois donc contrainte de trouver un autre homme qui accepte de m'épouser.

— Il n'en est pas question !

— Pourquoi ? Si tu ne veux pas m'épouser, je peux me tourner vers quelqu'un d'autre. Parce que c'est important pour moi.

Elle prit une profonde inspiration avant d'ajouter :

— Je pourrais attacher de l'importance à la tradition et refuser que mon enfant soit un bâtard. Y as-tu songé ?

— Et toi ?

— Non, ce n'est pas le plus important pour moi. Mais je regrette que tu réagisses de façon aussi ridicule. Nous sommes bien ensemble.

— C'est précisément le genre de situation que je voulais éviter. Cette obligation qu'ont deux personnes d'être ensemble pour le bien de l'enfant. Sais-tu tout le mal que cette situation peut engendrer chez un enfant, Cricket ? Je me faisais du souci pour toi. Je m'inquiétais à l'idée de te blesser si je ne répondais pas à tes attentes... Mais un enfant ! Cet enfant sera comme moi. Sais-tu ce que cela fait quand on découvre qu'on est le ciment de mauvaise qualité qui maintient ses parents ensemble pour le meilleur et pour le pire ? Principalement pour le pire ?

— Nous en avons déjà parlé. C'est une question de choix...

— J'ai vu le résultat que donnait un tel mariage. Si je m'engageais dans cette voie, si je t'épousais, je ne te laisserais jamais partir.

— Tant mieux. Parce que je ne veux pas partir, dit-elle. Je veux être avec toi. Passer ma vie à tes côtés. Qu'y a-t-il de mal à cela ? Pourquoi trouves-tu cette idée tellement déraisonnable ?

— Parce que je ne t'aime pas, dit-il.

Ces mots horribles laissèrent un goût amer dans sa bouche, et il savait qu'ils sonnaient faux. Qu'ils n'étaient pas sincères. Mais il était incapable d'en trouver d'autres. Incapable de réfléchir correctement avec ce poids qui pesait sur sa poitrine.

— Que ferais-tu si je te disais que je t'aimais ?

— Je ne changerais pas d'avis. Nous ne pouvons pas nous marier, Cricket. Ce serait une erreur. Nous nous rendrions mutuellement malheureux. Je te rendrais malheureuse.

— Je veux vivre à tes côtés. C'est mon choix. Même si je risque d'être malheureuse à l'idée que tu ne m'aimes pas.

— Cricket...

— Non. Sois honnête à propos de ce que tu veux et de ce que tu ne veux pas, Jackson. Mais ne rejette pas la faute sur moi en prétendant que tu cherches à me protéger. Parce qu'en réalité c'est toi que tu protèges. Je suis là, devant toi, et je n'ai pas peur de t'aimer. Je n'ai pas peur d'avoir ce bébé. Et tu sais quoi ? Je n'ai pas peur de l'élever seule, non plus. Bien sûr, je préférerais que ce ne soit pas le cas. Mais uniquement parce que j'ai envie de passer ma vie avec toi. Parce que je n'ai jamais été aussi heureuse que durant ces trente jours passés avec toi. Et je suis prête à toutes les concessions pour que les choses fonctionnent entre nous. Mais c'est toi qui ne veux pas en entendre parler. Et je n'arrive pas à comprendre pourquoi.

— Cricket...

— Parce que je suis jeune et inexpérimentée, tu penses que je suis incapable de savoir ce que je veux, l'interrompit-elle. Mais tu te trompes, Jackson. Je sais ce que je veux et l'ai toujours su : avoir un endroit à moi, où je me sente bien, et être avec toi. En revanche, ce que tu recherches, me semble-t-il, c'est mener une vie exempte de regret. Mais je doute que quiconque soit en mesure de te garantir ce genre d'existence. Encore une fois, nous pourrions être ensemble, pour le meilleur et pour le pire. Parfois pour le pire, c'est vrai. Mais ce serait tout de même mieux que de vivre chacun de son côté.

— Tu dis cela parce que tu n'as pas vraiment idée des dégâts qu'un tel mariage peut causer dans un couple. J'ai eu l'exemple de ma mère sous les yeux. Elle était malheureuse de ne pas être aimée par son mari, de se sentir piégée dans une union déséquilibrée. Et c'est à cause de moi qu'elle n'a pas eu la vie dont elle rêvait.

— Rien ne nous empêche de nous marier, Jackson. Et si tu te sentais trop malheureux, nous pourrions divorcer.

— Cricket...

— Mais quel est ton problème, à la fin ? demanda-t-elle,

visiblement frustrée. De quoi as-tu peur ? D'échouer ? Parce que nous ne serons pas piégés. La décision nous appartiendra toujours. Mais, à l'évidence, tu as peur de quelque chose. Sinon, nous aurions une conversation différente. Tu oublies que j'ai grandi dans une famille dysfonctionnelle. Alors, cesse de t'abriter derrière la tienne. Cet argument ne tient pas. Moi qui pensais que les cow-boys étaient courageux, je tombe de haut !

Ses paroles lui firent l'effet d'un coup de poignard en plein cœur. De fait, il était lâche. Un lâche de la pire espèce, qui se tenait là, devant elle, et qui ne lui offrait absolument rien. Qui trahissait la confiance qu'elle avait placée en lui. Sauf...

Sauf qu'il savait à quoi s'en tenir sur ce genre d'union. Il savait ce qu'était la vie d'un enfant au sein d'une famille où les parents s'étaient mariés par obligation. Plus grave encore, il savait ce que c'était d'être la cause de ce mariage. Certes, Creed avait pris le risque de contracter un mariage fictif pour être avec son fils, mais la situation de son frère était très différente de celle de Jackson puisqu'il avait été empêché de voir son enfant.

Son enfant.

Ainsi, Jackson vivrait dans une maison différente de celle de son fils ou de sa fille ? C'était ce qui avait poussé Creed à se marier. Jackson pouvait le comprendre tandis qu'il contemplait Cricket et qu'il entrevoyait l'attrait d'un avenir ensemble...

Mais Cricket ne lui avait pas expressément dit qu'elle l'aimait. Elle lui demandait de l'épouser, une solution susceptible, à première vue, de faciliter leurs vies. Ce que tant de personnes faisaient dans l'intérêt d'un enfant. Pourtant, derrière les apparences d'une famille nucléaire heureuse, il pouvait y avoir un champ de ruines. Une tristesse désespérée que personne ne remarquait hormis les personnes à l'intérieur du noyau familial. Cricket avait beau le traiter de lâche, il ne voulait pas qu'elle se sente obligée de l'épouser et qu'elle le regrette toute sa vie.

Tu te protèges toi-même.

Non. Il ne se sentait pas du tout protégé. Plus maintenant. Il éprouvait de la colère et de l'impuissance parce qu'il se retrouvait empêtré dans la même situation que ses parents. Mais il opterait pour une solution différente, meilleure pour Cricket et lui.

— Veux-tu seulement être le père de ce bébé ?

— Oui. Puisque j'ai fait un enfant, je prendrai soin de lui.

— Quel dommage que tu ne veuilles pas faire de même avec moi.

— Que tu l'acceptes ou non, Cricket, c'est ma façon de te protéger et de prendre soin de toi.

— Non, je ne l'accepte pas, dit-elle d'un ton glacial.

— Nous trouverons une solution.

— Quelle solution ? Le partage des responsabilités parentales ? La garde alternée ? L'échange de notre enfant sur le parking du supermarché ?

Il détestait l'avenir qu'elle lui dépeignait. Ce qu'il voulait, c'était l'attirer dans ses bras, la soulever de terre, la transporter dans sa chambre à l'étage et la faire sienne.

Il voulait la garder avec lui.

Et elle resterait.

Dans l'intérêt de l'enfant.

Comme sa mère l'avait fait, à cause de lui.

Il s'efforça de chasser cette pensée ô combien déprimante.

— Je serai là chaque fois que tu auras besoin de moi.

— Mais pas en tant que mari.

— C'est préférable.

— Si tu le dis. Mais, si j'étais toi, je ne parierais pas un centime sur cette partie qui se joue entre nous, car tu perdrais. Pour la simple et bonne raison que j'ai la meilleure main.

Elle marqua une pause et le contempla avec pitié.

— Tu continues de penser que tu sais exactement comment les choses se dérouleront. Que tu sais tout mieux que moi et que tu l'as toujours su. Quand j'ai remporté ce tournoi de poker, tu croyais avoir un plan B, et tu n'as pas vraiment eu le sentiment de perdre. Pourtant, tu as bel et bien perdu, et je suis arrivée à mes fins. Alors, si j'étais toi, j'essaierais de découvrir tout ce que je sais et que tu ignores.

Sur quoi, elle pivota sur ses talons et s'en alla, le laissant en proie à l'accablement et à la frustration. Parce qu'elle ne comprenait pas que c'était la meilleure solution. Parce que, dans son esprit, elle était persuadée que tout se passerait bien. Mais il savait qu'elle se trompait. À cause de lui, sa mère s'était sentie malheureuse toute sa vie, et il ne voulait pas reproduire le même schéma avec Cricket.

Alors, s'il avait raison, pourquoi éprouvait-il l'horrible sensation qu'on lui arrachait le cœur ?

Parce qu'il était un menteur.

Parce qu'il aimait Cricket.

Et parce qu'il était un lâche de la pire espèce, comme elle l'en avait accusé.

Cricket ne retourna pas chez elle. Elle était trop en colère et malheureuse. À la place, elle se rendit chez Emerson, bientôt rejointe par Wren. À ce stade, il était impossible de protéger Jackson de la fureur de ses beaux-frères. Et Cricket n'avait pas l'intention de s'interposer. Elle éprouvait trop de rancœur envers lui. Il s'était montré… ridicule. Incapable de lui opposer une seule raison valable !

Confortablement installée dans un des poufs géants de sa sœur, Cricket n'en finissait pas de ruminer sa colère et de pousser des soupirs indignés.

— Alors, quand vas-tu te décider à nous raconter toute l'histoire ? demanda Emerson.

La question de sa sœur agit comme un déclencheur, et

elle déballa tout : son béguin de longue date pour Jackson, la possibilité qu'il soit son demi-frère, sa relation charnelle avec lui et leur récente discussion.

— Une chose est sûre, dit Wren, Creed va le tuer.

— Je sais, soupira Cricket. C'est pour cette raison que je me suis d'abord rendue chez Emerson. Je ne voulais pas qu'il meure. Mais, à présent, cette idée me déplaît beaucoup moins.

— Il a vraiment dit qu'il ne pouvait pas t'aimer ?

— Oui. Et tu sais quoi ? Si j'étais sûre et certaine qu'il dise vrai, je penserais qu'il prend la bonne décision en refusant de m'épouser. Mais je n'y crois pas. Je suis persuadée qu'il est capable de m'aimer. Peut-être m'aime-t-il déjà. Et cette idée doit l'effrayer.

— L'amour rend les hommes stupides, tu peux me croire sur parole, dit Wren.

— Même Creed ?

— Oh ! Creed était le pire de tous.

— Non, intervint Emerson. C'était Holden. Quand je lui ai dit que je l'aimais, il est devenu fou.

— Creed non plus n'était pas particulièrement enchanté quand je lui ai avoué que je l'aimais.

— Oh ! dit Cricket, soudain songeuse.

— Qu'y a-t-il ? demanda Wren.

— Je ne lui ai pas vraiment dit que je l'aimais.

— Mais tu l'aimes, n'est-ce pas ? Tu as évoqué ce béguin de longue date.

— Oui. Bien sûr. Mais je voulais d'abord voir sa réaction...

— Cricket, dit Wren gentiment. Il s'est comporté de façon inqualifiable avec toi, et je l'étranglerai volontiers. Il n'aurait jamais dû te toucher s'il ne pensait pas pouvoir construire quelque chose avec toi.

— Non, tu te trompes. Je lui ai dit que j'étais d'accord. Il a fait preuve de franchise envers moi. Il ne m'a jamais menti.

Simplement… je pensais que je pourrais avoir une liaison avec lui, le temps du pari, et ensuite passer à autre chose. Mais je me suis menti à moi-même. J'ai été incapable de tourner la page. Il fait partie de ma vie, à son insu, depuis tellement longtemps. Il est ma destinée en quelque sorte.

— Dans ce cas, tu dois lui dire que tu l'aimes.

— Mais il m'a humiliée !

— Parfois, nous devons pardonner les offenses au nom de l'amour.

— Je déteste cette idée.

— Moi aussi, dit Wren. Mais j'aime mon mari. Et je suis prête à tout pour le garder. Par chance, l'amour que je lui porte est réciproque. Peut-être Jackson a-t-il simplement besoin de connaître tes sentiments à son sujet. Les Cooper sont des hommes complexes. Je ne connais pas les problèmes de Jackson, mais je sais à quoi ressemble un Cooper qui fuit parce qu'il a peur.

— Alors, selon toi, je ne dois pas attendre qu'il vienne me trouver et fasse amende honorable ?

— Tu peux choisir cette option, répondit Emerson. Mais tu es une personne sensée. Une relation idéale est celle où les deux partenaires sont sur un pied d'égalité, mais c'est très rarement le cas. Chacun est censé se donner à fond tout le temps, mais parfois l'un d'eux cale, et l'autre est obligé de le soutenir à bout de bras. Et, non, une relation ne devrait jamais ressembler à celle de nos parents, dans laquelle l'un des partenaires dépérit émotionnellement parce qu'il est privé de l'amour et du soutien de l'autre. Dans un autre cas de figure, il faut parfois qu'un partenaire ait le courage de rompre, même si c'est très difficile, pour éviter que le couple se retrouve dans une impasse et se déchire.

— Peut-être ai-je les mauvaises cartes en main, tout bonnement, remarqua Cricket, le cœur meurtri.

— Non. Ne dis pas cela. Jackson et toi êtes des personnes intelligentes. S'il t'aime, comme tu le crois, vous trouverez un terrain d'entente.

— Mais…

— C'est une situation éprouvante, je sais, dit Emerson. Tout ce qui est important est susceptible de faire souffrir. La seule personne qui a le beau rôle dans une relation, c'est quelqu'un comme papa. Une personne trop égoïste et indifférente aux sentiments d'autrui pour être blessée.

Ces paroles eurent un profond impact sur Cricket. Elle avait toujours voulu être protégée, mais pour cela il aurait fallu qu'elle se coule dans le moule familial, comme ses sœurs, et elle n'en avait pas vu l'intérêt. Le mode de vie de ses parents ne l'avait jamais attirée. En revanche, Jackson était différent. Elle se projetait très bien dans l'existence qu'ils pourraient avoir ensemble, avec leur enfant, même si ce n'était pas le genre de vie qu'elle avait imaginé dans ses fantasmes d'adolescente, essentiellement centrés sur Jackson. Mais elle n'était plus une adolescente immature. Elle serait bientôt maman, et elle adorait l'idée de former une famille avec Jackson.

Parce qu'elle l'aimait.

L'orgueil était-il compatible avec l'amour ? Non.

Elle ne pouvait pas se protéger.

Or, c'était ce que faisait Jackson. Mais elle ne calquerait pas son attitude sur la sienne. Elle ne sacrifierait pas l'amour sur l'autel de son propre orgueil. Parce qu'elle aimait Jackson de tout son cœur. Il faisait partie intégrante d'elle au même titre que la terre et l'élevage.

Finalement, certaines choses étaient simples.

Et son amour pour Jackson en faisait partie. Elle se battrait pour qu'il triomphe de tous les obstacles.

Sa vie était trop importante pour qu'elle permette à James Maxfield de projeter sur elle son ombre malsaine et de l'empêcher d'être pleinement heureuse, même s'il n'était plus dans les parages. De la même façon, Jackson ne devait pas se laisser influencer par les erreurs de ses parents.

Plus déterminée que jamais, elle s'extirpa du pouf géant sur lequel elle était installée.

— C'est entendu, dit-elle. Je vais lui dire que je l'aime.

— L'idée est excellente, mais peut-être pas à 21 heures, remarqua Emerson.

— Pourquoi pas ?

— Prends le temps de réfléchir et d'élaborer un plan. C'est plus prudent.

Cricket hocha la tête.

— Tu as raison.

Elle sourit tandis qu'un plan commençait à prendre forme dans sa tête.

— Puis-je t'emprunter à nouveau ta robe rouge ?

— Bien sûr.

11

Le chagrin n'était pas un sentiment inconnu pour Jackson, loin de là. Mais ce qui le surprenait cette fois, après sa discussion avec Cricket, c'était l'intensité de sa souffrance, qui s'apparentait à une petite mort. Il était à bout de nerfs et il hésitait entre deux options : ouvrir une bouteille de whisky ou attraper ses clés de voiture. Il choisit la seconde option et prit la direction de la demeure familiale. Arrivé à destination, il tambourina à la porte d'entrée, sans se soucier du fait qu'il allait réveiller son père.

— Jackson ? Tout va bien ? demanda Cash, en nouant hâtivement la ceinture de sa robe de chambre.

— Cricket est enceinte, annonça Jackson de but en blanc.

— Oh ! je comprends que vous ayez tellement eu besoin de savoir qui était son père.

— Oui.

— En tout cas, tu n'as pas perdu de temps.

— C'était inévitable. Mais peu importe. J'ai besoin de savoir autre chose. Tout de suite. Pourquoi as-tu épousé maman si tu ne l'aimais pas ? Pourquoi l'as-tu fait, soi-disant dans mon intérêt ? Parce que ce n'est pas évident pour un enfant de savoir que c'est à cause de lui que ses parents sont ensemble et qu'ils sont malheureux.

— Rien n'était ta faute, dit Cash.

Il exhala un profond soupir et ouvrit la porte en grand.

— Entre.

Jackson s'avança à l'intérieur, en proie à ce sentiment d'étrangeté qu'il éprouvait toujours quand il retournait dans la maison de son enfance. Il s'était assis un nombre incalculable de fois à la table de la salle à manger avec sa mère. Il avait ouvert ses cadeaux de Noël, à côté de la cheminée, au pied du sapin. Il avait fait la lecture à sa mère, allongée sur le canapé alors qu'elle était malade et qu'elle s'éteignait doucement sous ses yeux. Il ne pouvait pas se trouver dans cette pièce sans ressentir une profonde mélancolie.

— Il faut d'abord que tu comprennes que nous n'étions pas malheureux, dit Cash. Pas toujours. De la même façon que nous n'étions pas toujours heureux. Par ailleurs, c'est à cause de moi si ta mère était triste. Nous avions eu une violente dispute il y a environ quinze ou seize ans. Ce jour-là, elle m'a dit à quel point elle détestait le vignoble. Il nous avait déjà rapporté beaucoup d'argent, et j'en étais très fier. Mais, selon elle, ce vignoble, emblème de ma réussite, lui rappelait que je n'avais qu'un seul objectif dans la vie : reconquérir une autre femme.

Cash secoua la tête, dépité.

— Et j'ai laissé cette pensée s'insinuer dans mon esprit, y fermenter d'une vilaine façon. J'en venais même à me dire que ma vie aurait été plus facile aux côtés de Lucinda Maxfield. Mais, en réalité, je sais très bien qu'un mariage avec Lucinda n'aurait résolu aucun problème. Parce qu'on ne peut pas comparer un amour de jeunesse et un mariage qui dure depuis des années. C'est impossible. Et toutes les suppositions du genre : « Et si nous n'avions pas été ensemble » que ta mère et moi avons pu faire étaient inutiles et pernicieuses. Nous n'avons jamais vécu avec quelqu'un d'autre durant toutes ces années. Je n'ai pas eu d'enfant avec une autre femme. La vie familiale génère des contraintes et des pressions qui ne peuvent être comparées à rien d'autre. Nous avons vieilli ensemble, pour le meilleur et pour le pire. Nous avons changé ensemble, dans la maladie et la bonne santé. Nous faisions partie l'un de l'autre.

— Vous étiez ensemble parce que vous vous sentiez obligés de l'être, insista Jackson.

— Est-ce une mauvaise chose, selon toi ?

— Oui. Tu aurais dû être avec une autre femme parce que... tu l'aimais.

— Où es-tu allé chercher l'idée que l'amour était dénué de toute obligation ? Aimer un enfant implique de nombreuses obligations. Un mariage comporte de nombreuses obligations. Le terme « obligation » n'est pas un vilain mot. Ce qui est inadmissible, c'est de ne pas les assumer, tu ne crois pas ?

— J'avoue que je n'avais pas vu les choses sous cet angle.

— Nous n'étions pas parfaits. Ni parfaitement heureux. Et je me sens terriblement coupable de ne pas avoir été le mari que ta mère aurait souhaité. Ce n'est pas que j'étais incapable de l'aimer. Simplement, j'ai choisi – *nous* avons choisi – de laisser certaines choses influencer nos convictions. De laisser certains sentiments s'envenimer et empoisonner nos rapports.

— Maman m'a dit que tu l'avais épousée uniquement parce qu'elle était enceinte.

— Peut-être est-ce vrai, admit Cash. Mais elle n'en savait rien. Et moi non plus, en réalité. Nous avons dû nous faire ce reproche au cours de nos disputes, mais cela ne veut pas dire que c'était la vérité. Nous nous aimions quand nous nous sommes mariés.

— Maman m'a dit aussi que tu étais avec elle uniquement parce que Lucinda avait épousé James Maxfield.

— C'est là tout le problème, dit Cash. Je ne sais pas quelle tournure nos vies auraient prise si nous avions fait les choses différemment. Si nous avions été moins têtus. Moins persuadés d'être dans notre bon droit. Mais ce ne fut pas le cas. Et c'est mon fardeau Ce n'est en aucun cas le tien ni celui de quelqu'un d'autre. Ta mère n'aurait jamais dû te parler de ces choses-là, pour commencer. Elle t'a mis cette culpabilité dans la tête, et tu te rends malade à force de la ressasser. Mais dis-toi bien que tu n'y es pour rien. S'il y a un coupable dans cette histoire, c'est moi. Et j'en paie le prix fort, surtout depuis le décès de ta mère.

— Pourquoi particulièrement depuis cette date ?

— Je te l'ai dit. La culpabilité. Les regrets. Parce qu'au bout du compte j'aimais beaucoup ta mère. Et je m'en veux de ne pas le lui avoir montré. De ne pas l'avoir compris plus tôt. Parce que je m'attendais toujours à éprouver pour elle les mêmes élans de passion, impossibles et douloureux, que j'avais ressentis, dans ma jeunesse, pour Lucinda.

Il secoua tristement la tête.

— Maintenant, je me demande ce qu'auraient été nos vies si j'avais été un mari plus aimant. D'où mes regrets lancinants. Je l'entends encore me reprocher que j'attendais qu'elle meure pour me retrouver enfin avec la personne que j'aimais vraiment. Mais elle se trompait. Je n'ai jamais pensé une chose aussi horrible.

Jackson exhala un long soupir. Il ne savait pas quoi penser de tout cela. Cricket avait parlé d'elle et de lui comme s'ils étaient destinés l'un à l'autre. Et son père évoquait plutôt des choix difficiles à faire.

Toutefois, Cricket lui avait dit une chose qui l'avait profondément marqué. Ils n'étaient pas comme leurs parents. Et c'était vrai.

Il n'avait pas de cas de conscience, contrairement à son père. Il n'avait pas à se demander s'il devait ou non être avec Cricket parce qu'il aimait une autre femme. Pour la simple raison qu'il n'avait jamais éprouvé pour une autre femme ce qu'il ressentait pour Cricket. Et il n'était ni jeune ni naïf. En revanche, il en avait assez de penser que ses parents avaient sacrifié leur liberté et leur bonheur à cause de lui. Pour être tout à fait honnête, il en voulait à sa mère de lui avoir mis cette idée dans la tête. Volontairement ou non. Et entendre son père reconnaître qu'elle n'aurait jamais dû le culpabiliser ainsi faisait remonter en lui toute cette rancœur sur laquelle il avait tenté de faire l'impasse.

— Tu sais, fiston, à la fin de sa vie, ta mère était sans doute aigrie par la maladie. C'était une femme merveilleuse, bien sûr, mais elle avait des défauts, comme nous tous. Elle n'avait pas l'intention de te blesser, j'en suis certain. Mais... elle l'a fait. Cela ne veut pas dire qu'elle ne t'aimait pas.

— Je sais, dit Jackson.

— Elle aurait donné sa vie pour toi. Mais, parfois, elle considérait notre mariage comme une épreuve douloureuse.

— Regrettes-tu la façon dont les choses se sont passées ?

— Je regrette la façon dont je les ai gérées. Je regrette de ne pas avoir été un meilleur mari. Mais je n'ai jamais regretté de vous avoir, Creed, Honey et toi. Je n'ai jamais regretté la vie que ta mère et moi avons bâtie ensemble. Malheureusement, je ne suis pas parvenu à me défaire du passé comme je l'aurais dû, parce que, lors de l'échange des consentements mutuels, je m'étais engagé à renoncer à toutes les autres femmes et à être fidèle à ta mère. Je ne l'ai jamais trompée, mais j'ai conservé mon désir pour Lucinda et mes souvenirs de ce temps-là dans un recoin de mon cœur. La vie s'accompagne inévitablement de choix et de regrets, Jackson. Ce qui compte c'est d'être le plus honnête possible. Ces jeux auxquels nous jouons tous ne représentent rien d'autre que du chagrin inutile.

— Je ne veux pas que Cricket se sente obligée de m'épouser.

— Elle m'a fait l'effet d'une jeune fille moderne.

— Je lui ai dit que je ne l'épouserai pas.

— Ah, ça, mon garçon, je ne t'ai pas éduqué pour que tu fuies tes responsabilités !

— Je ne les fuis pas. Je veux simplement être sûr qu'elle ne considère pas un mariage avec moi comme une contrainte.

— Eh bien, pose-lui la question. N'essaie pas de te protéger. Demande-lui ce qu'elle ressent à ton égard.

— Comment le saura-t-elle avec certitude ?

— Tu en demandes trop ! s'exclama Cash. Tu devras lui faire confiance. La croire sur parole. Encore une fois, la confiance, la foi et l'honnêteté sont essentielles dans un couple. Si j'avais davantage respecté ces trois principes, ta mère et moi aurions eu une vie différente. Plus heureuse.

Jackson aimait Cricket. Il en avait la certitude, tandis qu'il se tenait dans cette maison remplie de souvenirs pesants et douloureux qui avaient constitué un bagage trop lourd à porter pour lui sans même qu'il s'en rende compte.

Cricket avait raison. Il se protégeait. Parce que le fardeau de la culpabilité envers sa mère, le sentiment d'avoir une dette envers elle, dont il n'avait jamais pu s'acquitter, le hantaient. La dernière chose qu'il voulait, c'était être un fardeau pour Cricket. Mais il lui poserait la question. Et il devrait lui faire confiance.

Il devrait espérer qu'elle connaisse tout, comme elle l'affirmait effrontément. Et qu'elle croie à toutes ces choses qu'elle lui avait dites avant de partir.

Elle avait raison. Il avait perdu le pari. Mais il était heureux de l'avoir perdu.

Le lendemain matin, quand Cricket ouvrit la porte de sa maison, vêtue comme lors du tournoi de poker, avec la fameuse robe rouge, la veste en cuir trop grande pour elle et le chapeau de cow-boy, mais sans le cigare, elle aperçut Jackson sous le porche. Il avait l'air hagard, comme un homme possédé. Un homme qui aurait passé une nuit blanche.

— Que fais-tu ici ?

— Et toi, que fais-tu ainsi vêtue ?

— J'ai en tête un projet très sérieux. C'est évident, non ?

— Bien sûr. As-tu un pistolet avec toi, au cas où ?

— Non.

Son cœur tambourinait dans sa poitrine tandis qu'elle contemplait Jackson et qu'elle s'efforçait de ne pas trop espérer de sa venue ici.

— Je passe la main, dit-il.

— Tu... Quoi ?

— Je capitule, Cricket. Je reconnais ma défaite. Tu avais raison. J'avais peur. J'étais un lâche de la pire espèce. Parce que je ne supportais pas l'idée d'être, non pas comme mon père, mais comme ma mère. Le partenaire mal aimé. Celui qui est considéré comme un fardeau. Celui qu'on épouse par obligation. Mais je t'aime de tout mon cœur, Cricket, et je suis disposé à prendre ce risque du moment que je suis avec toi. Jour après jour, je m'appliquerai à gagner ton amour et à ne plus être un fardeau pour toi. Je sais que tu veux être libre et entamer une nouvelle phase de ta vie. Je suis conscient que tes aspirations semblent peu compatibles avec le fait d'avoir un enfant tout de suite et de t'installer avec moi. Mais je pense que c'est notre destinée. Et loin de moi l'idée d'aller contre ce qui est écrit d'avance.

— Jackson, murmura-t-elle, le cœur dilaté de joie. Je ne te considère pas comme un fardeau. J'ai discuté avec mes sœurs, hier soir, et je leur ai expliqué à quel point j'étais humiliée et malheureuse d'avoir été rejetée par toi. Puis, elles m'ont demandé si je t'avais dit que je t'aimais, et je leur ai avoué que non. Parce que je me protégeais. Je voulais savoir comment tu réagirais avant de te dévoiler mes sentiments. Je trouvais plus facile de te parler de mariage que de t'ouvrir mon cœur. Parce que c'était nouveau pour moi. Je n'ai jamais vraiment partagé mes problèmes et mes aspirations avec quelqu'un d'autre que toi. Je pense que j'ai plus parlé de moi pendant les trente jours du pari que pendant toute ma vie ! Pourtant, je ne t'ai jamais dit le plus important : je t'aime de tout mon cœur, Jackson, depuis des années. Et je veux partager ma vie avec toi, enceinte ou non. Puisque je n'ai pas trouvé le courage de te le dire hier soir, je ne peux pas t'en vouloir de m'avoir rejetée.

— Oh ! si. Je me suis conduit comme le dernier des salauds. Et je m'en veux terriblement de t'avoir fait souffrir.

— Jackson, dit-elle, le cœur inondé de bonheur. Je t'aime à la folie. De toute ma vie, je n'ai jamais rien désiré qui mérite que je me batte bec et ongles pour l'avoir. Exception faite pour toi. Mon amour pour toi serait capable de soulever des montagnes. C'est tout dire ! Alors, non. Tu n'es pas un fardeau pour moi. Comme tu l'as si bien dit, c'est notre destinée d'être ensemble.

— Petit criquet, dit-il, l'enlaçant et la contemplant avec émotion. Tu es la merveilleuse surprise que je n'attendais pas. Je ne savais pas comment faire pour combler le vide béant dans mon cœur. Mais, toi, tu le savais depuis le début. Tu es tellement plus sage, plus intelligente et plus courageuse que moi ! Et je promets de t'aimer toute ma vie. Peu importe si certains jours sont plus difficiles que d'autres. Peu importe si je dois passer des nuits blanches et quitter ma maison pour m'installer dans la tienne. L'important, c'est que je sois avec toi. Hier soir, j'ai parlé à mon père, et il m'a dit que les obligations et l'amour vont souvent de pair. Je pense qu'il a raison. C'est l'amour qui incite les gens à remplir ces obligations. Mais ce que je ressens pour toi est bien plus profond. Tu es mon souffle de vie, ma raison d'être.

— Tu as cet amour dans le sang ? demanda-t-elle, émue aux larmes.

— Oui. Il est dans mon sang, dans mes os, dans mon cœur.

— Il en est de même pour moi.

Puis il l'embrassa, et elle se perdit dans son baiser. Désormais, elle savait qu'ils ressentaient la même chose l'un pour l'autre. Qu'ils étaient en parfaite symbiose l'un avec l'autre. Qu'ils ne formaient plus qu'une entité. Et ce n'était pas sa grossesse ou la promesse d'un mariage qui en était la cause. Ils n'auraient jamais pu se séparer même s'ils l'avaient voulu. Parce que c'était trop tard. Les dés étaient jetés. La partie était finie. Et, à la fin, ils avaient gagné tous les deux.

Cricket Maxfield avait remporté de nombreux prix douteux au cours de sa vie. Et elle s'était souvent demandé quelle était sa place dans le monde. Mais le prix le plus merveilleux qu'elle ait jamais gagné était d'aimer Jackson et d'être aimée de lui. Et si toutes ces années au cours desquelles elle s'était sentie inadaptée et négligée avaient été un mal nécessaire pour arriver à ce résultat, alors elles valaient la peine d'avoir été vécues.

Parce que, aujourd'hui, elle était au comble du bonheur.

Et c'était le prix le plus fabuleux au monde.

CAT SCHIELD

Un si délicieux mensonge

Traduction française de
SOPHIE LECOQ

PASSIONS

HARLEQUIN

Titre original :
SEDUCTIVE SECRETS

Ce roman a déjà été publié en 2021.

© 2019, Catherine Schield.
© 2021, 2025, HarperCollins France pour la traduction française.

1

Paul Watts pénétra dans l'ascenseur de l'hôpital et s'acharna sur le bouton qui devait le conduire au quatrième étage.

Il quittait Charleston deux heures plus tard pour participer à un salon professionnel. Une semaine durant, conférences et tables rondes allaient se succéder autour d'un thème qui lui tenait particulièrement à cœur : la cybersécurité.

Son esprit lui soufflait toutefois que ce voyage était une mauvaise idée.

Et pour cause : l'état de son grand-père ne s'améliorait pas.

Grady, quatre-vingt-cinq ans, avait été admis à l'hôpital six jours plus tôt en raison d'un œdème cérébral – une complication vraisemblablement liée à l'accident vasculaire cérébral qui l'avait terrassé trois mois auparavant.

Ce terrible événement avait altéré ses facultés et paralysé tout un côté de son corps.

La famille Watts craignait qu'il ne se remette pas de ce nouveau coup dur. Paul hésitait pour cette raison : était-il sage de s'absenter toute une semaine quand la santé de son grand-père était préoccupante ?

Les grands pontes de la ville s'activaient au chevet de Grady, mais le patriarche du clan Watts peinait à recouvrer ses forces.

Les premiers jours, l'équipe médicale s'était pourtant montrée optimiste. En temps normal, Grady avait une santé de fer et une volonté d'acier.

Mais cette fois-ci, elles ne semblaient pas pouvoir faire le poids. Où était passée son envie de se battre ? L'accident vasculaire cérébral avait affecté bien plus que ses cordes vocales et ses capacités motrices.

Il l'avait brisé.

S'il avait cédé sa place de P-DG à son aîné, Grady Watts présidait toujours le comité de direction de l'empire familial, une multinationale spécialisée dans le transport maritime.

L'idée de partir à la retraite ne lui avait d'ailleurs pas effleuré l'esprit. Il opérait auprès de diverses autres entreprises et menait une vie sociale des plus actives.

La légendaire vitalité de ce décideur-né, la fougue de cet entrepreneur qui en avait désarmé plus d'un lui faisaient à présent défaut. Sa passivité questionnait Paul : pourquoi Grady baissait-il soudainement les bras ?

L'état actuel de leur relation ne lui permettait pas d'attendre la moindre confession de sa part. Ils s'étaient brouillés des années plus tôt et ne se parlaient que par bribes. Le temps qui passe n'y faisait rien, leur éloignement continuait de susciter chez Paul une douleur vivace, un regret continuel.

Son petit-fils refusait cependant de céder à tout sentiment de culpabilité. Certes, au confort de l'affaire familiale, il avait préféré une carrière dans la cybersécurité. Mettre le grappin sur des voyous de tout crin satisfaisait sa soif de justice. Cela devait-il faire de lui le mouton noir de la famille ?

Les portes de l'ascenseur s'ouvrirent dans un bruit métallique et Paul, aveuglé par la lumière des néons, s'engagea dans le long couloir aux murs blancs, tentacule parmi les dizaines d'autres qui composaient cet univers monochrome et stérilisé.

Il passa devant le bureau des infirmières, les salua d'un hochement de tête rapide et s'enfonça dans le dédale de couloirs, qu'il ne connaissait que trop bien déjà, menant à la chambre de son grand-père.

Approchant de l'endroit où l'attendait un Grady diminué

et taciturne, Paul ralentit le pas. S'il n'avait rien d'une petite nature, il ne poussait jamais cette porte sans une certaine appréhension.

Solide et charismatique, son grand-père avait toujours beaucoup compté pour Paul. Sans lui, il ne serait jamais devenu l'homme qu'il était.

Le voir rendre les armes secouait Paul dans tout son être.

À mesure que Grady glissait vers le néant, le jeune homme sentait sa propre confiance s'étioler.

Il était prêt à tout pour aider le patriarche de la famille Watts à se battre.

Il prit une profonde inspiration et se préparait à entrer quand une agréable mélodie lui parvint depuis l'intérieur de la chambre.

Une femme entonnait un air joyeux d'une voix cristalline que Paul ne reconnut pas.

Il s'agissait certainement d'une infirmière. Peut-être que l'une d'elles avait découvert à quel point son grand-père aimait la musique ? Il était curieux de tout.

Paul poussa la porte et entra. La pièce était faiblement éclairée. Il fit quelques pas avant de s'immobiliser.

Grady était étendu sous les draps, le teint cireux. Sans le bip régulier du moniteur cardiaque, Paul l'aurait cru mort. De l'autre côté du lit, une femme tenait sa main.

Paul remarqua immédiatement son regard. Il était empli de tendresse et de douceur. Qui était-elle ? Paul se mit sur ses gardes. Cette personne n'avait rien d'une infirmière et tout cela ne ressemblait en rien à une visite ordinaire.

Cette femme semblait tout droit sortie d'un film pour enfants… ou de l'unité psychiatrique du sixième étage.

Elle avait une vingtaine d'années, un joli visage et une grâce naturelle. Elle arborait un costume composé d'une robe paysanne couleur lavande et d'une perruque blonde nouée en une tresse épaisse, rehaussée de fausses fleurs.

Deux joyaux couleur noisette illuminaient son visage fin aux pommettes bien dessinées. On aurait dit une poupée grandeur nature.

Pris au dépourvu, Paul oublia de baisser la voix.

— Qui êtes-vous ?

La question résonna entre les quatre murs du petit espace et stoppa net la jeune femme dans sa chanson. Elle ouvrit de grands yeux et se figea, biche prise dans les phares d'une voiture.

Elle ouvrit la bouche et laissa échapper un son de surprise. Puis elle inspira calmement et s'apprêta à répondre.

Paul ne lui en laissa pas le temps.

— Que faites-vous dans la chambre de mon grand-père ?

— Je...

Elle regarda derrière lui en direction de la porte ouverte.

— Enfin, Paul, qu'est-ce qui te prend ?

Il reconnut aussitôt la voix de son jeune frère, Ethan. Il parlait à voix basse, un choix bien plus adapté dans cette chambre d'hôpital. Paul regretta son ton hargneux mais ne desserra pas la mâchoire.

— On t'entend depuis l'autre bout du couloir. Tu vas stresser Grady avec ce ton sec que tu as.

Paul remarqua alors que son grand-père avait les yeux ouverts et que ses lèvres bougeaient dans un effort d'articulation.

Depuis son AVC, Grady était incapable de communiquer comme il le voulait. Son agitation se lisait néanmoins sur son visage et son corps tendus. Sa main droite voletait frénétiquement au-dessus des draps.

Les grands yeux de l'inconnue passaient de Paul à Grady.

Paul fit un pas en avant et s'adressa à son grand-père.

— Pardon, Grady.

Il approcha du lit et serra doucement dans sa main les doigts froids et secs du vieil homme. Ils tremblaient.

— Je suis venu voir comment tu allais. J'ai été surpris de tomber sur cette femme dans ta chambre.

Il se tourna vers l'inconnue dans son déguisement bien étrange et s'adressa à elle dans un grognement sourd.

— Je ne sais pas qui vous êtes, mais vous n'avez rien à faire ici.

Ethan s'interposa et, désignant la jeune femme de la main comme s'il s'agissait de présentations tout à fait normales, répondit à son frère.

— Au contraire.

Le ton ravi et léger d'Ethan fit bondir Paul, dont les muscles se raidirent un peu plus.

— Tu la connais ?

— Oui. Je te présente Lia Marsh.

La jeune femme sourit.

— Bonjour !

Sa voix gaie et douce résonna dans la chambre.

La présence d'Ethan l'avait immédiatement détendue. Il était à ses yeux, et de toute évidence, un allié.

Si elle pensait pouvoir amadouer Paul avec son petit sourire, elle se fourrait le doigt dans l'œil. Elle ne savait pas à qui elle avait affaire.

À son grand agacement, il sentit bien malgré lui que son air enjoué avait quelque peu dissipé la boule d'angoisse qui lui nouait jusqu'à présent le ventre.

Quand les yeux vert délavé de Grady fondirent sur Lia Marsh, un sentiment de bien-être intérieur s'empara de Paul sans prévenir.

Son grand-père semblait heureux d'avoir cette femme près de lui, avec cet étrange costume et son grand sourire.

La situation lui échappait complètement.

— Je ne comprends quand même pas ce qu'elle fait ici.

— Elle est venue égayer la journée de notre grand-père, figure-toi.

Ethan posa une main affectueuse sur l'épaule de Grady et s'adressa au vieil homme avec tendresse.

— Tout va bien, Grady. Je vais lui expliquer.

Que pouvait-il bien y avoir à expliquer ?

L'inconnue s'était de nouveau approchée de Grady et lui reprit la main. Sa voix mélodieuse apaisa imperceptiblement la tension qui flottait dans l'air.

— J'ai vraiment passé un joli moment avec vous aujourd'hui. Je reviens vous voir plus longtemps très bientôt.

Grady manifesta son refus par un faible grognement, mais la jeune femme était sur le départ. Paul ignora les lamentations de son grand-père et se posta devant Lia Marsh.

— Non, vous ne reviendrez pas.

— Entendu. Je... Je comprends.

Le visage de la jeune femme s'assombrit sous l'effet du choc. Paul crut lire une certaine désapprobation dans ses yeux.

Elle jeta un regard en direction d'Ethan et ses lèvres s'ouvrirent sur un sourire chaleureux.

— À plus tard.

Dans un bruissement de tissu, elle disparut derrière la porte, laissant derrière elle un agréable sillage floral.

Paul se surprit à s'enivrer de son parfum avant d'expirer bruyamment pour ne rien garder de cette odeur envoûtante.

Lia Marsh envolée, l'énergie qui régnait dans la pièce retomba. Paul se sentit prêt à tendre le bras pour la rappeler. Mais que lui arrivait-il ?

Qu'importe, des questions plus urgentes l'attendaient. Pourquoi était-elle accoutrée de la sorte ? Que faisait-elle dans la chambre de Grady ? Et aussi, pourquoi s'était-elle fait tatouer un splendide lys au creux du poignet gauche ?

Surtout, comment son frère pouvait-il se laisser berner par une telle mise en scène dégoulinant de mièvrerie ? Cette fausse ingénue l'avait aveuglé.

Ignorant l'effet qu'elle avait eu sur lui, il saisit son frère par le bras et l'entraîna dans le couloir, pressé d'obtenir des réponses mais ne voulant pas perturber davantage leur pauvre grand-père.

Il prit soin de refermer la porte de la chambre derrière lui puis balaya l'espace du regard. Lia Marsh n'était plus là. Il remarqua que ce constat ne lui apportait pas l'entière satisfaction qu'il espérait.

— Qui est cette femme ?

Sous l'effet de la nervosité, son ton s'était de nouveau fait plus sec que nécessaire.

— Et je peux savoir ce qui se passe avec Grady ?

Ethan soupira.

— Lia est une amie.

Cherchant à maîtriser les émotions qui s'emparaient de lui, Paul se passa la main dans les cheveux. Il se concentra sur l'inquiétude qu'il se faisait pour son grand-père.

Voilà, c'était exactement ça. Le reste n'avait aucune importance.

— Tu ne m'en as jamais parlé. Tu la connais bien ?

Ethan contracta sa mâchoire. Il semblait hésitant.

— Suffisamment. Écoute, tu vois des problèmes là où il n'y en a aucun.

— Tu oublies que Watts Shipping a été victime d'une cyberattaque cette année, ainsi que plusieurs membres de notre famille à titre personnel. Donc quand je rentre dans la chambre de Grady et que je tombe sur une parfaite inconnue, tu comprendras que je me pose des questions.

— Fais-moi confiance, Lia n'a rien à voir avec tout ça. Elle a le cœur sur la main. Tout ce qu'elle veut, c'est donner un peu de bonheur aux malades. Grady a le moral au plus bas, on s'est simplement dit que ça pourrait lui redonner un peu le sourire.

Paul refusait de croire que sa méfiance était infondée ou sa réaction trop virulente.

Leur père avait décidé de prendre sa retraite prochainement. Ethan serait bientôt nommé P-DG de Watts Shipping.

Pourquoi refusait-il de voir la gravité des menaces en tous genres qui pesaient sur eux ?

— Attends, elle était déguisée en… en…

Lui qui d'ordinaire trouvait facilement ses mots fut tout à coup bien démuni. Cette rencontre avait été pour le moins surréaliste.

Une pointe d'ironie dans la voix, Ethan l'aida :

— En princesse Disney ? En Raiponce, pour être exact.

Paul se tapa le front avec le plat de la main. Secouant la tête pour ne pas s'attarder sur cette question, il revint à la charge.

— Très bien, mais tu n'as toujours pas répondu à ma question. Où l'as-tu rencontrée ?

L'imprécision de son frère ne faisait qu'attiser les doutes de Paul, qui avait pour réflexe de sécuriser le périmètre avant d'accorder la moindre confiance à quiconque. Cette méfiance permanente, une seconde nature chez lui, était peut-être exagérée, mais elle avait le mérite de garantir la sécurité des siens et de l'empire familial.

— Que sais-tu d'elle exactement ?

— Tu veux bien arrêter ton petit interrogatoire une minute ?

Paul serra les poings. Grady n'avait pas été le seul à désapprouver son choix quand il était entré dans la police de Charleston, puis quand il s'était lancé dans la cyberdéfense.

— C'est comme ça qu'elle arnaque les gens ?

— Qu'est-ce que tu vas inventer ? Elle n'a pas besoin de feindre, elle est comme ça.

— Une vraie princesse, donc. Que sais-tu d'autre à son sujet ?

— Pas grand-chose. C'est vraiment une chouette fille, je te dis. Elle sait écouter sans porter de jugement. C'est une vraie qualité, tu ne trouves pas ?

— Écouter, tiens donc. J'imagine qu'elle a compris à quel

point la situation de Grady nous affecte tous. Tu as dû te confier à elle dès que l'occasion s'est présentée.

— Ce n'est pas comme si c'était un secret.

— Quand bien même. Tu as fait venir une inconnue au chevet de notre grand-père !

Paul ne fit aucun effort pour calmer sa colère.

— As-tu réfléchi une minute avant d'inviter cette femme ici ?

— J'ai pensé que Grady apprécierait la présence d'une personne douce et bienveillante, qui a une magnifique voix de surcroît.

Ethan posa sur son grand frère un regard triste :

— Pourquoi faut-il toujours que tu imagines le pire ?

Et lui, comment pouvait-il être aussi naïf ? Paul estimait qu'un peu de sens commun suffisait à comprendre que le comportement de cette Lia Marsh était pour le moins curieux. Que faisait-elle ainsi accoutrée en héroïne de contes pour enfants ?

Il ne put s'empêcher d'aborder de nouveau le sujet.

— Et ce costume qu'elle portait...

Ethan haussa les épaules.

— Ça fait partie du reste.

— C'est son travail ?

— Bien sûr que non. Elle se déguise pour rendre visite aux enfants malades. Ils l'adorent.

Paul pesta. C'était effectivement très généreux de sa part.

— Où l'as-tu rencontrée ?

Ethan fronça les sourcils.

— Je suis l'un de ses clients.

— Quel genre de clients ?

— Peu importe le genre de clients.

Ethan soupira bruyamment. Il posa une main amicale sur l'épaule de son frère.

— Lia est une fille géniale. Il serait peut-être temps que tu arrêtes de te méfier comme ça de tout le monde.

Un lourd silence s'installa entre les deux frères. Paul chassa la critique de ses pensées, ruminant sur le flou qu'Ethan entretenait au sujet de Lia Marsh.

Il n'aimait pas que le ton monte entre eux.

Moins d'un an les séparait et ils avaient vécu leur enfance comme des jumeaux, sans cesse ensemble malgré leurs passions divergentes.

Paul, féru de high-tech, pouvait passer des heures à fabriquer des appareils électroniques, tandis qu'Ethan, de nature plus sociable, adorait le sport et boudait l'école.

Tous deux avaient cependant terminé le lycée haut la main avant de s'engager dans de brillantes études. Et si la concurrence n'avait jamais été leur credo, la décision de Paul d'embrasser une carrière hors de l'entreprise familiale avait fait naître une certaine tension entre eux. Ethan s'était posé la question de sa légitimité à prendre la suite de Watts Shipping.

— Tu ferais mieux de jouer franc-jeu avec moi, parce que tu sais très bien que je vais mener ma petite enquête sur cette fille qui se prend pour une princesse.

Lorsqu'elle quitta la chambre de Grady Watts, Lia s'autorisa enfin à respirer normalement. Le cœur battant à tout rompre, elle parcourut les couloirs blancs à vive allure. Elle fut étonnée de sentir que ses mains étaient moites.

Ethan avait déjà évoqué la méfiance exacerbée dont son frère faisait preuve, mais rien ne l'avait préparée à l'hostilité de Paul Watts… ni à son charisme fou, qu'accentuait un peu plus sa colère sourde.

Lia n'avait pas pour habitude de laisser les rencontres masculines l'atteindre ainsi. Elle se sentait agacée, un peu comme si elle venait de constater une rayure sur la carrosserie de Misty, sa caravane chérie. Elle avait été prise de court et oscillait à présent entre colère et embarras.

Elle saisissait pourtant chaque jour les joies que la vie

lui offrait. Ses émotions flottaient au vent à la manière des akènes plumeux du pissenlit, plus légères que l'air, caressées par les doux rayons du soleil.

Elle avait chassé les ombres à grand renfort de méditation, de lithothérapie et de naturopathie. Elle n'hésitait d'ailleurs pas à user de leurs bienfaits sur les clients qu'elle recevait au salon de massage.

Si tous ne se montraient pas friands de techniques New Age, certains la surprenaient par leur réceptivité.

Elle ne se serait jamais figuré qu'un homme d'affaires comme Ethan Watts puisse être attiré par ces pratiques ancestrales. Mais il ne fallait jamais porter de préjugés contre quiconque, cet homme en était l'illustration parfaite.

Son frère Paul aurait mérité d'en prendre de la graine. À peine l'avait-il vue dans la chambre de son grand-père qu'il avait ébauché une liste improbable d'hypothèses à son sujet.

Cette rencontre déstabilisante l'avait laissée dans un état d'agitation certain, à mi-chemin entre la peur et l'excitation, l'attraction physique et une envie de fuite liée à son aversion pour les conflits.

Distraite par ce tumulte intérieur, elle accéléra un peu plus le pas sous la lumière crue des néons, sans parvenir à se glisser de nouveau dans son rôle de Raiponce.

Son regard enregistrait les murs blancs de cet intérieur aseptisé, climatisé, blême.

Elle rêvait d'en ouvrir les fenêtres, d'y inviter la chaleur de l'astre solaire et la caresse de la brise, le doux parfum de l'herbe fraîchement coupée et le chant des oiseaux.

Il lui restait encore la possibilité de se déguiser en princesse et d'offrir aux enfants malades une nécessaire parenthèse enchantée.

Elle emprunta l'escalier qui menait au département pédiatrique, situé à l'étage inférieur, et passa récupérer son sac en coton dans l'espace des infirmières. Elle était bénévole à l'hôpital depuis quelques mois et ne manquait jamais ses rendez-vous avec les enfants.

Les équipes médicales s'étaient habituées à ses costumes très voyants. Tout ce qui pouvait mettre du baume au cœur et un sourire sur les lèvres des petits malades était le bienvenu. Un peu d'enchantement entre deux batteries d'examens et prises de médicaments.

Lia appela l'ascenseur et remarqua à peine les réactions tour à tour surprises, souriantes ou dubitatives que son apparence inspirait aux autres visiteurs.

Elle fut bientôt dehors, enveloppée par la douce chaleur du soleil de cette fin d'après-midi. Elle inspira profondément et vida ses poumons lentement, cherchant en vain à dissiper le malaise qu'elle ressentait après sa rencontre avec Paul Watts.

L'accident de circulation qui avait endommagé sa caravane et conduit son van tout droit à la casse l'avait contrainte à prendre une chambre sur King Street.

Elle n'avait, pour le moment, pas les moyens de remplacer son véhicule. La patience s'imposait à elle.

Sa location se trouvait à vingt minutes de marche de l'hôpital. Pour la rejoindre, elle passait par le cœur historique de Charleston. Elle concentra alors son attention sur le charme des demeures anciennes, des jolis jardins entraperçus derrière les portails en fer forgé.

Les rayons du soleil lui réchauffaient agréablement la nuque et les épaules.

Perdue dans ses pensées, Lia ne remarqua pas tout de suite l'homme appuyé contre un SUV noir face à son immeuble et qui, à son approche, se campa droit devant elle.

Prenant soudain conscience de cette présence sur son chemin, elle leva les yeux pour l'éviter.

Et sursauta.

Elle sillonnait le pays en solitaire depuis qu'elle avait

dix-huit ans et avait appris à écouter son instinct. Il ne la trompait jamais quand elle se trouvait face à un inconnu.

Excepté que cet homme n'en était plus vraiment un.

Elle aurait aimé ne retenir de Paul Watts que ses yeux, dont le vert lui rappelait la beauté sereine d'une forêt de pins.

Mais il se dégageait de cet être une telle méfiance envers ses semblables qu'elle ne pouvait s'abandonner à son élan premier.

La promiscuité de leurs corps ne manqua cependant pas de réveiller cette alchimie dont elle avait déjà perçu les effets dans la chambre d'hôpital.

Cet homme n'était pas du tout son genre. Trop borné. Trop cartésien. Implacable. Inébranlable.

Peut-être était-ce précisément ce qui l'attirait ?

— Vous n'êtes pas facile à pister.

Ethan lui avait expliqué que Paul était un ancien policier reconverti dans la cybersécurité. Sa détermination avait sûrement permis de contrecarrer les plans d'un bon nombre de cybercriminels.

Elle frissonna à l'idée qu'il plonge davantage dans son passé et y trouve ce qu'elle préférait taire.

— Et pourtant vous voilà.

À son grand désarroi, il avait fallu à Paul Watts moins de temps pour retrouver sa trace qu'il ne lui en avait fallu à elle pour rentrer de l'hôpital.

Elle n'était pas habituée à figurer sur les écrans radar de quiconque. La plupart de ses clients la réduisaient à une paire de mains habiles et une voix apaisante. Les enfants voyaient en elle leur princesse préférée.

Et cet anonymat lui allait très bien.

— Tout va bien pour Grady ?

— Oui, ne vous en faites pas.

Paul se mordit la joue. Une émotion fugace qui ressemblait à de la douleur fissura l'espace d'un instant sa façade de granit.

— Enfin, disons que son état n'a pas empiré.

— Je ne sais pas comment il était avant son AVC, mais Ethan m'a parlé de sa force et de sa vigueur à toute épreuve. Il peut encore s'en remettre, vous savez.

— Il le pourrait. Je crois cependant qu'il a baissé les bras.

Lia hésita avant de continuer.

— Ethan m'a dit qu'il était obnubilé depuis quelque temps par le fait de retrouver la trace de sa petite-fille. Peut-être que si vous la retrouviez…

Paul l'interrompit.

Il leva un index menaçant et la regarda droit dans les yeux.

— Écoutez, je ne sais pas ce que vous avez derrière la tête, mais vous devez rester à l'écart de tout ça.

Faisant peu de cas de son impatience, Lia fouilla tranquillement dans son sac à la recherche de ses clés. Elle n'avait rien fait de mal et ne comptait pas se laisser traiter comme une criminelle.

— Je n'ai absolument rien derrière la tête. Je veux juste rendre service.

Contournant Paul, elle avança vers la porte de son immeuble.

— Grady n'a pas besoin de votre aide.

— OK, très bien.

— Nous n'avons pas besoin de vous. La famille Watts s'en tire très bien toute seule.

— J'en prends bonne note. Ce n'était pas la peine de vous déplacer pour me le signifier.

Il ne l'empêchait pas de voir Ethan, c'était déjà ça.

— Vous aviez autre chose à me dire ?

Il ne répondit pas.

Elle enfonça la clé dans la serrure, poussa la porte et s'apprêtait à la refermer derrière elle pour être enfin au calme lorsque Paul l'interpella.

— Vous ne voulez pas savoir ce que j'ai trouvé sur vous ?

Il sembla subitement fier de lui.

Malgré l'agitation qui s'empara d'elle, Lia prit le temps de s'arrêter et de soutenir le regard de Paul. Il rayonnait, débordant de confiance en lui.

Mais elle n'était pas sans ressource.

En tant que femme célibataire passant sa vie sur les routes, elle avait appris à appréhender et mieux cerner ses semblables.

Il lui suffisait d'opposer à cet homme entêté quelques petites techniques de séduction.

Jouer de ses charmes auprès de lui pouvait être aussi dangereux que de s'aventurer près d'un lion en cage, mais elle jubilait de le voir ainsi dans l'expectative.

— À dire vrai...

Elle pivota sur ses talons pour lui faire pleinement face et lui offrit son sourire le plus enjôleur.

Ce que lui avait confié Ethan au sujet de son frère laissait penser que Paul était un homme de logique, de rationalité, et non de sentiments.

— ... je suis plutôt intriguée par l'intérêt que vous me portez.

Lia s'amusa d'avoir joué avec lui, titillé ses nerfs, sachant pertinemment que pousser cet expert en cybersécurité dans ses retranchements lui promettait tous les ennuis possibles.

2

La rue et ses passants ne devinrent bientôt plus qu'un vague décor autour de lui. Le tumulte urbain passa au second plan, laissant Paul dans un léger brouillard.

Il s'échinait à analyser en un temps record la réaction que le petit sourire de Lia venait de provoquer en lui.

Elle n'y avait rien mis de sexuel, pourtant l'attirance physique avait été immédiate. Elle le poussait même silencieusement à l'action.

Il serra les poings derrière son dos, espérant ainsi contenir le désir qui lui secouait le corps, soulager la tension fébrile de ses muscles prêts à la saisir par les poignets pour l'attirer à lui.

Il brûlait de parcourir son cou avec ses lèvres, à la recherche de son parfum enivrant. Frustrant. Insupportable.

Cette femme ne lui promettait que des ennuis.

Après quoi courait-elle ? L'argent, évidemment.

Elle avait choisi de s'installer dans l'un des quartiers les plus chics de Charleston : Lia Marsh avait sans conteste des goûts de luxe. Sa rencontre avec Ethan lui avait donné des idées et la maladie de Grady la meilleure des excuses.

Espérait-elle recevoir un gros chèque de la part d'Ethan, pour pouvoir rembourser des dettes obscures ou se lancer dans des affaires plus ou moins louches ?

— Ophelia Marsh, née le 1er mars…

Elle l'interrompit aussitôt.

— J'en profite pour vous raconter cette petite anecdote. Ma mère a ressenti les premières contractions le 28 février et tout le monde pensait que la naissance était pour le lendemain, un 29 cette année-là. Mais je ne voulais pas fêter mon anniversaire une année sur quatre. Franchement, qui aurait envie de ça ?

Son délicat babillage, teinté d'une joyeuse dérision, ne fit que ternir l'humeur de Paul.

— Personne.

Mais pourquoi alors entrait-il dans son jeu ? Il se reprit.

— Donc, née le 1er mars à Occidental, en Californie.

— Poissons.

— Quoi ?

— Poissons. Vous savez, le signe astrologique ? Et vous êtes une chèvre.

— Pardon ?

— Capricorne. Vous venez de fêter votre anniversaire.

— Comment le savez-vous ?

— Par Ethan.

— Pourquoi vous a-t-il raconté ça ?

— Et pourquoi pas ?

Agacé, Paul se répéta que ces histoires d'horoscope étaient vraiment n'importe quoi.

Mais d'où venait cette pointe de chaleur qui s'était subtilement logée sous son torse ? Il se rappela une fois de plus à l'ordre.

Et d'ailleurs, qu'avait-elle à lui parler de son signe astrologique ? C'était lui l'expert en cybersécurité. Il posait les questions et obtenait les réponses. Hors de question d'inverser les rôles.

Lia pencha la tête sur le côté et poursuivit le plus simplement du monde.

— Ethan me parle souvent de ses proches. Connaître vos signes astrologiques me permet d'y voir plus clair. Donc vous, Capricorne. Votre mère est Vierge. Elle est la garante de la paix familiale. Votre père est Sagittaire. C'est un bavard qui aime partir à la conquête d'impossibles rêves. Ethan est Taureau. Têtu, fiable avec un côté sensuel et amateur de bonne chère.

Cette description était si juste que le niveau d'alerte interne de Paul monta d'un cran. Il ne faisait plus aucun doute que cette femme avait mené sa petite enquête sur la famille Watts pour des raisons inavouables.

Quel secret espoir nourrissait-elle ? Il était temps de passer la seconde.

— Vous semblez avoir la bougeotte. New York, le Vermont, le Massachusetts et maintenant la Caroline du Sud. Tout ça en moins d'un an. Pourquoi donc ?

Elle avait le comportement d'une femme qui avait des choses à cacher. Son physique jouait en sa faveur et elle semblait d'une nature douce et joyeuse, mais c'était justement un atout de plus pour elle.

Il savait combien les gens pouvaient se laisser berner par les apparences. Mais pas lui.

— Je suis une nomade dans l'âme.

— Mais encore ?

— J'aime être sur les routes. C'est ce que j'ai toujours connu.

Elle se tut un instant pour observer sa réaction. Ce qu'elle vit fit naître un léger sourire sur ses lèvres.

— Je suis née à l'arrière d'un van Volkswagen et j'ai parcouru près de dix mille kilomètres durant ma première année sur cette terre. Ma mère ne tenait pas vraiment en place.

Paul peinait à s'imaginer une telle vie. Il avait passé la sienne dans un rayon de vingt-cinq kilomètres autour de Charleston, tout comme le reste de sa famille.

— Votre mère cherchait-elle à fuir quelqu'un en particulier ? Votre père ? Un petit ami...

— Non.

Elle avait innocemment haussé les épaules, aiguisant un peu plus encore la suspicion de Paul.

— Elle avait simplement des fourmis dans les jambes.

— Et vous ? Des fourmis aussi ?

— Il faut croire que oui.

Une expression indéchiffrable passa sur son visage.

— Mais moins qu'elle.

Ses réponses appelaient d'autres questions, mais Paul n'avait aucune intention de parler généalogie et psychologie avec elle. Il cherchait uniquement à évaluer le danger qu'elle représentait pour Grady et sa famille.

Il changea de sujet.

— Comment avez-vous fait la connaissance d'Ethan ?

— C'est un client, depuis quelques mois.

— Un client ?

Paul tenta d'en savoir plus.

— Je travaille chez Springside Wellness.

Cela confirmait ce qu'il avait trouvé à son sujet. Situé sur Meeting Street, Springside Wellness était un studio de yoga et un centre de soins alternatifs et médecines douces. Encore un repaire d'illuminés pérorant sur l'harmonie corps, âme et esprit.

— Oui, Ethan est un client.

C'était aussi ce qu'il avait laissé entendre. Il voyait pourtant mal son frère réaliser des postures de yoga et soigner son bien-être à grand renfort de réflexologie plantaire.

— Quel genre de client ?

— Je suis praticienne en techniques manuelles de bien-être. Autrement dit, je fais des massages. Ethan vient une fois par semaine. Je lui ai dit qu'il devrait venir plus souvent. Il est vraiment stressé.

Paul visualisa soudainement la scène : Lia posant ses mains huilées sur le corps d'Ethan. Il chassa vite l'image de ses pensées.

— Écoutez, je ne comprends pas ce que vous me voulez.

Je dois être au travail dans une heure et il me faut du temps pour me changer. Ravie d'avoir fait votre connaissance.

Il ne pouvait pas exactement lui renvoyer le compliment.

— Souvenez-vous simplement de ce que je vous ai dit au sujet de mon grand-père. Ne vous approchez plus de lui.

— Oui, vous me l'avez déjà dit et j'ai compris.

Sur ces mots, elle entra dans l'immeuble.

Il se retrouva seul sur le trottoir. Elle avait compris, mais les nerfs de Paul continuaient de s'agiter. En toute logique, il n'aurait plus jamais affaire à elle.

Avant de partir, il envoya un message à son frère pour insister encore une fois : Lia ne devait plus rendre visite à leur grand-père.

Ce petit détour imprévu allait coûter à Paul le stress d'un possible retard à l'aéroport.

Il reçut d'Ethan une réponse laconique mais décida de mettre le sujet de côté et de se concentrer sur le grand événement professionnel qui l'attendait.

Si Ethan s'était amusé de voir son frère déconcerté devant la présence de Raiponce à l'hôpital, sa bonne humeur s'était transformée en agacement dès que Paul avait commencé à fouiller le passé de Lia.

C'était tout lui : s'attaquer à un faux problème pour éviter de se confronter à la réalité, à savoir l'état de leur grand-père, tristement alité dans cette chambre d'hôpital.

De la même manière, Paul avait soigneusement évité Grady le jour où il avait préféré une carrière dans la police au poste de P-DG qui lui tendait les bras. Il n'avait pas non plus cherché à comprendre le malaise d'Ethan quand celui-ci s'était senti second choix du patriarche.

Ethan se savait meilleur pour diriger l'entreprise familiale, mais il aurait voulu être choisi pour ses compétences, pas en remplaçant après le refus de son frère.

Ce n'était pas qu'une question de fierté. Ethan était un enfant adopté dans une ville où on se devait d'être le descendant de quelqu'un.

Il n'était celui de personne. Ne pas connaître ses origines lui faisait toujours aussi mal.

Personne ne l'avait jamais traité comme un étranger, mais sur les photos de la famille Watts, ses cheveux bruns et ses yeux marron détonnaient.

Soucieux de ne pas causer de tort à ses parents, il gardait ses sentiments pour lui.

L'accident de Grady les faisait lentement remonter à la surface et entachait sa relation avec Paul.

Il avait abordé ces angoisses avec Lia. Elle faisait preuve d'une grande empathie, sans jamais le juger. La jeune femme était certes un peu excentrique, mais c'était précisément ce qui faisait son charme. Les suspicions infondées de Paul lui donnaient un regain d'énergie pour défendre Lia.

Il entra dans la chambre de son grand-père et, s'approchant doucement de lui, murmura :

— Désolé pour tout à l'heure. Tu sais comment Paul peut être.

Il ne s'attendait pas à obtenir de réponse. Dans les semaines qui avaient suivi son attaque, Grady avait réalisé des progrès. Il lui était cependant impossible d'écrire ou de parler. Il pouvait bouger ses doigts, son bras et sa jambe. Son corps ne l'avait pas lâché. Son désir de se battre, si.

— Il a simplement été surpris de trouver Lia à ton chevet. D'ailleurs, tu as vu son costume de Raiponce ? C'est…

— Ava.

Grady venait d'articuler un mot. Ou plutôt de le chanter. Le prénom de sa fille.

— Tu veux dire Lia ?

Les deux femmes ne se ressemblaient pas. Ava Watts avec

ses cheveux blonds et ses yeux verts. Lia avec sa chevelure châtaine et ses yeux noisette.

Ethan fronça les sourcils. Grady avait-il déjà vu cette dernière sans costume ? Il la croyait peut-être blonde. Mais il y avait la différence d'âge. Ava aurait eu une quarantaine d'années. Grady nageait-il en pleine confusion ?

Ava avait quitté Charleston pour New York à l'âge de dix-huit ans. La famille avait perdu sa trace peu après. Le clan Watts n'avait appris sa mort que cinq ans plus tard. Elle avait mis au monde une petite fille, bientôt adoptée par une nouvelle famille. Le reste demeurait dans un dossier classé confidentiel.

D'un ton chantant, Grady rectifia :

— Ava… bébé.

D'où lui venait cette idée de chanter les mots plutôt que de les dire ?

— Tu penses que Lia est la fille d'Ava ?

Grady hocha la tête avec autant d'énergie qu'il le put. Ethan comprit que son grand-père faisait fausse route. Les années passant, retrouver sa petite-fille disparue était devenu une obsession.

Depuis la porte, une voix s'empressa de questionner :

— La fille d'Ava est là ?

Ethan se retourna pour répondre à sa mère, Constance, qui venait d'arriver. Avant qu'il puisse ouvrir la bouche, Grady lui attrapa le poignet et serra fort. Dans son regard, Ethan lut toute la détermination de l'homme debout qu'il avait été.

Il était prêt à tout pour que son grand-père retrouve sa joie de vivre et sa bonne santé.

— Ethan ? Tu m'expliques ?

Il se tourna vers sa mère.

— Lia…

Grady venait de chanter le prénom, la voix faible, mais il paraissait agité, désireux de se faire comprendre.

Constance dévisagea son beau-père avant de lever les yeux vers son fils pour obtenir une explication.

— Qui est cette Lia ?

Grady fut plus rapide à répondre :

— Bébé... Ava.

Après l'échange qu'elle avait eu avec Paul Watts, Lia n'aurait pas imaginé un instant se retrouver le lendemain dans la Mercedes bleu clair d'Ethan, filant tout droit vers l'hôpital.

Au-dessus d'eux, des nuages cotonneux s'étiraient dans un fier ciel de février. Le doux parfum du chèvrefeuille et de la pomme sauvage les enveloppait.

Au loin tintaient les cloches de la cathédrale Saint-Luc-et-Saint-Paul. Le décor parfait pour rouler en décapotable.

Mais la situation n'avait rien de plaisant.

— Je ne pense pas que ce soit une bonne idée. Ton frère a été très clair sur le sujet.

— C'est une déformation professionnelle. Et voir Grady affaibli n'arrange rien. Ajoute à cela qu'il n'aime pas les surprises, et tu as tous les ingrédients pour un cocktail explosif signé Paul Watts.

— Mais tu es sûr que ma venue ne va pas poser problème ?

Jamais personne ne l'avait considérée avec un tel degré de suspicion.

— Comme nous, il veut juste que Grady se remette sur pied.

— Ma présence n'est pas indispensable.

L'idée que Paul ait une mauvaise opinion d'elle la travaillait plus qu'elle ne voulait l'admettre.

— Écoute, pour l'heure il est à des milliers de kilomètres, tu n'as aucune chance de le croiser. Tu es un rayon de soleil pour Grady. Tu peux venir lui rendre visite encore un peu. Quand Paul rentrera et le verra en meilleure forme, il saura que c'est grâce à toi.

— Je crois que tu surestimes mes capacités.

Lors de ses visites, elle chantait pour Grady en lui tenant la main, envoyant dans son corps frêle une énergie joyeuse et bienfaitrice.

Ethan quitta un instant la route des yeux et posa son regard café noir sur elle.

— Crois-moi, je n'exagère pas. Je vois vraiment la différence depuis que tu viens lui rendre visite.

Ethan se gara sur le parking de l'hôpital. Avant de tourner la clé pour éteindre le moteur, il se tourna vers Lia :

— Prête ?

— Oui.

C'était faux, mais elle suivit Ethan jusqu'au quatrième étage. Elle vit une silhouette familière sortir de la chambre du patriarche.

— Salut, Abigail. Comment va Grady aujourd'hui ?

— Ah, Lia ! Je ne vous avais pas reconnue sans votre déguisement.

Lia se tourna vers Ethan, un peu gênée :

— Il n'est pas certain que Grady me reconnaisse.

L'infirmière la rassura :

— M. Watts saura tout de suite qui vous êtes, ne vous en faites pas. Ça tourne encore très bien là-haut. Il va être très content de vous voir. Votre idée de l'encourager à chanter fait des miracles. Il est heureux comme tout de pouvoir à nouveau communiquer.

Ethan décocha un grand sourire à Lia. La désignant d'un mouvement de la tête, il s'adressa à l'infirmière :

— Nous sommes vraiment heureux d'avoir croisé son chemin.

— Il y a de quoi. La médecine ne peut pas tout quand l'envie de vivre n'est plus là.

— La puissance de l'esprit… On l'oublie trop.

— Vous avez bien raison.

L'infirmière hocha la tête et repartir dans le couloir.

Délicatement, Ethan prit Lia par le coude et entra avec elle dans la chambre de Grady.

Il y régnait une énergie joyeuse, qui contrastait fortement avec ce que Lia avait ressenti la première fois en sa présence.

Alerte, le vieil homme darda sur elle un regard aussi vif et perçant que celui de Paul la veille au soir. Elle devina le caractère déterminé et bien trempé du patriarche. Il ne tarda d'ailleurs pas à bouger les doigts, que Lia prit dans sa main avant de les serrer doucement.

Elle fut submergée par une soudaine affection pour ce vieil homme qu'elle connaissait à peine. Habituée à sillonner le pays, elle ne faisait qu'entrer et sortir dans la vie des gens. Son accident de la route l'avait contrainte à prolonger son séjour à Charleston.

Durant leurs séances de massage, Ethan s'était longuement étendu sur sa famille et Lia se sentait, malgré elle, proche du clan Watts.

— Bonjour, Grady. C'est Lia. Vous ne m'avez probablement pas reconnue sans mon costume. Comment ça va aujourd'hui ?

Elle obtint pour seule réponse deux mots chantonnés.

— Fille Ava.

Lia avait appris de la bouche d'Ethan qu'avant de subir son AVC, leur grand-père cherchait désespérément à retrouver sa petite-fille. La famille soupçonnait même un effet de cette quête sur la santé du patriarche.

Ethan lança son plus beau sourire et un clin d'œil appuyé en direction de Lia.

— Tu as raison, Grady. La fille d'Ava est enfin là.

Ravie de l'apprendre, Lia allait rendre son sourire à Ethan quand, sentant le poids de son regard insistant, elle comprit.

Son cœur s'emballa. Elle tâcha de se concentrer sur le vieil homme allongé dans son lit d'hôpital.

Ouvrant la bouche pour nier, elle ne put ignorer l'amour

qu'elle lut dans les yeux de Grady. Dirigés droit vers elle. Vers sa petite-fille trop longtemps disparue.

Prise d'un soudain vertige, Lia tourna la tête vers Ethan.

— Peux-tu me dire ce qui se passe ?

Ethan lui saisit le bras et la fixa dans une supplication silencieuse.

— Il se passe que Grady sait que tu es sa petite-fille. Je lui ai expliqué comment Paul est parvenu à te retrouver grâce à des tests génétiques. Et maintenant tu es là.

Les pensées de Lia s'emballèrent. Ethan venait de la mettre dans une posture intenable. Quant à mêler Paul à cette histoire, c'était une très mauvaise idée.

La joie qui irradiait du vieil homme l'empêcha cependant de s'opposer ouvertement à l'annonce fracassante.

Non, non, non ! Il fallait qu'elle dise la vérité. Elle n'était pas la fille d'Ava. Suivre Ethan dans ce mensonge ne promettait aucune fin heureuse.

À voix basse, la mâchoire serrée, elle lui signala son désaccord :

— Il faut qu'on parle de tout ça. Maintenant.

Elle posa une main tendre sur l'épaule de Grady.

— On revient tout de suite.

L'air perdu, le vieil homme les regarda sortir de sa chambre et en refermer la porte derrière eux.

Une fois dans le couloir, Lia entraîna Ethan un peu plus loin, près des ascenseurs. Par chance, l'espace famille était vide. Ils y entrèrent afin de s'isoler.

— Tu as perdu la tête ? Pourquoi lui avoir dit que j'étais sa petite-fille ? Et raconter que c'est grâce à Paul ! Ton frère va être furieux.

— C'est Grady qui m'en a parlé le premier. J'ai mentionné Paul pour essayer de recoller les morceaux entre eux le moment venu.

— Ton frère ne te suivra jamais.

— Oh que si, quand il verra que Grady se remet sur pied à vitesse grand *v*. Les médecins sont de plus en plus confiants. Et on le doit à ta présence. Il pense que tu es sa petite-fille. Il touche enfin à son rêve ! Ça lui donne une raison de vivre, tu comprends ?

— Mais je ne suis pas sa petite-fille ! C'est peu plausible. Déjà physiquement, je n'ai rien en commun avec les Watts.

Lia se figea, craignant d'avoir fait de la peine à Ethan qui lui avait été adopté.

— Tu pourrais très bien être la fille d'Ava.

Ethan leva ses mains dans un geste de supplication.

— On cherche cette fille depuis des années, en vain. Ta simple présence donne à Grady une raison de vivre. Il est au plus mal depuis son AVC. As-tu vraiment le cœur de faire demi-tour et d'aller briser son rêve ? En moins d'une semaine, tu l'as fait revenir d'entre les morts.

Lia ferma les yeux pour écouter les battements de son cœur. La situation lui échappait entièrement. Elle n'en tenait plus les rênes.

— Je ne peux pas faire ça, Ethan. Vis-à-vis de ton grand-père, mais de ton frère aussi.

— Mais si, tu peux. Rendre le sourire aux gens. C'est ta spécialité.

— Certes, mais pas comme ça. Et je n'ai aucune envie de mentir à tes proches.

— Je comprends, mais garder un secret n'est pas leur fort. Chez nous, les fêtes surprises n'existent pas. On ne peut rien cacher à personne. Pour que ça marche cette fois-ci, on ne doit pas les mettre dans la confidence.

— Et pour ton frère ?

— Je m'en occupe.

Lia essuya ses paumes humides sur son jean.

— Franchement, Ethan, tu ne peux pas mentir comme ça à ton grand-père.

— Si ça permet de lui redonner envie de vivre, si.

Elle vit la douleur dans les yeux d'Ethan.

— Mais tu lui mens. Il n'y a pas d'autre mot. Et en plus tu sais très bien que je ne compte pas m'attarder ici. Misty est réparée. J'ai presque suffisamment de fonds pour m'acheter un nouveau van.

Ce n'était pas complètement vrai. La somme qu'elle avait économisée n'allait pas lui permettre d'acheter un véhicule fiable. Elle poursuivit néanmoins :

— Je vais bientôt reprendre la route, Ethan.

— Il faudrait juste que tu restes quelques semaines le temps que Grady soit remis. Après ça, on explique qu'il y a eu une erreur dans l'analyse ADN. J'ai bien réfléchi, ça peut fonctionner !

Si elle ne s'était pas attachée à ce séduisant businessman de Charleston, son client depuis six mois, elle ne l'aurait même pas laissé parler jusqu'au bout. Elle aurait catégoriquement refusé de prendre part à ce jeu dangereux.

Mais la peine de la famille Watts touchait une corde sensible chez elle qui n'avait jamais vraiment eu de famille. Et Ethan faisait tout pour que son plan paraisse tout à fait acceptable.

Quelques semaines à jouer le jeu puis elle pourrait repartir l'esprit libre.

— Mentir à Grady et à toute ta famille… C'est cruel, Ethan.

— J'y ai pensé. Cependant si on se débrouille bien, tout le monde sera tellement content de le voir en bonne forme que la déception sera plus facile à encaisser.

Ethan lui prit les mains et la regarda droit dans les yeux, usant de tout son charme et de son assurance tranquille pour la faire céder. Lia allait contre-argumenter une dernière fois lorsque les portes de l'ascenseur s'ouvrirent sur une femme élégante en tailleur.

Lorsqu'elle les vit, son visage s'illumina.

— Ethan, appela-t-elle en ouvrant grand les bras.

— Maman.

Après avoir déposé un baiser sur sa joue, il tendit la main en direction de Lia.

— Je te présente Lia.

Avec son carré blond, ses grands yeux bleus et ses trois rangées de perles, Constance Watts avait tout de la parfaite mère de famille comme le sud du pays savait en façonner. Elle avisa le jean usé et le T-shirt d'occasion que Lia portait.

La jeune femme s'attendit à un froncement de sourcils, une sanction silencieuse. Mais au lieu de ça, la mère d'Ethan lui sourit chaleureusement.

— Mon fils m'a beaucoup parlé de vous.

— Ah, vraiment ?

Elle n'avait pas encore accepté la proposition d'Ethan et se raidit en entendant qu'il avait déjà commencé à parler d'elle dans la famille.

— Il m'a expliqué comment Paul avait retrouvé votre trace.

— Je suis...

Ethan ne lui laissa pas le temps d'achever sa phrase.

— Elle est encore sous le choc !

L'expression de son visage trahissait à quel point il était désolé, mais tout autant déterminé.

— Je n'arrive pas encore à y croire. La fille d'Ava est enfin parmi nous !

3

Paul s'apprêtait à rejoindre la salle de conférences pour la première intervention de la journée quand son téléphone vibra.

Il en voulait toujours à Ethan d'avoir fait entrer une inconnue dans la vie de Grady et ignorait ses appels depuis son départ.

Mais l'écran afficha la photo de sa mère.

Un instant, il craignit le pire. L'état de son grand-père s'était-il encore un peu plus dégradé ?

Sa mère le rassura.

— Tout va bien. Je voulais même t'annoncer que Grady sort de l'hôpital aujourd'hui. C'est grâce à Lia.

— Pardon ?

Le prénom venait de lui faire l'effet d'une décharge électrique. Il se ressaisit.

— Je ne suis pas certain de voir le rapport.

— Enfin, voyons ! Elle est à ses côtés depuis tout ce temps. C'est un miracle. Avoir retrouvé la fille d'Ava !

— Il y a du bruit derrière moi, tu veux bien répéter, s'il te plaît, maman ?

— Je disais que c'est un miracle que tu aies retrouvé la fille d'Ava.

— J'ai...

Il comprenait à présent pourquoi Ethan avait si désespérément cherché à le joindre.

— Quand est-ce que tu rentres ? Grady ne cesse de te réclamer.

Pour la première fois de sa vie, Paul Watts se retrouva muet. Tandis que sa mère attendait une réponse, son cerveau s'activait frénétiquement pour tâcher de remettre les pièces du puzzle en ordre.

Qu'était-il en train de se tramer à Charleston ? Quelle combine Ethan avait-il bien pu monter, et pourquoi ? Lia n'avait pas plus de sang Watts dans les veines qu'Eth... Il s'arrêta net dans ses pensées. Ethan et lui n'étaient peut-être pas des frères biologiques, mais sa place dans la famille ne faisait aucun doute.

On ne pouvait pas dire la même chose de Lia Marsh. Elle ne faisait qu'escroquer les gens, profiter de leur faiblesse.

— Maman, il faut que j'y aille. Je m'occupe de trouver un billet, je vais rentrer aujourd'hui.

Tout de suite après avoir raccroché, Paul appela Ethan. Sans surprise, il tomba sur le répondeur. Il partit pour l'aéroport, où, échangeant avec le reste de la famille, il commença à mesurer l'étendue du problème.

Tout le monde semblait avoir béatement accueilli l'arrivée de cette inconnue, la prétendue fille d'Ava. Lia avait charmé ses parents, sa tante, son oncle et ses trois cousines du côté Shaw. Ils n'avaient plus que cette fantastique nouvelle en tête : le retour miraculeux de la petite-fille et la joie de vivre retrouvée de Grady.

Paul rejoignit le domaine qui appartenait à son grand-père et fut déçu de ne pas y trouver la voiture d'Ethan. Son sermon magistral allait devoir attendre.

Il traversa le vaste hall d'entrée, vérifia rapidement que Grady ne se trouvait pas dans l'une des pièces cossues du rez-de-chaussée et emprunta l'escalier qui menait à l'étage. Il y trouva Rosie, l'auxiliaire de vie, qui s'occupait habituellement de son grand-père, plongée dans un livre, une tasse de thé à la main.

La scène irrita Paul.

Elle avait certainement mieux à faire ?

Maîtrisant son impatience, il l'interrompit dans sa lecture en gardant une voix calme.

— Comment va-t-il ?

Rosie leva la tête et lui répondit par un sourire radieux.

— Je vous laisse aller voir par vous-même.

Le cœur battant, Paul avança jusqu'à la chambre de son grand-père et s'arrêta net : on avait ouvert en grand les rideaux, la pièce était baignée de lumière et la voix d'Elvis Presley résonnait au rythme de « All Shook Up » depuis une enceinte posée sur la table de chevet.

Juste à côté, une fontaine miniature berçait de son murmure apaisant, une fois la musique éteinte, cette chambre transformée en joyeux cocon au doux parfum de lavande et de romarin.

Lorsque les senteurs lui parvinrent, Paul s'apaisa immédiatement et se sentit, l'espace de quelques secondes, plus calme qu'il ne l'avait été depuis des mois. Il ne tarda toutefois pas à se raidir de nouveau, réalisant que l'architecte de cette transformation n'était autre que Lia Marsh.

Elle semblait avoir usé d'une baguette magique. Grady était assis bien droit dans son lit, soutenu par une armée d'oreillers moelleux. Il regardait la jeune femme à ses côtés avec une joie et une affection non feintes.

Lia bavardait gaiement, tout en lui massant les bras avec application. Son grand-père avait l'air si heureux et ragaillardi.

Une vague de sentiment en tous genres submergea Paul. Bonheur. Soulagement. Agacement. Ce dernier était dû à la présence de Lia. Elle semblait tellement normale sans son déguisement de princesse et son maquillage de spectacle.

Elle portait un simple T-shirt gris et un pantalon de yoga

noir qui avait la mauvaise idée de mettre en valeur ses hanches et ses cuisses délicatement dessinées.

Ses cheveux châtains, dont on devinait le toucher satiné, étaient noués en une queue-de-cheval dont la pointe caressait sa nuque au gré de ses mouvements. Une longue frange encadrait son visage fin. Son petit menton de fée était surmonté de lèvres rouge vif.

Elle portait de grandes créoles argentées. Paul eut envie de la saisir par le bras et de la mettre dehors. Il ne lui faisait aucunement confiance. Elle n'avait peut-être encore rien à se reprocher, mais son instinct lui soufflait que cela n'allait pas tarder. Elle semblait avoir ensorcelé le clan Watts.

Excepté lui, Paul, qui fulminait et pestait contre la boule chaude et agitée qui venait de s'installer au creux de son estomac.

La colère semblait avoir éveillé en lui une faim animale. Il maudit en silence l'irrésistible attirance qu'il ressentait pour elle. Tout cela n'était que contingences physiques et réactions physiologiques.

Comme si elle avait perçu le débat contradictoire qui se tenait en lui, Lia leva ses yeux joliment rehaussés de noir dans sa direction. Une vague de plaisir gronda en lui lorsqu'elle se mordit la lèvre et que le rouge lui monta aux joues. Visiblement, sa présence ne la laissait pas indifférente.

Il se demanda un instant si l'effet était réciproque, si lui aussi était troublé, avant de se reprendre.

En quoi cela lui importait-il que cette femme fût attirée par lui ou non ? Une pensée le traversa : si c'était le cas, pourrait-il utiliser la situation à son avantage ?

Son dialogue intérieur dut se lire sur son visage car Lia, qui l'observait, fronça les sourcils. Irrité de s'être trop exposé, Paul lui répondit par une mine renfrognée.

Elle se tourna alors vers Grady, à qui elle sourit avec ce qui semblait être une vraie marque d'affection.

— Regardez qui est là, murmura-t-elle en désignant Paul du menton.

Grady tourna la tête et la chaleur de son sourire effaça tout le reste. Toutes leurs années de discorde semblèrent tout à coup loin derrière eux.

— Paul.

Son grand-père avait prononcé son prénom distinctement, même si c'était avec difficulté. La gorge de Paul se noua sous l'effet de l'émotion. Il resta figé dans l'encadrement de la porte. Grady frappa quelques coups sur un petit tambour qu'il tenait à ses côtés. Lia décoda son geste à l'attention de Paul.

— Cela veut dire « Entre ».

Sonné par ce qu'il venait de voir, Paul approcha du lit et serra le bras de son grand-père.

— Comment te sens-tu ?

Il connaissait déjà la réponse. Son grand-père n'avait plus rien du vieillard alité qu'il avait quitté à l'hôpital. Grady lui répondit en chantonnant.

— Je suis heureux. Lia est rentrée.

S'il peinait à parler normalement, Grady chantonnait d'une voix étonnamment claire. Paul se tourna vers Lia, occupée à masser les mains de celui qui semblait être revenu d'entre les morts.

— C'est quoi ce tambour ?

— J'ai fait quelques recherches sur les processus de guérison après un accident vasculaire cérébral. J'ai découvert que la musique, le rythme, peuvent égayer les patients, faciliter la communication et leur faire reprendre le chemin du langage.

— Je ne vois pas trop comment.

— L'explication médicale m'a un peu échappé, je dois avouer. De ce que j'ai compris, cela joue sur le traitement de l'information par le cerveau et le rôle favorable que la musique peut avoir dessus. Je pense que c'est pour ça que Grady ne parvient pas vraiment à parler, mais qu'il peut chantonner.

La poitrine de Paul se serra, emplie d'un espoir nouveau et d'une émotion profonde. À voir son grand-père sourire ainsi à la jeune femme, il ne faisait aucun doute qu'elle était la principale raison de l'amélioration miraculeuse de son état.

Excepté qu'il se croyait en compagnie de la fille d'Ava.

Paul bouillonnait d'être le témoin docile de cette mascarade montée par Ethan et Lia. Il n'avait jamais menti à son grand-père. Pas une seule fois. La confiance que lui accordait Grady avait toujours été sa plus grande fierté. S'il le laissait croire que Lia était sa petite-fille, quel genre de relation risquait-il d'instaurer entre eux ? Et avec quelles possibles conséquences ?

Lorsque Lia eut fini de masser les bras fatigués de Grady, Paul s'adressa à elle.

— Je peux vous parler une minute ?

— La kiné arrive dans dix minutes, je vous rejoins devant la piscine dès qu'elle est là pour prendre le relais.

Durant le vol de retour vers Charleston, Paul avait échafaudé divers plans pour exfiltrer Lia de sa famille. Mais face à la transformation évidente de son grand-père, il n'était plus aussi sûr de lui.

La situation l'aurait davantage alerté s'il avait trouvé à redire en fouillant dans le passé de la jeune femme.

Rien de concret ne venait nourrir la thèse d'une escroquerie programmée. Si son instinct lui disait que cette femme cachait des choses, il était de ceux qui s'appuient sur les faits, pas sur leurs ressentis.

Lorsqu'elle le rejoignit, Paul s'épargna toute politesse d'usage.

— Quand je vous ai demandé de vous tenir à l'écart de mon grand-père et de ma famille, je n'imaginais pas que vous alliez faire précisément l'inverse. Je ne sais pas ce que mon frère et vous avez derrière la tête, mais ça doit cesser immédiatement.

Le clan Watts dans son ensemble n'était que louanges au

sujet de Lia. Il incombait une fois de plus à Paul d'être celui qui restait sur ses gardes.

Le charme évident de cette aspirante princesse ne lui facilitait pas la tâche.

— Je suis d'accord avec vous. Je n'aurais pas dû me laisser convaincre par Ethan. Je suis désolée. Mais votre frère voulait tellement aider Grady. Me croire sa petite-fille lui a fait un bien fou.

Paul la dévisagea, cherchant à percevoir la vérité derrière cette façade de pure candeur.

— Vous vous êtes bien arrangée pour que tout le monde vous adore.

Elle eut un mouvement d'étonnement.

— C'était prévisible. Tout le monde pense que je suis la fille d'Ava.

Elle croisa les bras et leva le menton dans sa direction.

— Êtes-vous décidé à leur annoncer que j'ai menti ?

— Je ne suis pas certain de pouvoir le faire. Ce serait porter un coup fatal à Grady.

Étonnée, elle leva les sourcils.

— Qu'allez-vous faire ?

— Je n'en sais rien.

Il fallait qu'il en parle avec Ethan.

Elle plissa les yeux et inclina la tête.

— Pourquoi vouliez-vous me parler dans ce cas ?

Bonne question.

— Je...

Que pouvait-il bien répondre à cela ? Qu'elle envahissait ses pensées depuis qu'il avait posé les yeux sur elle ? Qu'il la trouvait fascinante malgré la méfiance qu'elle lui inspirait ? Il voulait tout savoir d'elle. Et pas seulement parce que son mystérieux passé et sa faible empreinte numérique éveillaient sa curiosité.

Certains de ses comportements échappaient à son

entendement. Par exemple, pourquoi se déguisait-elle pour aller rendre visite aux jeunes malades de l'hôpital ?

Cette démarche bénévole était aux antipodes de la malveillance ou d'un esprit calculateur.

Sauf si elle profitait de la faiblesse des parents accablés ? Il ne le saurait jamais, à moins d'apprendre à mieux la connaître.

Et cette attirance physique qui le piquait au vif. En cet instant, alors même qu'il imaginait le pire sur elle, il ne pouvait s'empêcher d'admirer les longs cils, les lèvres pleines dont la douceur semblait prometteuse. Sa tenue, des plus simples, laissait voir une silhouette tonique aux courbes délicates.

Il se vit empoigner ses hanches et l'attirer à lui, faire glisser ses lèvres dans son cou, goûter à la peau douce de son épaule. Entendre son petit gémissement quand il la soulèverait et la plaquerait contre son érection grandissante, assaillant sa bouche d'une langue avide...

— Paul ? Tout va bien ?

Son prénom sur ses lèvres... Il sortit de sa torpeur embrasée.

— Non, ça ne va pas. Ethan et vous me mettez dans une position impossible. Vous me forcez à mentir. Je ne veux pas faire ça à Grady.

— Je m'en doute. Et j'en suis vraiment navrée.

Elle posa la main sur son bras. Son geste lui brûla la peau à travers le tissu de sa veste et de sa chemise.

— Cela va être de courte durée. Dans deux ou trois semaines, quand Grady sera de nouveau sur pied, nous évoquerons une erreur du laboratoire sur l'analyse ADN et je disparaîtrai pour de bon.

Qu'elle et son frère puissent croire se sortir aussi facilement de cette situation montrait à quel point ils avaient agi sans réfléchir.

— Pourquoi faites-vous ça ?

Il avait réellement besoin de comprendre. Il insista.

— Qu'en tirez-vous exactement ?

— Rien.

Rien ? Les muscles de Paul se tendirent en même temps que revint la suspicion. Sa réponse sonnait faux. Elle avait répondu trop vite, le visage un peu trop lisse.

Lia vit que Paul ne la croyait pas une seconde et pensa qu'il valait mieux développer.

— Je vous assure que je n'espère rien de la part de Grady, ni du reste de votre famille, d'ailleurs. Je veux simplement me rendre utile. Tendre la main, si vous préférez.

Elle avait prononcé ces derniers mots avec toute sa sincérité, se demandant si cela aurait le moindre effet sur Paul et ses doutes.

L'instant d'avant, dans la chambre, lorsqu'elle avait posé les yeux sur lui et l'avait observé à son insu, elle avait été envahie non pas d'une panique soudaine, mais d'un désir charnel. Indéniable et puissant. Ce type était tellement beau. Pour quelqu'un qui passait son temps à chasser les méchants par écrans interposés, il avait un physique de rêve. Son impressionnante carrure et sa grande taille faisaient grimper son rythme cardiaque et son regard de braise enflammait chez elle des territoires défendus.

Le téléphone de Paul sonna. Il grimaça.

— Je dois décrocher, désolé.

Il se fut à peine éloigné que Lia rentra dans la maison. Elle voulait dire au revoir à Grady avant de rentrer dans sa location.

Maintenant que Paul était rentré, moins elle passerait de temps avec lui, mieux ce serait pour tout le monde.

Elle vit la mère d'Ethan et Paul, Constance, descendre l'escalier en fer forgé qui menait à la terrasse. Le sourire chaleureux de cette femme si accueillante fit déborder sa jauge de culpabilité.

— Te voilà. Paul n'est pas avec toi ? Rosie m'a dit qu'il était là.

— Il a dû prendre un appel.

— Ce doit être le bureau. Mon fils ne fait que ça, travailler.

— Ethan m'a dit qu'il excellait dans son domaine.

— Il a dit vrai. C'est un génie de l'informatique.

Les yeux de Constance brillaient de tout son amour maternel. Elle soupira.

— Nous avons tous été un peu secoués quand il a choisi une carrière dans la police plutôt que de prendre sa place chez Watts Shipping. Il a écouté son cœur. Il en avait besoin.

— Il semble passionné par ce qu'il fait. Attraper les escrocs.

— Certes, mais c'est un peu devenu une obsession depuis deux ans.

— Comment ça se fait ?

Lia se maudit silencieusement d'être aussi curieuse. Au lieu de se tenir à distance de l'aîné des frères Watts, elle cherchait à s'inviter dans sa psyché.

— L'entreprise informatique de son ami a été piratée. Le bug a affecté plusieurs sites Internet et des millions de données personnelles, dont des numéros de cartes bancaires, ont été aspirées. Ils ont mis six mois à s'en apercevoir. Leur réputation a été définitivement ternie et ils ont dû mettre la clé sous la porte.

— Paul a fini par retrouver les coupables ?

— Oui, mais trop tard pour empêcher le drame.

— Le drame ?

Lia était désolée d'insister quand le sujet touchait visiblement Constance. Mais son envie de connaître la suite l'emportait sur son habituelle retenue.

— Après avoir tout perdu, son ami est mort dans un accident de voiture. Enfin, Paul n'a jamais vraiment adhéré à cette thèse. Ben était seul sur la route. Il a perdu le contrôle du véhicule, qui est tombé d'un pont. Et il s'est noyé. Peu avant cela, Paul avait reçu un e-mail un peu énigmatique. Il a fini par penser que Ben s'était peut-être suicidé.

— C'est affreux.

Constance hocha la tête.

— La mort de son ami a été une terrible épreuve pour lui. Après cela, il s'est mis en tête de débusquer tous les cybercriminels tapis dans l'ombre.

Après un court instant de silence, Constance changea brutalement de sujet.

— C'est fou ce que tu ressembles à ta mère.

Avec ses cheveux châtains et ses yeux noisette, Lia en doutait. Ava avait eu les cheveux blonds et les yeux clairs, comme le reste du clan Watts. Tout le monde l'avait pourtant accueillie sans émettre la moindre réserve.

— Parle-moi d'elle, si tu veux bien ?

Il avait été décidé que Lia devait tutoyer les membres de sa nouvelle famille. Elle s'était pliée à leur demande, sans toutefois pouvoir pour le moment s'y résoudre avec Grady.

— Elle était belle et talentueuse.

Le regard de Constance se perdit dans le vague.

— Elle a fait du tennis jusqu'à ses quatorze ans. Elle aurait pu passer professionnelle.

— Qu'est-ce qui l'en a empêchée ?

— Elle avait du mal à rester assidue. À l'adolescence, elle ne tenait pas en place. Elle n'avait pas eu de mère et Grady lui passait tout. Il n'était pas le seul, d'ailleurs. Elle savait se montrer charmante quand elle le voulait.

— Ethan m'a dit qu'elle était partie pour New York après le lycée, pour devenir mannequin.

— Quand Grady a compris qu'elle ne comptait pas aller à l'université, ils se sont violemment disputés. Il lui a dit qu'elle devait choisir, faire des études ou trouver tout de suite un travail. Il avait de l'ambition pour elle et pensait la motiver en faisant cela. Mais elle est partie. Après des années sans nouvelle d'elle, il a fait appel à un détective privé. C'est comme ça que nous avons appris qu'elle était morte. Les autorités ne nous avaient pas prévenus. Ava avait pris soin d'effacer toute trace de son passé. Quand nous avons découvert ton existence, il était trop tard.

— Et… mon père ?

Le mot lui resta en travers de la gorge. Qu'ils aillent au diable, son faux père et le vrai, qu'elle n'avait pas connu car sa mère avait toujours refusé de lui en parler.

Constance ouvrit de grands yeux et leva les mains dans un geste d'impuissance.

— Aucune idée. La vie de ta mère à New York nous demeure totalement étrangère.

Le regard porté vers le lointain, les deux femmes laissèrent leurs pensées défiler en silence. Constance le rompit en premier.

— Nous sommes contents de t'avoir parmi nous. Cela a pris trop de temps à mon goût.

— J'ai eu une belle vie jusque-là.

Pour une raison qu'elle ignorait, Lia se sentait forcée de défendre son enfance.

— Une vie joyeuse.

— Je n'en doute pas un instant. Tu es une personne aimante, attentive aux autres. Tu as été bien élevée et entourée. Ta tante Lenora et moi en avons parlé toutes les deux et nous pensons que tu devrais emménager dans l'ancienne chambre de ta mère.

Lia chercha comment refuser poliment. Elle ne voulait pas avoir à jouer un rôle toute la journée.

— Je ne veux vraiment pas m'imposer.

— Tu fais partie de la famille. Tu ne t'imposes en rien. Et notre offre est tout à fait égoïste. Ta présence fait un bien fou à Grady.

— C'est vrai, toutefois…

— Il te cherche depuis trop longtemps. Vous avez tous deux beaucoup de temps à rattraper.

— Certes, mais…

— De quoi parlez-vous, toutes les deux ?

Paul arrivait depuis le chemin de gravier blanc derrière elles. Lia pivota sur elle-même pour lui faire face, se préparant au regard réprobateur qu'il n'allait pas manquer de lui jeter une fois la réponse donnée.

— Ah, te voilà. Tu es passé voir Grady ? Ses progrès sont spectaculaires.

— Oui, vraiment.

Il jeta un regard en coin à Lia.

— Et tout ça grâce à Lia.

— C'est ce qu'on m'a dit.

— Et c'est d'ailleurs pour ça que Lenora et moi lui avons proposé d'emménager ici.

Lia s'empressa de compléter l'information.

— Proposition que j'ai bien entendu déclinée. Je ne pense pas que ce soit une bonne idée.

— Pourquoi dépenser un loyer alors qu'il y a de la place ici ? Tu as pris un appartement, c'est bien ça ?

— C'est très provisoire. Dans quelques semaines, je reprendrai la route avec Misty.

Paul fronça les sourcils.

— Misty ?

— Mon van.

Ethan et elle avaient convenu de rester au plus près de la vérité pour ne pas risquer de s'emmêler dans l'histoire.

— Vous avez donné un petit nom à votre van ?

Paul arborait un petit rictus moqueur.

Lia soutint son regard. Il pouvait s'attaquer à son intégrité autant qu'il le souhaitait, mais dénigrer sa maison, interdit.

— C'est un modèle ancien. Elle a une histoire.

Constance mit fin à la discussion.

— Tout le monde vient dîner ce soir, j'espère que tu seras des nôtres.

— Je dois repasser par chez moi, j'arrive tout droit de l'aéroport.

— Emmène Lia avec toi, je suis sûre qu'elle aimerait voir où tu vis. Elle est au chevet de Grady depuis des jours. Le bon air de la mer lui fera du bien.

Elle sourit à Lia.

— Et sur le chemin du retour, tu peux passer prendre tes affaires pour t'installer ici.

— Je ne suis vraiment pas sûre...

— Cela lui fera du bien de t'avoir près de lui.

Lia se sentit obligée de dire oui.

— Rendez-vous à 19 heures.

— On revient vite.

Paul embrassa sa mère et jeta un regard glacial à Lia avant de tourner les talons. Lia accéléra pour le rattraper. Dès qu'ils se furent éloignés, elle précisa :

— Je voulais que vous sachiez, ce n'est pas moi qui ai mis cette idée dans la tête de votre mère.

— Je le sais. Tout le monde pense que vous avez opéré un petit miracle avec Grady.

— Je n'ai rien fait de particulier.

— Au contraire. On peut dire que vous avez tout donné.

Malgré sa colère sourde, Paul n'oublia rien de ses bonnes manières. Les hommes du Sud tenaient à se montrer de parfaits gentlemen. Il lui ouvrit la portière de son Range Rover et attendit qu'elle fût montée pour la refermer.

Lorsqu'il fut assis à son tour, Lia tourna la tête vers lui.

— Je sais que vous n'avez aucune envie de passer du temps avec moi. Vous pouvez me déposer chez moi et...

— Détrompez-vous. Je compte bien profiter de ces quelques heures pour découvrir qui vous êtes vraiment.

Le cœur de Lia s'emballa. Devait-elle se réjouir ou paniquer ? Par sécurité, elle afficha un masque d'impassibilité.

— Parfait. Ça marche dans les deux sens ?

Paul quitta la route des yeux pour l'observer.

— Comment ça ?

— Vous dites vouloir me connaître mieux. Allez-vous me laisser en faire de même ?

Lia se sentait emportée par un élan qu'elle ne maîtrisait pas. Elle vit la mâchoire de Paul se contracter.

— Pourquoi voulez-vous mieux me connaître ?

— Parce que c'est ce qu'on fait normalement. On échange des informations, on se laisse toucher par l'autre.

On se laisse toucher par l'autre. Sa phrase était vaguement ambiguë. Elle aurait tout donné pour lui arracher ne serait-ce qu'un petit sourire. Mais cela semblait très mal parti.

— C'est ce que vous avez fait avec Ethan ?

Paul avait la mâchoire serrée et paraissait se contenir.

— Pourquoi me parlez-vous de lui ?

— Je n'arrive pas bien à cerner votre relation à tous les deux. Combien vous paye-t-il pour cette petite mascarade ?

Ah, c'était donc cela.

— Il a accepté de compenser ma perte de revenus pour les quelques semaines qui viennent.

— Combien ?

— Je ne sais pas, attendez...

Lia grimaça le temps de calculer.

— Je n'ai pas un salaire fixe. Je suis payée au client et aucune semaine ne se ressemble.

— À la louche, allez-y.

— Avec les pourboires, environ huit cents dollars par semaine.

Pour la première fois, Paul parut surpris.

— C'est tout ?

C'était bien le discours d'un homme qui conduisait un luxueux SUV et possédait une villa sur la plage. Il ne pouvait se figurer son mode de vie frugal, pas plus qu'elle ne comprenait qu'on puisse dépenser l'équivalent d'un mois de courses pour une simple paire de chaussures.

— Oui, c'est tout.

Lia croyait à l'échange, à la juste valeur des services rendus.

— Je veux que les choses soient équitables.

Paul lui jeta un regard sceptique.

— Et si je vous proposais cinquante mille dollars pour disparaître ?

L'espace d'un instant, elle s'imagina le van qu'elle pourrait s'offrir avec une telle somme. Elle était coincée à Charleston depuis six mois sans avoir pu rassembler la somme dont elle avait besoin pour racheter un véhicule.

Si elle acceptait cette offre, elle pourrait reprendre sa vie nomade sous quelques jours. Celle qu'elle avait toujours préférée à une vie classique et qui lui tendait les bras, l'invitant à quitter Charleston, les Watts et le tourbillon d'émotions qui l'accompagnaient depuis qu'elle avait croisé le chemin de Grady et des siens.

— Vous avez dit vouloir apprendre à me connaître. Eh bien, sachez que je ne suis pas motivée par l'argent. L'appât du gain, très peu pour moi.

— Je vous vois mal dire autre chose, surtout si vous espérez encore plus à travers votre petit manège.

— Vous vous méfiez de moi en particulier ou de tout le monde en général ?

— Admettez que j'ai de bonnes raisons de douter de vous.

— Si vous voulez.

Elle se lassait de son petit jeu. Qu'avait-il appris de son passé ? La bile lui monta à la gorge. S'il était parvenu à mettre au jour son terrible secret, il l'aurait confrontée.

Elle étudia son profil, comprenant que la peur qu'il ait découvert des choses à son sujet lui donnait de fait un air coupable.

Et après ? Que craignait-elle ? Qu'importe si son image était ternie aux yeux de Paul Watts.

— Vous n'avez pas répondu pour les cinquante mille dollars.

Lia pensa à sa mère. Jen Marsh avait un rapport à l'argent assez épineux et l'avait transmis à sa fille. Lia vivait dans la frugalité, évitant les dettes et achetant uniquement ce dont elle avait besoin. Elle se contentait du minimum.

En ne dépensant que le strict nécessaire, Jen Marsh faisait cependant preuve d'une rigidité obsessive. Ce n'était pas étonnant après ce qu'elle avait vécu.

— Vous n'avez pas à me payer pour que je sorte de vos vies. Je m'en remettrai à ce qu'Ethan et vous déciderez.

4

— Vous seriez prête à vous en aller, comme ça ?

Paul jouait avec l'idée, en sachant que cela ne ferait que mettre un beau bazar dans la famille.

— ... Si je parviens à convaincre Ethan, bien sûr, précisa-t-il.

— Oui.

Elle pencha la tête sur le côté et l'étudia.

— Pour tout vous dire, je suis surprise que vous ne l'ayez pas déjà fait.

— Il ne décroche pas quand je l'appelle.

Paul serra les doigts autour du volant et pensa à la réponse de Lia. Accepterait-elle de suivre leur décision commune ou envisageait-elle de tirer les ficelles dans l'ombre en veillant à faire basculer Ethan de son côté ?

— Donc vous n'êtes pas au courant.

— Au courant de quoi ?

Que s'était-il passé en son absence ?

— Comment c'est arrivé.

Il soupira.

— Racontez-moi donc.

— Ethan m'a mise dans une position compliquée. J'ai dû choisir entre faire semblant d'être la petite-fille de Grady ou nier ce que votre frère venait d'affirmer et risquer d'aggraver encore un peu plus l'état de votre grand-père.

Paul n'était pas surpris qu'elle puisse ainsi reporter la faute sur Ethan.

— Je vous en prie, déroulez un peu l'histoire.

— Ethan m'a mise devant le fait accompli. Je pensais rendre visite à Grady en tant que moi-même, tout simplement. Mais à peine suis-je arrivée dans la chambre que tous les deux, Ethan et votre grand-père, ont commencé à me parler d'Ava, de sa fille...

— Ah, donc c'est aussi la faute de mon grand-père, si je vous suis bien ?

— Non. Enfin si. Un peu. Ethan m'a dit que c'est lui qui en a parlé le premier.

— Ce n'est pas vous qui avez dit que revoir sa petite-fille pourrait favoriser sa guérison ?

Lia ouvrit de grands yeux.

— Qu'insinuez-vous ?

— Il est de notoriété publique que notre famille est fortunée. Nous sommes des notables à Charleston. L'idée d'accéder à votre tour à un tel statut vous a peut-être chatouillé les sens.

Elle se raidit.

— Ça, je ne crois pas. Une simple analyse ADN et vous auriez su la vérité. Ça ne tient pas debout.

— Et pourtant... Vous vous apprêtez à emménager chez Grady.

Distrait par la conversation, Paul manqua rater la sortie pour Sullivan's Island.

— Et me voilà pris entre deux feux. Coincé dans votre petit mensonge. Je déteste devoir mentir à ma famille, et encore plus à Grady.

— Rassurez-vous, c'est pareil pour moi. Votre mère et votre tante se sont montrées adorables. Vos cousines m'ont accueillie à bras ouverts. Je me sens très mal. Mais dès que je vois le sourire de Grady, ses progrès jour après jour, je me dis que tout ça finira bien par rentrer dans l'ordre.

Paul refusa de se laisser convaincre par son explication façon conte de fées.

— Je ne doute pas qu'Ethan et vous êtes parvenus à vous en persuader. Mais mentir ? C'est vraiment moche.

— De façon générale, je suis d'accord avec vous. Il arrive toutefois qu'on mente pour ne pas faire de mal à quelqu'un. Si ça ne part pas d'une mauvaise intention, personne n'en souffre.

Tout cela n'était qu'un beau discours, un paravent derrière lequel elle se cachait. Il l'avait fait monter avec lui en voiture afin d'en découvrir un peu plus sur elle. Et leur petit échange lui en apprenait beaucoup.

— Vous ne pensez pas que la vérité libère ?

— Pas toujours. Parfois elle fait mal.

— Ça ne justifie rien.

Lia haussa les épaules.

— Disons que nous ne sommes pas d'accord, vous et moi.

Paul lui jeta un regard et vit qu'elle regardait le paysage par la fenêtre passager. Ils avaient beau avoir des vues divergentes, Lia exerçait une certaine fascination sur lui.

— Disons cela.

Un silence pesant s'installa entre eux. Paul tourna dans l'allée qui menait à sa villa. Il coupa le moteur et se tourna vers Lia. Son visage exprimait la déception et le chagrin. Elle était de toute évidence blessée.

Il refusa cependant de s'attendrir. Certes, sa présence faisait du bien à Grady, mais il ne parvenait pas à chasser de son esprit l'idée que Lia Marsh allait attirer des ennuis à toute sa famille.

Elle avait une idée derrière la tête. Il lui suffisait de trouver laquelle. C'était pour cette raison qu'il allait s'installer chez Grady pour les deux semaines à venir. Il poserait ses valises dans la dépendance, au fond du jardin. Il comptait ainsi montrer à Lia qu'il la tenait à l'œil.

— Je n'en ai que pour quelques minutes. Vous restez ici ou vous m'accompagnez ?

— Je pense que vous préférez que je reste dans la voiture ?

— Comme vous voulez.

Il montait les marches du perron quand il entendit des bruits de pas derrière lui. Il ouvrit la porte et fit signe à Lia d'entrer. Il lui proposa d'aller admirer la vue, ce qu'elle fit à travers la grande baie vitrée du salon.

Dans sa chambre, Paul défit sa valise et se changea. Il troqua son costume contre une chemise et un pantalon, toujours habillés mais plus décontractés.

Son téléphone sonna. C'était Ethan. Son agitation se calma un peu. Son frère et lui allaient enfin pouvoir parler.

Contre toute attente, Ethan était celui qui marchait dans les pas de Grady, se positionnant comme médiateur au sein de la famille.

Il prenait les décisions qui s'imposaient. Sociable et facile à vivre, il faisait souvent preuve de compassion. Il se montrait davantage en contact avec ses propres émotions. Ses proches se tournaient souvent vers lui quand ils avaient besoin d'un conseil, d'un peu de soutien.

Paul était davantage un loup solitaire. Il affectionnait la technologie pour ce qu'elle avait de logique et de prévisible. Il avait choisi une carrière dans la police pour pouvoir mettre la main sur ceux qui se croyaient au-dessus des lois.

Le fait d'aider les gens venait après, ce n'était pas là sa motivation première. Ethan portait certainement sur lui un regard un peu ahuri. Le comprenait-il ?

Et qu'en pensait Lia ?

Paul fut bien surpris qu'une telle question lui vienne à l'esprit. Que lui importait l'avis de cette encombrante opportuniste ?

Il décrocha.

— Ah, enfin !

Il alla fermer la porte de la chambre. Lia tendait peut-être l'oreille.

— Avant que tu fasses ton grand frère et que je prenne une leçon de morale, dis-moi que tu n'as rien remarqué dans l'état de Grady.

— Je te l'accorde, il va beaucoup mieux. Et le fait de croire qu'il a enfin retrouvé la fille d'Ava joue clairement dans l'équation. Mais pourquoi, bon sang, lui avoir dit que c'était moi qui l'avais retrouvée ?

— Je me suis dit que si tu étais à l'origine de tout ce bonheur, les choses s'apaiseraient entre vous.

— Tu te trompes si tu crois que ça va me faire oublier votre coup tordu à tous les deux.

Disant cela, Paul sentit son cœur se serrer. Malgré les tensions qui s'étaient accumulées entre eux, il appréciait l'attention d'Ethan.

— Tu as été au bout de ta logique ? Grady risque d'être dévasté lorsqu'il apprendra la vérité. Et ce jour arrivera, j'y veillerai personnellement.

— Je m'en doutais, figure-toi. Il va reprendre des forces au fil des semaines.

Ethan marqua une courte pause.

— Mais on pourrait aussi ne rien dire. Lia pourrait rester parmi nous.

Paul inspira, comme pour préparer sa réponse. Ethan ne lui laissa pas le temps d'exprimer son avis.

— Écoute, elle passe son temps à parcourir le pays à bord de son van, en tirant une caravane pour maison. Elle se fait embaucher çà et là pour gagner de quoi vivre et tenir quelques jours. Ce n'est pas une vie. Elle pourrait rester auprès de nous et être notre cousine.

— Tu as perdu la tête ? On ne sait absolument rien d'elle !

— Moi si. Elle est vraie, sincère, gentille. Tout le monde l'aime.

— Et toi le premier.

— Quoi ?

Passé l'effet de surprise, Ethan éclata de rire.

— Ça, je ne crois pas.

Insatisfait de cette réponse, Paul tenta l'approche inverse.

— Est-elle amoureuse de toi ?

— Pas plus.

S'il n'était pas rare qu'Ethan soutienne les gens autour de lui, la confiance qu'il accordait à Lia n'avait rien d'évident. Ni de logique.

— Tu en es certain ?

Paul pensa à toutes ces heures où elle avait parcouru de ses mains expertes le corps de son frère. Certes, c'était, d'après ses dires, son travail. Mais il existait bel et bien cette intimité entre eux.

— Ethan, tu fais craquer toutes les femmes.

La réponse de son frère fut sèche.

— Ça, c'est parce que je suis sympa. Tu devrais essayer.

Paul ne trouva rien à répondre. La vérité était que le sujet l'intéressait bien peu ces derniers temps. Son activité de conseil en cybersécurité ne cessait de croître et ne lui laissait aucun répit. La technologie évoluait chaque jour, plus vite que les hommes.

Il devait sans cesse être prêt à riposter.

D'un autre côté, Ethan avait pris davantage de responsabilités depuis que l'accident cardiaque de Grady avait accéléré l'accession de leur père à la présidence de Watts Shipping.

Si tout l'avait préparé à être nommé P-DG un jour ou l'autre, la brutalité de la transition avait fait de ses soirées et nuits de longues séances de travail au bureau. Il parvenait tout de même à trouver encore un peu de temps pour sa famille et ses amis.

Paul n'avait pas les mêmes envies. Il avait toujours eu un tempérament solitaire, préférant aux bars et fêtes bruyantes l'intimité des petits comités. Sa vie en solo sur les routes : c'était probablement la seule chose qu'il comprenait chez Lia Marsh.

— Tu es sûr que ce n'est pas elle qui t'a mis cette idée dans la tête ? Prétendre qu'elle est la fille d'Ava ?

— Non. Crois-moi, à la fin. C'était mon initiative de A à Z.

Pour toute réponse, Paul maugréa.

— Elle m'a dit qu'elle comptait partir dans deux semaines.

On pouvait en faire des dégâts, en deux semaines.

— On s'est effectivement mis d'accord sur cette durée. J'ai voulu la persuader de rester un mois au moins, mais elle a refusé. Elle n'aime pas s'installer trop longtemps quelque part.

— Et pourquoi ça ?

— Aucune idée. Elle ne parle pas tant que ça d'elle.

— Comme si elle avait quelque chose à cacher, non ? Après, même si je n'aime pas l'admettre, je dois avouer qu'elle a fait des prodiges avec Grady.

Paul repensa au sourire radieux de son grand-père. Une chaleur intense et rassurante irradia en lui.

— Donc si c'est juste pour deux semaines, c'est d'accord pour moi.

Ethan expira bruyamment.

— Merci. Et ne t'en fais pas, on a notre plan de sortie. Ça va marcher.

— Vous n'arrêtez pas de me répéter la même chose, tous les deux. J'espère simplement que vous avez raison.

Au bout du fil, Ethan sourit et se détendit enfin.

— On a raison. Et sois sympa avec Lia. En fin de compte, c'est elle qui nous rend un sacré service.

Paul raccrocha mais resta longtemps immobile à considérer les derniers mots de son frère.

Revenant au moment présent, il glissa dans un sac marin les affaires dont il allait avoir besoin durant son séjour chez Grady. Il se rapprocherait de son bureau par la même occasion.

Déposant son sac dans l'entrée, il partit à la recherche de Lia. Il la trouva près de la piscine, les bras croisés, postée face à la mer. La brise océane jouait dans ses cheveux, qu'elle avait détachés. Ils flottaient au vent comme un fier fanion.

Il s'approcha.

— Je n'arrive jamais à trancher. Suis-je davantage mer ou montagne ?

Elle souriait.

— J'imagine que c'est ce qui me pousse sans cesse sur les routes. Il y a tellement d'endroits à découvrir.

Son allure tranquille, son visage serein captivèrent Paul. Il remarqua les taches de rousseur sur son nez et ses pommettes. Il se demanda d'où provenait cette attirance qu'il ressentait, bien malgré lui, pour elle.

Était-il grisé par la menace qu'elle représentait à ses yeux ? Réveillait-elle ses instincts de chasseur ? Elle lui paraissait aussi mystérieuse que ceux qu'il traquait nuit et jour.

Et voilà qu'on le forçait à accepter cette étrangère, à faire d'elle sa cousine, revenue parmi eux comme par miracle. Elle demeurait un danger pour sa famille.

Alors d'où lui venait cette envie, son besoin profond de l'attirer à lui, de sentir la chaleur de sa peau, de la serrer fort en goûtant à ses lèvres ? Cette lutte incessante entre son corps et son cerveau était troublante autant qu'épuisante.

Avait-elle influencé les choix d'Ethan par ce pouvoir qu'elle exerçait sur les hommes ? Son frère semblait lui faire une confiance aveugle. Avant qu'elle s'invite dans leur vie, Paul n'avait jamais douté de lui.

— Je crois que mon frère est amoureux de vous.

— Pardon ?

Elle détacha son regard de l'horizon et pouffa de rire.

— Vous avez un talent comique, vous.

— Pas tant que ça. Il se montre très protecteur envers vous.

— Ça, c'est parce qu'il m'aime bien. Vous percevez la nuance ?

Elle pivota sur ses talons pour lui faire face et planta son regard dans celui de Paul.

— Et vous savez pourquoi ? Car je suis une fille sympa.

Paul serra les dents.

— Vous couchez avec lui ?

Elle sembla s'offusquer.

— C'est un client. Et je ne couche pas avec les clients.

— Mais vous ne niez pas avoir une attirance pour lui ?

Elle réfléchit un instant, prenant délibérément la pose.

— C'est vrai qu'il a un très beau corps. Bien musclé, ferme, des épaules de titan, des cuisses de superhéros.

Elle se tut un instant, savourant silencieusement l'effet de ses mots sur son interlocuteur.

— Et en tant que praticienne, je dois avouer qu'il est très plaisant de masser un homme qui prend autant soin de sa peau.

— Donc il vous fait de l'effet ?

Lia secoua la tête et soupira.

— Ethan est un vrai gentleman. Sa voix grave est séduisante et sexy, il déborde de charme. Et le fait que je ne sois pas le moins du monde attirée par lui interroge sérieusement mes collègues – hommes comme femmes. Ils se sont même posé la question de mon orientation sexuelle. Mais si j'avais eu ne serait-ce que la moindre attirance pour lui, je ne l'aurais jamais gardé comme client. Là dépasserait ce qui est professionnellement acceptable pour moi.

— Vous oubliez que je vous ai vus ensemble. Il y a quelque chose entre vous.

— Cela s'appelle de la confiance mutuelle. Il s'est senti suffisamment à l'aise avec moi pour me confier certaines choses.

— C'est plus que ça.

Lia s'impatienta.

— Non. Je vous le répète. Écoutez…

Elle fit un petit mouvement d'épaules pour se détendre.

— J'ai le sentiment que ça tourne en boucle, comme un manège sans fin.

— Je ne monte pas sur les manèges.

Lia sourit pour elle-même et répondit à voix basse.

— Pourquoi ça ne m'étonne pas ?

Elle soupira de nouveau.

— Il faut vraiment que nous trouvions un terrain d'entente si nous voulons que ça se passe bien chez Grady.

Face au silence entêté de Paul, elle poursuivit.

— Et si je faisais une confession qui me coûte ?

S'éclaircissant la voix, elle baissa les yeux et sourit timidement.

— Je vous trouve attirant.

Une manipulation menée d'une main de maître. Voilà ce qu'il aurait dû penser de cette tentative. Mais au lieu de cela, la confession de Lia enflamma son corps à la manière d'un grand final de feu d'artifice.

— Pourquoi me le dire ?

— Ça vous donne un peu de pouvoir sur moi.

Elle avait accompagné sa réponse d'un petit sourire rieur et sexy qui transforma le corps de Paul en générateur électrique.

— Et vous pensez que j'en ai besoin ?

L'avait-elle déjà cerné ? Peut-être pas complètement, mais elle savait visiblement comment le faire réagir. Il devait impérativement rester sur ses gardes avec elle.

— Pas vous ?

Sa confiance en elle confinait à de l'arrogance.

— Je pense que vous aimez avoir la maîtrise des choses, tout le temps. Et quand ça ne va pas dans le sens que vous voulez, vous disjonctez.

— Je ne disjoncte pas, affirma-t-il en faisant un pas vers elle. Je m'adapte.

Lia avait mal interprété ce mouvement vers elle et ne vit pas venir son baiser. La surprise rendit encore plus délicieuse la sensation de ses lèvres sur sa peau.

Puis sur sa bouche.

Des milliers d'étoiles étincelèrent sous ses paupières closes. D'une main ferme et avide, il lui tint la tête pendant que sa bouche s'emparait d'elle et la faisait vaciller.

D'un baiser, Paul avait fait un chef-d'œuvre. Jamais auparavant elle ne s'était sentie aussi transportée par la magie du moment. La perfection de ses lèvres glissant sur les siennes, l'accélération de sa respiration lorsqu'elle se dressa sur la pointe des pieds pour se coller un peu plus contre lui.

Elle voulait que cet instant dure toujours, sans savoir exactement pourquoi. Comment expliquer cette inévitable attraction ? Il ne lui avait rien offert d'autre qu'une mine renfrognée et des allusions injustement accusatoires.

Son parfum frais et masculin, le délicat mouvement de ses doigts sur sa peau éveillaient en elle de la joie autant que de l'avidité.

Quand il aspira sa lèvre inférieure, elle lui donna accès à sa bouche dans un gémissement. Sa langue vint caresser la sienne et attisa un peu plus encore son désir. De ses doigts, elle dessina des sillons dans les cheveux de Paul, l'attirant plus fort contre sa bouche qu'il dévorait.

D'un bras, il entoura sa taille pour l'amener contre son torse dur et musclé. Si elle avait aimé le regarder discrètement, sentir ainsi sa puissance, sa chaleur, la solidité de ses abdominaux et la sécurité de ses bras lui donna brutalement envie d'avoir tout le poids de son corps sur elle.

Elle avait rencontré suffisamment de lèvres dans sa vie pour savoir que ce baiser impossiblement bon était aussi prometteur.

La brise marine qui, l'instant d'avant, l'avait fait frissonner, rafraîchissait à présent sa peau en feu, sans parvenir à calmer la flamme qui lui brûlait les reins.

Comme répondant à son incontrôlable mouvement de hanches, Paul enveloppa sa fesse d'une main et serra juste ce qu'il fallait pour déclencher une décharge sensorielle au creux de ses jambes. Sa respiration saccadée accompagna sa cambrure, elle avança, collant sa poitrine fort contre lui pour assouvir leur besoin mutuel de contact.

Les mains de Paul la serrèrent plus fort encore, ses doigts comme des griffes meurtrissant presque sa chair. Puis il s'arrêta net et relâcha son étreinte. Lia allait protester quand la morsure d'une bourrasque glacée sur sa peau embrasée la ramena à la réalité.

Elle fit un petit pas en arrière, surprise de sentir ses genoux prêts à céder.

Elle posa une main sur le torse de Paul pour ne pas vaciller et sentit sa respiration rauque, à l'état brut. Son pouls à elle aussi s'était emballé sous l'assaut de sa bouche, la détermination de ses mains.

Elle leva la tête vers lui juste à temps pour apercevoir les flammes du désir au fond de ses yeux verts. L'instant d'après, il n'en restait plus rien. Avait-elle rêvé ? Si elle rechignait à quitter la chaleur et le confort de ses bras, Lia avait besoin d'un peu d'air pour rassembler ses pensées et comprendre ce qui venait de se produire.

Paul ne s'était pas embarrassé et lui avait clairement fait comprendre qu'il ne l'appréciait pas. Que faisait-il, alors ?

— C'était votre manière à vous de déterminer si je mentais ou pas quand j'ai avoué mon attirance pour vous ?

Elle tenta de déchiffrer le visage de Paul, en espérant y trouver une autre réponse qu'un simple « oui ».

— Qu'est-ce qui vous fait penser que je serais capable d'une telle chose ?

Il se passa le pouce sur la lèvre inférieure.

Hypnotisée par ce geste, Lia frissonna sous l'effet des ondes sismiques qui continuaient de secouer son corps.

— Je n'en sais rien. Vous semblez ne jamais me croire.

Elle se surprit à percevoir de l'amertume dans sa propre voix. Pourquoi donnait-elle tant d'importance à ce que cet homme pouvait penser d'elle ?

— Alors, verdict ? Suis-je attirée par vous ?

— Oui.

Il attendit quelques instants qu'elle rebondisse. Face à son silence, il leva les sourcils, l'air interrogateur.

— Vous ne me demandez pas si c'est réciproque ?

Lia secoua la tête et intima à son corps, à ses muscles, de se détendre.

— Je ne veux pas jouer à ça avec vous.

Le visage de Paul sembla soudain fait de granit.

— J'ai dit à Ethan que j'acceptais votre petite combine. Pour le moment.

— Super.

L'humeur de Lia s'assombrit, sans qu'elle puisse savoir pourquoi cette nouvelle la réjouissait à peine. Avait-elle vraiment espéré être dénoncée devant toute la famille et renvoyée sur les routes ?

— Ethan doit être soulagé et content.

Paul la dévisagea pendant quelques secondes. Il hocha enfin la tête et fit un mouvement de la main.

— Il faut qu'on y aille.

Le trajet de retour vers Charleston se fit dans un silence presque total. Lia avait besoin de calme pour faire le point sur ses émotions, le passe-droit que Paul leur avait accordé pour Grady et ce baiser enflammé qu'ils venaient de partager.

Elle sentait déjà que sa violente attirance pour Paul était comme les prémices d'un attachement tout aussi fort, plus intense que ce qu'elle avait pu connaître jusque-là.

Jamais dans sa vie de femme elle n'avait ressenti un tel

désir d'être auprès de quelqu'un. Cette pensée l'effraya, mais elle ne pouvait ignorer la force de l'évidence.

Son esprit lui dictait cependant, pour son propre bien-être, d'enfermer ses sentiments à double tour. Tout de suite. Et ce n'était pas le seul de ses soucis.

D'autres bombes à retardement menaçaient d'exploser un jour ou l'autre. L'accueil que lui avaient réservé Constance et Lenora l'avait surprise et touchée en plein cœur. Face à l'affection qu'elles avaient témoignée à cette nièce qu'elle prétendait être, Lia s'était posé la question pour sa famille à elle. Celle que sa mère avait encore à Seattle. Comment y serait-elle accueillie ?

Ni Jen ni Lia Marsh n'avaient voulu s'attacher à quiconque hormis à elles-mêmes.

Après un court arrêt à l'appartement de Lia pour qu'elle puisse rassembler le peu d'affaires qu'elle possédait, Paul repartit en direction de la vaste propriété familiale construite, comme Constance l'apprit à la jeune femme à leur arrivée, en 1804.

Paul se mêla à la conversation.

— Grady y vit seul depuis que son épouse est morte, à la fin des années 1960. Les jumelles Shaw occupent l'ancienne maison de gardien, à l'autre bout de la propriété. Et moi je dors de temps à autre dans la dépendance. Un peu plus souvent depuis son AVC.

— Il doit être content de vous avoir ainsi autour de lui.

Lia réalisa qu'elle allait être au beau milieu de toutes ces visites familiales.

Constance secoua la tête et s'autorisa un discret soupir.

— Les filles sont très occupées à mener leur carrière tambour battant, à sortir avec leurs amis. C'est pour ça que ta présence ici auprès de Grady est si précieuse. Tu as pris un maillot de bain ? La piscine a été refaite, elle est à l'eau de mer désormais.

— Non, je ne pensais pas en avoir besoin.

Elle voulait simplement se montrer présente pour Grady, pas se comporter comme si elle passait des vacances de rêve dans une maison de luxe.

Lia avait suivi Constance à l'étage.

— Et voici l'ancienne chambre de ta mère. Elle a tout pour que tu t'y sentes bien.

Elle se trouvait sur le palier, juste en face de celle de Grady.

Lia resta bouche bée. La vaste pièce était lumineuse et donnait sur le jardin. D'épais rideaux à motif floral, qui se mariaient parfaitement avec les murs d'un vert délicat, encadraient les quatre grandes fenêtres.

Elle était meublée d'une console à l'entrée, d'un grand lit, d'une méridienne et d'une armoire ancienne à miroirs, dans laquelle ses quelques vêtements, et même ses déguisements très encombrants, rentreraient aisément.

Constance sourit à Lia.

— Elle a l'air de te plaire.

— Je n'ai pas de mots... Je n'ai jamais séjourné dans une chambre si belle. Et si grande !

Elle aurait pu garer sa caravane dans la salle de bains. Elle s'imagina plonger dans l'eau chaude, se perdre dans une mousse parfumée débordant de l'imposante baignoire. La cheminée et les délicates moulures ajoutaient au charme des lieux.

La réalité la rappela à l'ordre : elle n'était pas là en vacances. Elle et Misty reprendraient bientôt la route.

Lia sentit son ventre se nouer. Être au contact d'une famille aussi soudée que les Watts mettait en évidence l'isolement dans lequel elle avait l'habitude de vivre. Elle se retrouvait propulsée dans un univers à l'exact opposé du sien.

Sa mère lui avait toujours répété que les liens familiaux ne valaient rien, ne garantissaient rien.

— Paul, peux-tu demander à Cory qu'il monte le reste des affaires de Lia ?

— Tout est là, maman.

— Comment cela ? Comment est-ce possible ?

Le ton de Paul se fit plus sec.

— Tout le monde n'a pas besoin d'un dressing entier pour ses vêtements.

— Mais...

Lia intervint.

— Je n'ai pas beaucoup de place dans ma caravane. Et je n'ai pas besoin de grand-chose.

— Dans ton ancienne vie. Tu es une Watts désormais, il te faut la penderie qui va avec. Les jumelles te feront faire le tour de leurs boutiques préférées.

— Non, vraiment, ce n'est pas nécessaire.

Lia jeta un regard inquiet en direction de Paul. Il devait détester que sa mère soit prête à sortir sa carte de crédit pour lui faire plaisir. Son air impassible ne lui apporta aucune réponse.

— Poppy et Dallas sont déjà bien occupées. Et je ne vais pas rester longtemps ici.

— Tut tut tut, tu dois rester plus longtemps. Grâce à toi, l'état de Grady s'améliore de jour en jour. Et personne ne te demande de rester cloîtrée toute la journée. Les jumelles et Ethan pourront te sortir. J'ai plusieurs événements à venir, auxquels tout le monde est invité. Une fois que la nouvelle se sera répandue, tout Charleston voudra faire ta connaissance.

À mesure que Constance prononçait ses mots, Lia sentit l'angoisse monter en elle. Elle se sentait oppressée, au bord de la crise de panique.

Elle regarda Paul dans une supplication silencieuse. Pourquoi n'était-il pas déjà intervenu ? Elle ne tarda pas à comprendre : il se tenait délibérément à l'écart pour lui prouver, ainsi qu'à Ethan, à quel point leur petit subterfuge était une folie. Comme si elle avait eu besoin de lui pour s'en rendre compte !

— Il me faut un peu de temps pour me faire à tout ça. Si cela ne te vexe pas, je préfère rester aux côtés de Grady pour le moment.

— Mais oui, bien sûr. Je me suis un peu emportée. Nous sommes tellement heureux de t'avoir parmi nous.

Paul fit enfin preuve d'un peu de pitié envers elle.

— Maman, si on la laissait s'installer et prendre ses marques ?

Elle lui envoya un regard plein de reconnaissance, auquel il répondit une nouvelle fois par une mine renfrognée. Décidément, les voies de cet homme étaient impénétrables.

— Mais tout à fait ! Rejoins-nous en bas quand tu seras installée.

Constance sortit de la chambre mais se retourna au dernier moment.

— Ah, j'oubliais, il y a un petit cadeau pour toi sur la table de nuit.

— C'est adorable, merci beaucoup.

Le jour où elle partirait, elle laisserait ce cadeau là où il se trouvait. Pour l'heure, elle décida de céder à sa curiosité. Auprès d'une élégante feuille manuscrite patientait un grand écrin.

Elle appartenait à ta grand-mère. Nous avons pensé qu'elle te revenait de plein droit. Constance

Lia fit glisser le ruban qui ornait la boîte. À l'intérieur, délicatement posé sur un fond de velours noir, se trouvait un médaillon. Elle l'ouvrit et y découvrit une photo d'Ava adolescente. Tenant le précieux bijou entre ses mains, Lia s'écroula sur le lit, le cœur serré.

Elle passa en revue la somme des événements qui l'avait conduite ici. Elle n'aurait jamais dû laisser une telle situation se produire.

— Coucou.

Ethan se tenait dans l'encadrement de la porte.

Il se dégageait de cet homme en costume bleu marine et cravate lavande un vrai charisme.

— Salut, Ethan.

Il soupira.

— Je suis désolé que tu te retrouves coincée ici. Je te suis vraiment reconnaissant. Et redevable.

— Mais non, voyons. Je suis bénévole à l'hôpital précisément pour ça. Aider les autres. J'ai juste une faveur à te demander. Peux-tu convaincre ta mère de renoncer à me faire parader dans tout Charleston en annonçant le grand retour de la fille d'Ava ? Ça risque de tout compliquer le moment venu. Et je ne veux pas que ta famille se retrouve au milieu de commérages nauséabonds.

Desserrant le nœud de sa cravate, Ethan acquiesça.

— Tu n'as pas tort. Je m'en occupe.

— Merci. Je dois dire que ton frère n'a pas été d'une grande aide. J'aurais cru qu'il irait dans mon sens.

— Je sais que c'est dur à croire, mais il se calmera une fois qu'il aura appris à te connaître.

— Je l'espère, sincèrement.

Le feu lui monta aux joues au souvenir de leur baiser passionné... avant de descendre au creux de ses reins.

— Car son hostilité envers moi devient déroutante.

5

Après un an d'investigations harassantes, Paul put clore le dossier sensible que lui avait confié l'un de ses gros clients. Il quitta le travail plus tôt que d'habitude, désireux d'aller prendre des nouvelles de Grady.

Avant que Lia Marsh entre dans leur vie, il n'était pas abonné aux stricts horaires de bureau. Ses missions le passionnaient et, malgré leurs réussites à la chaîne, lui et ses équipes n'en avaient jamais fini de traquer les cybercriminels en tous genres.

Dernièrement, il parvenait plus difficilement à se concentrer sur ses dossiers en cours. Lorsqu'il ne cherchait pas à retracer sa vie aux quatre coins du pays, Paul pensait à Lia, revivant encore et encore l'instant où il avait cédé à sa pulsion.

Il avait pourtant lutté pour oublier la sensation de ce corps contre lui. De ces lèvres, de ces hanches, de cette peau douce.

Il avait espéré ouvrir une brèche dans la façade, décontenancer cette femme pour en savoir plus sur ses intentions peu louables. Mais rien.

Son attitude – avec lui, chez Grady, en famille – n'avait rien trahi non plus. Aucun élément ne venait confirmer ses pires hypothèses.

Quelle pouvait bien être la raison de son engagement sans faille auprès de Grady ? S'il n'avait pas encore écarté la piste financière, rien de ce qu'elle disait, montrait ou faisait n'indiquait un quelconque intérêt pour l'argent.

L'idée lui avait traversé l'esprit qu'il ne se concentrait pas sur l'essentiel : l'amélioration spectaculaire de l'état de santé de son grand-père. Comment allait-il réagir à l'annonce fatidique, prévue sous huitaine ? Risquait-il une rechute ?

Paul se gara et sortit de son SUV, décidé à boire une bière et tenter de résoudre pour la énième fois le mystère Lia Marsh.

Une silhouette jaune apparut dans l'allée. Elle avançait dans sa direction. S'il bifurquait vers la dépendance sans dire bonjour, il risquait d'en entendre parler pendant longtemps. Une voix mélodieuse qu'il reconnut bientôt se mêla à ses pensées. Lia.

Après leur étreinte impétueuse chez lui, il avait pris soin de ne pas se retrouver seul avec elle. Mais qui était cette femme au sourire contagieux qui approchait et venait de lui faire signe ?

Quand il comprit enfin, il s'arrêta net, hébété. Lia avait enfilé l'un de ses costumes de princesse. Elle était *devenue* son personnage. Même ses mouvements étaient différents.

— Je ne vous avais pas reconnue dans votre...

— ... robe de bal.

Elle avait prononcé ces mots comme si sa tenue était des plus ordinaires.

— Je vais rendre visite aux enfants, à l'hôpital. J'ai consacré beaucoup de temps à Grady et manqué mon rendez-vous avec eux la semaine dernière. Je ne peux pas les décevoir une nouvelle fois.

Paul grogna intérieurement. Il était difficile de rester sur ses gardes quand cette femme ne cessait de contredire ses a priori. Elle avait presque ressuscité Grady et la voici qui allait donner de son temps bénévolement auprès d'enfants malades. Comment était-il censé lui résister ?

— Et quelle princesse êtes-vous aujourd'hui ?

— Je suis Belle, de *La Belle et la Bête*.

— Pourquoi vous déguisez-vous en personnages Disney ?

— Parce que les enfants adorent. Ils aiment bien me voir sans déguisement, mais ce n'est pas la même chose que de leur faire rencontrer Cendrillon, Elsa ou Raiponce. Ils sont comme des dingues. Ça leur permet d'oublier, ne serait-ce que pour quelques minutes, l'endroit où ils se trouvent.

— Comment avez-vous eu l'idée de faire ça ?

— Quand j'étais petite, j'aimais bien me raconter des histoires de princesse coincée dans un donjon, brutalement séparée de ses parents.

— Et comment êtes-vous passée de princesse esseulée à masseuse ?

L'image de Lia posant les mains sur le corps d'Ethan lui sauta au visage. Si elle n'avait fait qu'attiser volontairement sa jalousie en vantant les atouts physiques de son frère, il n'en restait pas moins qu'il enviait ce dernier.

— J'ai travaillé dans un parc Disney. Je rêvais d'être une princesse... J'ai fini dans un costume de chipmunk. Vous voyez ces petits animaux adorables ? Il faisait une chaleur étouffante là-dessous, mais le sourire des enfants en valait bien la chandelle. Bref, l'une de mes collègues là-bas suivait des cours en technique de modelage. Ça m'a interpellée. J'aime faire du bien aux gens. Je me suis dit que c'était une bonne voie pour moi.

— On ne peut nier l'effet de vos bons soins sur Grady. Vous occuper des autres est réellement votre truc.

— Merci de le souligner.

Son grand sourire fut comme un coup de poing dans l'estomac de Paul.

— Vous allez comment à l'hôpital ?

— À pied. J'en ai pour à peine un quart d'heure.

Paul lui barra le passage de son imposante stature.

— Je vous y conduis, c'est mieux.

— Ne vous embêtez pas, ça me va très bien de marcher.

— J'insiste...

— J'aime marcher.

— Moi aussi. Alors laissez-moi vous accompagner.

Elle posa les mains sur ses hanches et leva un sourcil malicieux.

— Vous n'avez pas des méchants à combattre, vous ?

— Potentiellement, si. Mais je viens de boucler une très grosse affaire, je me suis offert mon après-midi.

Il lui tendit le bras, dans un geste galant qui étonna Lia.

— Je serais plus que ravi de vous voir à l'œuvre auprès des enfants.

— Je vais y rester au moins deux heures. Vous avez certainement mieux à faire.

— Cessez donc de vouloir vous débarrasser de moi. Je vous dis que l'idée me plaît.

Et, à son plus grand désarroi, c'était la vérité.

Lia eut un geste résigné et glissa son bras sous le sien.

L'hôpital se profila bientôt devant eux. Le trajet était passé bien vite.

À l'intérieur du bâtiment, Lia ne prêta pas attention à l'agitation qu'elle créait. Le personnel l'avait saluée avec un grand sourire, mais Paul ne put s'empêcher de remarquer les regards en coin et d'entendre les commentaires des visiteurs. Il se surprit à leur lancer des regards noirs, alors même que sa première réaction n'avait pas été différente de la leur.

Ils se postèrent devant l'ascenseur. Lia le regardait avec un air amusé.

— Qu'est-ce qu'il y a ?

— Je me disais juste que votre mine menaçante ferait de vous une excellente Bête.

Il se força à sourire.

— Je suppose que je n'ai rien d'un prince charmant.

— Ce n'est pas dit.

— Oh si. Ethan est un prince charmant.

Paul serra les poings dans l'un de ces accès d'agacement qui lui étaient désormais familiers.

— Ethan ?

Le petit ricanement que Lia émit détonna avec son apparence si distinguée.

— Vous l'imaginez en hauts-de-chausses et redingote ?

Jamais de la vie. Paul se pinça les lèvres pour ne pas rigoler.

— Peut-être serait-il capable de le faire par amour.

— Je ne suis pas sûre qu'il aimerait jouer les comédiens.

— Moi non plus, je n'aimerais pas.

Lia lui jeta un regard perçant.

— Ça, c'est ce que vous dites.

Son sourire entendu fut comme une chaleur enveloppante. Il allait répondre lorsque les portes de l'ascenseur s'ouvrirent sur ce qui, de toute évidence, était le service pédiatrique.

Lia s'immobilisa un instant, ferma les yeux et inspira profondément. Elle expira énergiquement, rouvrit les yeux et arbora le plus rayonnant des sourires.

Elle venait de se métamorphoser sous les yeux de Paul.

Il lui emboîta le pas jusqu'à la salle de jeu où l'ambiance, aussitôt la princesse repérée, devint électrique.

Fasciné par le spectacle, il se tint à l'écart auprès d'un groupe de parents, et suivit Lia du regard. Elle passait d'un enfant à l'autre, semant la joie et des sourires. Elle appelait certains par leur nom, preuve irréfutable de ses visites régulières. Elle prenait le temps avec chacun, posant des questions, répondant aux leurs.

Lia faisait aussi du bien aux plus grands : à son contact, les adultes se détendaient, les tensions s'effaçaient des visages fatigués. Elle exerçait une magie, la même que celle qui avait rendu à Grady son envie de vivre.

Paul sentit son corps et son esprit flancher. Lia Marsh était un cœur pur et sincère. Et cela n'arrangeait rien. Maîtriser son attirance pour elle était bien plus facile lorsqu'il pouvait encore la suspecter d'ourdir un quelconque plan.

Elle entonna les premières notes d'une joyeuse mélodie, captivant d'emblée les enfants, séduisant les parents, si reconnaissants de les voir heureux. Certaines infirmières se joignirent à Lia pour former un joli chœur.

Paul n'aurait jamais cru être attiré par un esprit libre comme elle. Ses croyances sur les pouvoirs bienfaiteurs de la musique et de l'aromathérapie lui paraissaient bien excentriques. Il devait pourtant admettre les faits : Grady allait beaucoup mieux depuis qu'elle le fréquentait, et lui-même commençait à changer d'avis.

Deux heures passèrent ainsi, jusqu'à ce que la princesse salue ses jeunes amis d'un délicat mouvement de main.

— À bientôt, les enfants !

Lorsque Lia tourna toute son attention vers lui, Paul sentit son cœur bondir dans sa poitrine. Ils sortirent de la salle et longèrent le couloir.

— Désolée, je vous ai fait attendre longtemps.

Elle appuya sur le bouton de l'ascenseur.

— C'était quelque chose, prononça-t-il en guise de réponse, incapable de faire le tri dans ses émotions.

— Je n'arrive pas à savoir si c'est un compliment dans votre bouche ?

— Les enfants vous adorent.

— Leur princesse préférée vient leur rendre visite, en chair et en os. Ça leur permet de penser à autre chose, de s'évader.

— Vous venez ici chaque semaine ?

— J'essaye, oui.

Ils sortirent de l'hôpital et prirent la direction du domaine.

— Pourquoi ?

Elle tira sur ses gants jaunes, un doigt après l'autre. La voir ainsi faire glisser le tissu satiné sur sa peau réveilla le désir qui dormait en lui. Son geste n'avait pourtant rien de délibérément provocateur ou sexy.

— Vous devriez le savoir. Grande fortune et philanthropie vont souvent de pair. Votre famille est très active sur la scène associative.

— Il y a une grosse différence entre signer un gros chèque et donner réellement de son temps.

— Oui, mais cela fait partie de vos valeurs familiales.

— En effet, nous estimons que nous devons rendre un peu de ce qui nous a été offert.

Le compte en banque de Lia ne devait pas être bien fourni. Qu'est-ce qui pouvait la pousser à venir en aide aux autres ?

Lorsqu'ils arrivèrent à l'entrée de la propriété, Paul n'eut aucune envie de lui dire au revoir.

— Un verre, ça vous dit ?

Elle l'observa longuement et secoua la tête.

— Non. Je ne sais pas suffisamment à quoi m'attendre avec vous.

— C'est réciproque.

— Vous m'avez évitée toute la semaine. Aujourd'hui vous venez avec moi à l'hôpital et là vous m'invitez à prendre à verre. Pourquoi ce virage soudain ?

Que répondre ? Qu'il la trouvait charmante, que sa compagnie était rafraîchissante, que l'éviter n'avait en rien calmé son esprit ? Peut-être que passer plus de temps avec elle, se frotter à ses excentricités, à ses croyances, parviendrait à éteindre définitivement cette flamme naissante ?

Elle poursuivit.

— Ah, vous espérez certainement me faire boire pour que j'avoue mes terribles desseins.

— C'est vous qui devenez bien méfiante, d'un coup.

Il préférait ne pas trop en dire, mais s'il voulait qu'elle accepte, il fallait lui montrer patte blanche.

— Peut-être que j'ai tout simplement apprécié cet après-midi en votre compagnie et que j'ai envie de prolonger l'instant.

— Attendez, je dois avoir des problèmes d'audition. Qu'ai-je entendu ? Vous avez apprécié ma compagnie ?

— Bon, vous venez ou pas ?

De l'index, elle se tapota la lèvre, le faisant volontairement patienter quelques secondes de plus.

— Puisque vous me le demandez si gentiment, je viens. Laissez-moi le temps de me changer et de passer voir Grady. J'en ai pour dix minutes.

Paul considéra le corset de la robe, les rubans, les boutons et les nœuds.

— Vous avez besoin d'aide ? Je n'ai jamais eu l'occasion de déshabiller une princesse.

Sa déclaration était sortie de nulle part et les surprit autant l'un que l'autre.

— Si je vous pensais sincère, j'accepterais immédiatement.

Paul ouvrit la bouche, sans savoir s'il allait retirer ou confirmer ce qu'il venait de dire, quand Lia leva les deux mains en l'air et secoua la tête.

— Oubliez ce que je viens de dire. Ne dites rien de plus. Je reviens dans dix minutes, cela vous laisse de temps de trouver votre porte de sortie.

Lia s'arrêta devant la dépendance. Elle tremblait d'appréhension. Combien d'heures avait-elle passées à chercher en vain le sommeil dans l'ancienne chambre d'Ava Watts, se blâmant silencieusement d'avoir laissé l'expert en cybersécurité lui faire un tel effet ?

Tandis qu'il l'avait traitée comme une voleuse, accusée de vouloir s'en prendre à la fortune des Watts, elle l'avait imaginé lui faisant l'amour avec toute la passion et l'intensité d'un homme rêvant de promiscuité et d'intimité. Et il n'avait fallu que quelques vagues mots gentils de sa part pour qu'elle accepte de bon cœur son invitation.

Que lui arrivait-il ?

— Désolée, j'ai pris un peu plus de temps que prévu.

Cet homme était-il attiré par elle ?

Elle le dévisagea dans l'espoir de trouver une réponse.

— J'ai finalement eu envie de prendre une bonne douche.

Il fit un pas vers elle et se pencha.

— Et vous sentez très bon.

Lia sentit l'électricité dans l'air. Elle leva la tête et vit les flammes du désir allumer le vert des yeux de son faux cousin… Puis un sourire prometteur éclairer son visage. Elle sentit aussitôt son pouls accélérer.

La dernière fois qu'elle avait vu ce sourire, c'était chez lui, au bord de sa piscine.

Son sang chauffa dans ses veines, son corps bascula dans une délicieuse expectative. Enhardie, elle tendit le bras et posa la main sur la joue qu'il approchait dangereusement d'elle.

— Moi aussi je vous attire, murmura-t-elle, stupéfaite et ravie. Je n'ai donc pas rêvé la dernière fois.

— Pas du tout, même.

Il l'enserra de son bras puissant, l'attira contre lui et chuchota à son oreille.

— Et je m'étais promis que cela ne se reproduirait pas.

Lia se colla contre son torse et s'enivra de son odeur masculine. L'envie la brûlait de glisser les mains sous sa chemise et de sentir la chaleur de sa peau.

— Et pourquoi ?

— Vous êtes censée être ma cousine.

Ses muscles se contractèrent.

— Ma cousine au premier degré.

— Précisément : je suis *censée* l'être.

Si elle savait que l'argument n'en était pas un, Lia avait

passé suffisamment de temps à Charleston pour savoir que les apparences passaient par-dessus tout.

— Donc tant que nous sommes prudents et que personne ne nous voit…

— Vous pensez vraiment que c'est ce qui me turlupine ?

Il la libéra de son étreinte et lui prit les mains. Ses gestes étaient doux, malgré le ton irrité de sa voix. Il précisa ses pensées :

— Qu'on nous surprenne ?

— Ce n'est pas le cas ?

Il recula, plongeant Lia dans une certaine confusion.

Son air perplexe aurait habituellement fait naître chez elle de nouvelles questions, mais son corps avait pris le dessus, soumis par un irrépressible désir charnel. Jour et nuit, les images de leur baiser l'avaient tourmentée, conduisant à d'autres scènes, d'autres désirs inassouvis.

Des centaines de fois, elle s'était imaginé le suivant dans son salon pour faire l'amour. Il la prenait par la main et l'invitait dans un bain moussant pour la faire jouir dans l'eau chaude. Elle s'agenouillait pour offrir à son sexe tendu l'écrin de sa bouche, face à l'océan, Paul agrippant le garde-corps et murmurant son prénom dans un râle au moment de la délivrance.

— Écoutez, si vous avez peur que je tombe amoureuse de vous…

Elle secoua la tête, espérant être convaincante.

— … ne vous en faites pas. C'est juste une attirance physique. Sexuelle.

La première fois qu'elle l'avait ressentie, elle avait admis en son for intérieur qu'ils n'avaient aucun avenir tous les deux. Il s'était méfié d'elle dès les premiers instants. Elle doutait qu'il puisse un jour lui faire confiance.

Tout les opposait, de leur éducation à leur tempérament respectif. Elle ne pouvait l'imaginer entrer fièrement dans une pièce et la présenter comme sa petite amie, et encore moins sa fiancée. L'alchimie était pourtant bel et bien là.

Cela leur laissait le sexe.

Parce qu'après avoir embrassé Paul Watts, Lia en était certaine : cet homme s'annonçait prometteur au lit. Elle frissonna de plaisir à l'idée de ses mains prenant possession de son corps nu, de ses doigts s'invitant au creux de son intimité humide.

Plongé dans ses pensées, Paul répéta :

— Une attirance physique... Et puis vous repartez dans une semaine.

Son cœur se serra à cette évocation, mais elle confirma :

— C'est ce qui est prévu.

— Personne ne tombe amoureux si rapidement. Une semaine, ce n'est rien.

Disant cela, il scanna le visage de Lia, à la recherche d'un signe, d'une réponse.

— Exactement, tout est dit. Trop peu de temps pour s'attacher.

Qui se lança le premier ? Lia aurait été bien incapable de le dire, mais elle sentit bientôt la main de Paul dans sa nuque, tandis qu'elle caressait ses cheveux. Leurs lèvres étaient scellées, leur respiration saccadée sous l'effet du désir.

— Voilà ce à quoi je pensais, murmura-t-elle lorsque leurs bouches se séparèrent enfin et que Paul entreprit d'orner son cou et sa nuque d'un chapelet de baisers. Dieu que tu fais ça bien.

— Ça quoi ?

Il la mordilla dans le creux du cou. Son corps se raidit de plaisir en réponse à cette délicieuse morsure. Il passa la langue au même endroit, apaisant la brûlure sensuelle qu'il venait de lui infliger. Lia n'avait pas souvenir de s'être sentie aussi vivante ou pleine d'énergie.

— Un baiser, tes bras... Ta bouche sur moi.

Paul la souleva et l'attira contre son érection, déjà solide. Lia ne put retenir un gémissement d'excitation. Une pression douloureuse, délicieuse, enflait entre ses jambes.

Suivant de sa bouche la courbe de l'oreille qu'elle lui offrait, Paul déclencha des frissons par millions sur la peau de Lia. Perdue dans les limbes du plaisir, elle reçut comme une décharge la morsure qu'il lui infligea au lobe et dont l'onde s'acheva en un feu d'artifice au creux de ses reins.

— Dis-moi, as-tu déjà pensé à nous deux de cette manière ?

Sa voix rauque et dangereuse mit à mal les nerfs déjà tendus de Lia.

Elle hocha la tête.

— Et c'était ce genre d'images que tu voyais ?

— Parfois.

Son excitation ne lui laissait qu'un filet d'air pour articuler quelques mots.

— M'as-tu imaginé la main sur ta nuque, te penchant en avant pour mieux te prendre par-derrière ?

Cette scène n'était que l'une des centaines avec lesquelles son esprit avait joué toute la semaine.

— Oui.

Le corps de Paul s'immobilisa l'espace d'une seconde.

— Ma bouche entre tes jambes, te faisant perdre la raison ?

La respiration de Lia s'accéléra.

— Oui.

Il lui mordilla la nuque.

— Et moi j'imagine ta bouche autour de moi. Mon désir gonflé entre tes lèvres chaudes. Les caresses de ta langue.

— Oui, lança-t-elle dans une supplique. Oh oui.

Paul sembla ravi de sa réponse.

— Coquine... Tu m'excites très fort.

Lorsqu'il glissa sa main entre ses cuisses et appliqua la juste pression là où son désir le réclamait, Lia soupira de plaisir, offrant un peu de répit à son corps tendu comme un arc. Elle ondula contre la paume de sa main et Paul enfonça sa langue dans la bouche qu'elle lui offrait.

Entièrement soumise à ses sens et à l'excitation qui grandissait encore en elle, Lia frotta son clitoris plus fort contre la main conquérante de Paul. Avec la barrière des vêtements, le plaisir montant et la frustration ne faisaient plus qu'un. Lia gémissait. Elle ne tenait plus.

— Paul !

Il plongea son regard dans le sien.

— Que veux-tu ?

Elle rassemblait la force qu'il lui restait pour réclamer plus lorsque, d'une main habile, il passa la main sous le tissu léger de son pantalon de yoga et descendit jusqu'à la pointe incandescente de son désir, qu'il caressa d'un geste assuré. Elle bascula le bassin, voulant ses doigts en elle.

Elle lui passa la main dans les cheveux et referma ses doigts autour d'une poignée blonde avant de tirer fort.

— Fais-moi jouir.

— Avec plaisir.

Il se mit à genoux et, lentement, fit glisser le pantalon et la culotte de Lia sur ses cuisses chaudes. Il inséra sa langue dans sa fente brûlante de désir qu'il avait ainsi exposée, maintenant de ses mains fermes le corps de la jeune femme qui vacilla sous l'effet du plaisir.

À peine avait-il commencé à la goûter que l'orgasme vint. Lia fut emportée par sa rapidité et son intensité.

Basculant la tête en arrière, elle savoura pleinement l'instant.

— Oh ! Paul…

À son grand désarroi, il remonta sa culotte et son pantalon pour les remettre en place.

— C'est fini ?

Il leva un sourcil en réponse à son ton scandalisé.

Il répondit d'une voix grave et menaçante.

— J'espère que non.

Il passa une main sous ses fesses et approcha pour lui faire sentir son érection. Elle savoura la puissance de son membre contre elle et l'accueillit par de petits mouvements pour intensifier la friction. Elle n'avait pas encore posé ses mains sur l'enflure qui menaçait de faire craquer sa braguette, mais elle pouvait déjà dire qu'il était bien bâti.

Deux désagréables bips leur parvinrent de l'extérieur, signe que quelqu'un venait de verrouiller sa voiture. Interrompu dans son élan, Paul décolla ses lèvres chaudes de la bouche de Lia.

Des voix féminines vinrent dissiper le nuage sensuel et ouaté dans lequel elle s'était envolée. Paul desserra brusquement son étreinte et fit un pas en arrière.

Un vent glacial sembla brutalement s'abattre sur elle. Lia ouvrit les yeux à temps pour voir le visage de Paul se fermer. De la passion qui les avait unis l'instant d'avant, il ne restait que son teint de peau embrasé et un refus net de la regarder dans les yeux.

On frappa à la porte de la dépendance. Lia se retint de pester en silence lorsqu'elle reconnut la voix de Poppy.

— Salut, Paul, t'es là ?

Il serra la mâchoire et jeta un regard noir en direction de la porte.

— Il faut que j'aille ouvrir.

Il la dévisagea, puis glissa un regard résigné sur tout son corps. Lia retint son souffle. Enfin, elle acquiesça.

— Bien sûr.

Se sentant mise à nue et exposée après cette vague de désir et de plaisir, elle rêvait d'un peu d'intimité et de calme avant de se retrouver face aux jumelles.

— Je peux utiliser ta salle de bains ?

Paul désigna le couloir avant d'avancer vers la porte d'entrée.

— Là-bas, au fond à droite.

Une fois devant le lavabo, face au miroir, Lia sentit, à sa grande surprise, les larmes lui monter aux yeux. Ce séjour prolongé à Charleston que lui avaient imposé son accident et sa voiture à la casse était l'occasion pour elle de penser à son avenir.

De quoi avait-elle envie ? Allait-elle vagabonder d'un lieu à un autre pour le reste de ses jours ou poser ses bagages quelque part ? Sur quels critères déciderait-elle de rester ? Beaucoup d'aspects de sa vie à Charleston lui plaisaient, mais s'y sentait-elle chez elle ? Aimait-elle la ville, ses habitants, les deux ? Dans l'incapacité de répondre honnêtement, elle ne parvenait pas à se projeter.

Depuis la porte entrouverte de la salle de bains lui parvinrent des bribes de conversation.

— Elle va nous tirer les cartes. Lia sait lire l'avenir, tu devrais venir aussi, Paul.

— Ce ne sont que des bêtises.

Paul se tapa le front du plat de la main, mimant une incompréhension désespérée.

— Comment pouvez-vous croire à de telles sottises ?

— Parce que nous ne sommes pas dans le contrôle permanent, contrairement à toi, cher cousin.

— Écoutez, je voudrais bien, mais...

— Allez, joins-toi à nous !

Poppy insista :

— On ne te voit plus jamais.

— C'est vrai ça, tu passes toujours en coup de vent.

Face à l'insistance de ses cousines, il céda.

Il avait peut-être envie, aussi, de prolonger l'instant avec Lia. En frappant à sa porte, les jumelles avaient interrompu un échange brûlant et prometteur.

— OK. Je serai là.

— Super. Rendez-vous dans une demi-heure. L'univers a peut-être une annonce à te faire.

Satisfaites, Poppy et Dallas se laissèrent reconduire jusqu'à la porte.

Lia rejoignit Paul au salon, masquant tant bien que mal sa déception face au changement de programme.

6

Depuis le tabouret de bar sur lequel il s'était installé, Paul pouvait observer tranquillement le petit manège qui se déroulait autour de la table de la cuisine.

Dallas, cuisinière hors pair qui en avait fait son métier et mixologue autoproclamée, leur avait concocté des cocktails auxquels Paul goûtait bien volontiers.

Pendant une heure, il écouta Lia prédire leur avenir aux jumelles. Si ses affirmations paraissaient dans le spectre du plausible, tout cela n'était que du spectacle bien ficelé pour public crédule.

— À ton tour, Paul !

Il sursauta avant de répondre par un grand « non » de la tête.

Poppy insista.

— Ah, si. Tu écoutes nos secrets depuis tout à l'heure, maintenant c'est à toi. À moins que tu n'aies peur d'entendre la vérité ?

— Voilà, c'est ça. Écoute, Poppy, je n'ai jamais eu peur de la vérité, mais là c'est juste une vaste perte de temps.

La tête baissée en direction de son jeu de cartes, Lia resta muette. Elle devait pourtant mourir d'envie de l'avoir sous sa coupe.

— Depuis quand s'amuser est-il une perte de temps ?

— En ce qui concerne Paul, depuis toujours !

Les jumelles éclatèrent de rire. De guerre lasse, Paul accepta de se prêter au jeu.

Lia le pria de battre les cartes afin qu'elles s'imprègnent de son énergie.

— Pendant que tu mélanges, pense à ce que tu voudrais demander aux cartes.

— Franchement, je ne vois pas du tout.

— Dans ce cas, ne pense à rien de particulier, laisse ton esprit vagabonder.

Reproduisant les mêmes gestes que ses cousines quelques instants plus tôt, il battit les cartes et se sentit bientôt envahi par les images de la parenthèse torride qu'il avait partagée avec Lia.

— Tu sais que je n'y crois pas, à ton truc.

— Oui, et il n'y a pas de problème.

Lia releva la tête pour le regarder droit dans les yeux. Paul se sentit vaciller intérieurement.

— Mais sait-on jamais, tu glaneras peut-être une information ou deux. Vas-y, coupe le jeu en trois piles égales.

— Voilà.

— Maintenant choisis une pile.

Il allait spontanément désigner celle du milieu quand son regard fut attiré par celle de droite, sans qu'il sache pourquoi.

— Celle-là.

Concentrée, Lia hocha la tête et reforma le jeu en plaçant la pile choisie au-dessus. Elle disposa ensuite les cartes dans un ordre particulier, face contre table. Elle avait évoqué le nom de « croix celtique », une méthode traditionnelle.

— Prêt ?

Il leva les yeux au ciel et soupira, cherchant à masquer la petite pointe d'excitation qui venait de naître en lui. Il refusait catégoriquement de se laisser embarquer et de croire à ces sornettes.

— Oui.

— On va commencer par ces deux cartes, au milieu.

Elle retourna la première, révélant un vieil homme à la barbe grise, dos recourbé, appuyé sur une canne et portant une lanterne. En le voyant, Paul pensa au personnage de Gandalf dans la trilogie du *Seigneur des anneaux*.

— Voici l'Ermite inversé. Il représente ce qui exerce une influence sur toi à l'heure actuelle. Il est croisé avec...

Elle dévoila la deuxième carte.

— ... le Fou, symbole d'une odyssée qui débute. Le Fou peut évoquer le fait de suivre ses instincts plutôt que sa raison.

De l'index, elle toucha la carte de l'Ermite.

— Comme tu peux le voir, l'Ermite est à l'envers. Cela signifie que l'époque de la solitude et de l'isolement est révolue. Tu es prêt à rejoindre les tiens.

Le regard de Paul se posa sur Lia puis Poppy et Dallas, avant de revenir à Lia. Les trois femmes étaient pleinement concentrées et il dut réprimer un petit rire moqueur.

Qu'elles s'amusent, après tout. Rien de ce que venait de dire Lia ne lui parlait, de près ou de loin. Il n'était pas isolé. Il passait ses journées au travail pour veiller à la tranquillité d'esprit de ses clients.

Quant à cette histoire d'odyssée... Il n'avait aucun voyage de prévu.

Lia retourna les deux cartes suivantes.

— Cette position est la base de la situation.

— Ce n'est pas très joyeux, commenta Dallas.

Paul étudia la première scène et fronça les sourcils. Deux personnages s'épuisaient dans la neige, dos voûté. Au-dessus d'eux flottait un vitrail nimbé d'une aura lumineuse et rehaussée de cinq cercles.

— On interprète souvent le Cinq de Coupe comme une situation financière critique. Pour ma part, j'y vois une personne refusant la main qu'on lui tend ou ne la voyant tout simplement pas.

Aux yeux de Paul, son interprétation n'était que du charabia. En quoi avait-il besoin de quoi ou de qui que ce fût ? Poppy pointa le doigt vers la carte positionnée à 9 heures.

— Qu'est-ce que les cartes disent de son passé ?

Lia la retourna.

— Le Trois d'Épée. Cela signifie que la personne a accompli beaucoup de choses et s'en trouve désormais satisfaite.

Elle leva les yeux vers Paul.

— Je pense que cela résume parfaitement ton passé. Tu as consacré tout ton temps à ton entreprise et tu peux à présent te tourner vers la suite. La carte d'après pourra nous en dire plus.

— Ouh là là, c'est lugubre, murmura Dallas.

La carte montrait une femme aux mains attachées, yeux bandés, debout au milieu d'un demi-cercle d'épées. Paul fut soudainement ravi que tout cela ne soit que balivernes et inventions fantaisistes.

— Il ne s'agit que d'une issue potentielle.

Poppy se mordit la lèvre.

— L'avenir ne semble pas des plus joyeux pour Paul.

— L'élément clé de la carte est le bandeau sur les yeux de la femme. Il symbolise la confusion et l'isolement. Regardez, ses mains sont liées, mais ses pieds sont libres. Elle peut partir à tout moment. Elle choisit de rester.

Lia leva les yeux vers Paul.

— Passons au futur proche. Il s'agit d'une situation à laquelle tu seras bientôt confronté, ou du moins qui peut influencer le cours des choses.

Elle retourna la carte et le cœur de Paul fit un bond dans sa poitrine. Deux personnages se tenaient nus, au soleil, surveillés par un ange.

Poppy applaudit joyeusement.

— Les Amoureux.

— Eh bien, Paul, petit cachottier !

À son grand désarroi, il sentit le sang lui monter aux joues.

C'était impossible. Lia avait dû intervertir les cartes sans que personne s'en aperçoive. La coïncidence était trop grosse après ce qu'ils venaient de vivre tous les deux. Après ce qu'*il* avait eu envie de vivre avec elle.

Il décida de le prendre sur le ton de la plaisanterie.

— On dirait que la chance va me sourire.

— Ce n'est pas trop tôt ! Je veux dire, on est contentes pour toi.

Poppy semblait insinuer qu'il n'avait que trop longtemps délaissé sa vie intime.

— Peut-être que tu vas faire une charmante rencontre au mariage de Ryan.

Le meilleur ami de Paul se mariait quelques jours plus tard. Il était son témoin.

— Ça ne risque pas. Je connais tous les invités.

Il ne put s'empêcher de jeter un regard à Lia. À dire vrai, il avait déjà fait la connaissance d'une personne qui l'intriguait beaucoup.

Lia interrompit ses réflexions.

— La carte des Amoureux n'annonce pas nécessairement ce qu'on croit. Cela peut aussi signifier l'idée de faire un choix entre deux choses qu'on aime.

Dallas posa un regard amusé et curieux sur son cousin.

— Que seraient-elles, Paul ?

— Le travail et le travail !

— Merci pour vos interventions, mes chères cousines.

— La prochaine carte est celle du soi, la manière dont on contribue à la situation.

Elle retourna la carte : un roi assis sur son trône, tenant une épée dans sa main.

— Voilà. Ça prend tout son sens. Le roi représente l'autorité, le pouvoir et le jugement. Il aime régner sur le monde, user de son esprit et de sa personnalité.

Poppy fit une petite moue entendue.

— Intéressant...

— La carte suivante représente ton environnement. Voyons... Le Deux de Coupe.

Dallas hocha la tête.

— Je l'ai tirée aussi. Tu m'as dit qu'elle représentait le sentiment amoureux. Regarde, elle est juste à côté de celle des Amoureux. On dirait que Paul a pris l'autoroute de l'amour.

— Et depuis quand es-tu experte en tarot, chère Dallas ?

Lia secoua la tête et leva la main comme pour stopper la discussion entre Paul et sa cousine.

— Cela peut simplement vouloir dire qu'il se sent tiraillé, qu'il hésite entre deux choses qui lui tiennent vraiment à cœur. Il doit peut-être trouver un meilleur équilibre entre sa vie de famille et son combat incessant contre la cybercriminalité, qui est une vraie passion chez lui.

Son interprétation semblait juste, mais tout ce discours autour de l'amour et du sexe l'irritait passablement. D'un geste du menton, il désigna les deux dernières cartes. Il voulait en finir.

— Et celles-là ?

— Ici, il s'agit de tes peurs et espoirs. Et la dernière est l'issue finale.

Lia retourna la première des deux cartes. Paul pensa voir un homme dansant sur une bûche. Il comprit bientôt qu'il l'étudiait à l'envers. L'homme était en réalité pendu par les pieds.

Il prit les devants et commenta :

— Ça ne sent pas bon.

— Ce n'est pas aussi catastrophique qu'il n'y paraîtrait. Le Pendu symbolise la paix et la compréhension. Il est cependant persuadé que cet état n'est possible qu'en vivant hors de la société. Il est proche de l'Ermite. Il est serein parce qu'il a fermé le coffre de ses émotions à double tour depuis très longtemps.

— Et la dernière ?

Elle représentait un calice posé en équilibre au creux d'une main suspendue au-dessus de la mer.

— L'As de Coupe. Il évoque une période de bonheur et d'amour. Un vrai cadeau de la vie. De la joie.

— Donc si je résume, Paul est seul depuis trop longtemps et il va bientôt rencontrer quelqu'un. Mais il va lutter contre ses propres sentiments parce qu'il en a peur, avant de les accepter et d'être heureux.

Poppy acquiesça, estimant que sa sœur avait parfaitement résumé les choses. Lia étudiait les cartes. Elle fronça les sourcils. S'était-elle arrangée pour que les cartes disent ce qu'elle désirait ?

Poppy tapa dans le dos de son cousin.

— J'ai hâte de connaître l'heureuse élue.

Cherchant à éviter le regard de Lia, Paul secoua la tête.

— L'heure n'est pas du tout aux rencontres pour moi. Ma vie intime n'est pas ma priorité.

Lia le comprenait. Elle avait appris à ne pas s'attacher. Sa vie de nomade ne s'accordait pas avec l'amour.

— Alors, qu'as-tu pensé de cette initiation au tarot ?

— Tu sais que je ne crois pas en ces trucs ?

— Oui, je m'en doute. Tu es un rationnel.

— Tout ce laïus sur une relation amoureuse à venir, un choix à faire entre deux choses que j'aime…

Il semblait réfléchir à ces mots plus qu'il ne les rejetait. Lia sut qu'il avait perçu des éléments de vérité dans ce qu'elle avait dit. Suffisamment pour être un peu secoué.

— Rassure-toi, si ce n'est pas le bon moment pour toi, l'amour ne croisera pas ton chemin.

Quand Poppy et Dallas s'éloignèrent pour aller ranger les verres, Paul changea de sujet.

— Je me demandais si tu voudrais venir au mariage de

Ryan et Zoe samedi ? Je te le propose un peu à la dernière minute, je sais.

— Tu ne voulais pas que je me fasse discrète ?

— Certes, mais il s'agit d'amis proches. Personne ne fera de cancans. Si on me demande, je dirai que tu es une amie venue me rendre visite.

Lia scruta son visage impassible. Elle ne devait pas s'enthousiasmer. Son instinct lui soufflait de ne pas trop passer de temps en compagnie de Paul Watts.

Mais la tentation était grande.

— Laisse-moi deviner. Tu étais trop occupé à traquer les méchants pour inviter qui que ce soit, et maintenant tu ne veux pas y aller seul.

Si le regard que Paul posa sur elle sembla confirmer ses dires, il fit bientôt glisser ses doigts sur son avant-bras, jusque dans sa main. Elle frissonna à l'idée de l'entraîner dans la dépendance pour finir ce qu'ils avaient commencé.

— Pourquoi dois-tu toujours me compliquer la tâche ?

L'impatience agacée dans sa voix contredisait le feu languissant qui brûlait à présent dans ses yeux.

Lia répondit sur un ton ironique.

— C'est marrant, je me disais exactement la même chose à ton sujet.

Les jumelles tirèrent leur révérence et quittèrent bientôt la pièce. Paul et Lia restèrent seuls.

Quand leurs doigts se cherchèrent avant de s'entrelacer, Lia sentit son corps et son cœur flancher. Ils se regardèrent dans les yeux pendant de longs instants, que vint interrompre la sonnerie du téléphone de Lia.

Elle dut se résoudre à détacher son regard de ce lagon vert pour lire le message qu'elle venait de recevoir. C'était Ethan.

— Tout va bien ?

— Ethan devait me conduire à ma caravane pour que je puisse récupérer un costume. On avait ensuite prévu d'aller voir les vans à la vente. Mais il a un contretemps et ne peut plus m'accompagner.

Lia se mordilla la lèvre et réfléchit à voix haute :

— Les infirmières organisent un anniversaire surprise samedi et j'ai promis qu'Elsa viendrait faire un petit coucou aux enfants.

— Je peux te conduire, moi.

— Tu n'es pas obligé. Ethan…

— Oublie Ethan.

Il avait parlé d'un ton ferme qui éveilla un plaisir certain chez Lia. Avant de rencontrer Paul, elle n'aurait jamais imaginé être un jour attirée par quelqu'un au caractère aussi dominateur et impressionnant.

Il était un bloc de granit quand elle était le papillon voletant tout autour, se laissant porter au gré du vent et du hasard. L'incompatibilité de leurs natures respectives ne semblait laisser aucune chance à une quelconque alchimie…

Il y avait pourtant bien de l'électricité entre eux, une indéniable attirance.

— Je ne veux pas t'embêter.

— Trop tard, c'est déjà fait…

Sa voix grave fit vibrer le corps de Lia, vaciller ses genoux.

— Écris à Ethan que je vais m'occuper de toi.

Lia frissonna d'entendre ces mots.

— Non, mais attends, je peux demander à Poppy ou Dallas.

— Tu cherches à te débarrasser de moi pour une raison en particulier ?

— Je ne cherche pas à me débarrasser de toi.

Paul fronça les sourcils.

— Tu préfères faire tout ça avec Ethan plutôt que moi pour une raison en particulier ?

— Ce n'est pas ça.

— Alors c'est quoi ?

— Eh bien… Je sais que tu me vois comme étant un peu excentrique…

— Un tantinet.

— T'emmener là où je vis, c'est te faire entrer dans mon intimité.

Paul s'immobilisa, subitement sérieux à son tour.

— Plus intime encore que tout à l'heure, tu veux dire ?

— Oui, pour moi ça l'est. Misty est mon cocon. C'est mon repère, mon refuge.

Et vivre loin de sa caravane, loin de sa vie nomade pendant tous ces mois avait brouillé les lignes. Lia ne savait plus exactement qui elle était et se sentait perdue. Vulnérable.

— Et je ne suis pas le bienvenu dans ton cocon.

Elle hésita.

— C'est que…

— Ethan, lui, peut y venir tranquillement ?

— Ce n'est pas pareil avec lui.

— Dans quel sens ?

— C'est un ami.

— Un ami.

Paul serra les mâchoires comme pour broyer le mot qu'il venait de prononcer.

— Ce que je veux dire, c'est que je le connais depuis plusieurs mois. Nous avons beaucoup parlé.

— Parlé de choses que tu ne préfères pas aborder avec moi ?

— Ethan me voit vraiment. Il m'accepte comme je suis.

— Et tu penses que ce n'est pas mon cas ?

Lorsque les doigts de Paul se raidirent, Lia se souvint qu'ils se tenaient toujours par la main. Réalisant qu'ils pouvaient être surpris par un membre de la famille Watts à tout moment, elle chercha à retirer la sienne.

Paul eut l'air choqué.

— Tu as vraiment une mauvaise image de moi.

— Non, pas du tout.

— En revanche, Ethan... Là tu n'as rien à redire.

— Pourquoi me parles-tu de lui ?

— Je te renvoie la question.

Lia décida qu'il était temps de jouer la carte de l'honnêteté et de dire les choses clairement.

— Écoute, Ethan ne juge pas mon mode de vie.

— Et tu penses que moi oui. Là, c'est toi qui fais preuve de préjugés, tu vois. Ce qui est assez comique puisque je viens de passer deux heures à te regarder tirer les cartes sans émettre la moindre remarque négative, la moindre critique.

— C'est vrai, je... Je suis...

— Désolée ? À la bonne heure. Je crois m'être montré assez ouvert sur tes techniques de bien-être avec Grady. C'est la première fois que j'y suis confronté et je ne me suis pas opposé à ce que tu les testes sur lui.

— Tu as raison. Je suis un peu injuste avec toi. Je sais que tu es étranger à ce qui constitue mon monde. Tu t'es accommodé de mes bizarreries.

Elle leva un regard désolé vers lui.

— Si tu es toujours d'accord pour me conduire à ma caravane, ce sera avec plaisir.

— Et après on ira voir les vans chez le concessionnaire. Et ensuite je t'emmène dîner.

Lia sentit son cœur léger s'envoler gaiement.

Ce programme lui plaisait beaucoup.

— C'est un grand oui. Donne-moi dix minutes, le temps d'aller poser les cartes dans ma chambre et de récupérer mes clés.

Paul hocha la tête d'un air satisfait, mais son expression trahissait encore une certaine tension.

— Entendu. Je t'attends là-bas, devant ma voiture.

7

Incapable de tenir en place en attendant Lia, Paul faisait les cent pas entre son SUV et l'allée qui menait au domaine.

Qu'il était loin le temps où il pouvait se calmer ou se concentrer d'un claquement de doigts, par le simple pouvoir de la volonté.

La présence de Lia suffisait à lui faire perdre les commandes. Ni son corps ni son esprit ne semblaient vouloir lui obéir.

Sa vie avait toujours été guidée par les faits, la logique et les raisonnements structurés. Aujourd'hui, tout cela était mis à mal par quelque chose qu'il ne pouvait nommer, toucher ou même prouver.

Sa méfiance lui avait toujours paru aussi innée chez lui que sa taille ou la couleur de ses yeux. Certes, elle tenait subtilement les autres à bonne distance, mais il s'en était fait une raison.

Il faisait confiance aux personnes qui comptaient vraiment pour lui. Sa famille, ses amis proches. Le reste du monde pouvait aller se faire voir.

Il découvrait cependant au fil des jours que sa vigilance, ou plutôt son scepticisme, affectait grandement Lia. L'armure que ses interlocuteurs arboraient habituellement faisait défaut à cette femme nouvellement entrée dans sa vie.

Son ouverture d'esprit et son optimisme témoignaient

d'une certaine vulnérabilité, qui ne manquait jamais de charmer ceux qui croisaient son chemin.

Son hésitation à lui montrer sa caravane n'en était que plus frappante. Elle ne lui faisait pas confiance. Cette pensée fit à Paul l'effet d'un coup de poing.

— C'est bon !

Perdu dans ses pensées, il n'avait pas entendu Lia arriver. Elle ne s'était pas contentée de récupérer ses clés.

Pendant qu'il était aux prises avec ses démons, elle s'était changée et avait enfilé une robe T-shirt à rayures noires et blanches. Aux pieds, elle portait des baskets blanches. Elle avait relevé ses cheveux en un rapide chignon.

Ses lunettes de soleil masquaient son regard et il se dégageait d'elle une décontraction à l'exact opposé des émotions qui tourmentaient Paul en cet instant même.

Quarante minutes plus tard, son SUV passait la barrière de sécurité d'un hangar à camping-cars et bateaux. Paul se gara près d'une caravane au style rétro, peinte en blanc et vert menthe.

L'air attendri de Lia lui ôta ses derniers doutes : il s'agissait bien de Misty.

— J'en ai pour une seconde. Tu m'attends là ?

Après leur petit accrochage, il avait à cœur de lui prouver qu'il n'était pas le type bourré de jugements qu'elle pensait.

— Non.

Réalisant que son ton n'avait rien de franchement chaleureux, il se reprit et poursuivit.

— J'aimerais voir à quoi ressemble son intérieur.

Lia attendit d'être sortie de voiture pour lui répondre.

— OK.

Il la suivit et fut surpris de constater que la caravane pouvait accueillir son mètre quatre-vingt-cinq sans qu'il ait à se voûter.

Pour ce qui était du reste, l'endroit était très confiné.

— Ce n'est pas bien grand.

Paul était à la fois choqué par le petit format de cet habitacle et impressionné par ce que Lia était parvenue à en faire.

— Comment vit-on dans un si petit espace ?

Lia lui répondit avec une petite moue moqueuse.

— Simplement.

D'un geste du bras, elle désigna les cartons empilés à l'arrière de la caravane.

— Normalement c'est moins encombré. Je range mes costumes dans mon van.

— Est-ce que tu aimes vivre avec si peu ?

— Oui, à dire vrai ça m'apaise.

Elle lui fit faire le très bref tour du propriétaire.

— Alors, verdict ?

— C'est très joli et accueillant. Misty te ressemble.

— Merci... pour ton ouverture d'esprit.

Pour la première fois depuis que les jumelles les avaient interrompus dans la dépendance, Lia afficha son grand sourire contagieux.

— Tu sais, ici personne ne risque de venir nous déranger.

Le sens de sa phrase était à peine parvenu à son cerveau que Lia tira sur sa chemise.

— Alors, tu restes planté là où tu approches pour terminer ce qu'on a commencé ?

Paul sentit un profond soulagement l'envahir. Il la saisit par la taille et l'attira contre lui. Elle sourit, dans un soupir langoureux et satisfait. Il s'attendait à ce qu'elle vienne un peu plus à lui, féline et demandeuse.

Mais au lieu de cela, elle enroula ses deux bras autour de lui et posa la joue sur son torse.

— Qu'est-ce que tu fais ?

Elle le serra un peu plus fort encore.

— Un câlin.

— Pourquoi ?

— Parce que je t'aime bien et je veux que tu le saches, avant que tu m'embrasses et que je perde la tête.

— Et c'est important que tu le fasses avant que je t'embrasse ?

— Oui. Parce qu'après ce qu'il risque de se passer, tu seras encore moins enclin à me faire confiance.

— Ce n'est pas que je ne te fais pas confiance...

— Tu me crois capable de faire du bien à ton grand-père. Mais pas à toi.

— C'est faux, répondit-il les yeux rivés sur ses lèvres roses.

Il comprenait toutefois les raisons de son appréhension. Il misait toujours sur la logique, donc avait du mal à lâcher ses soupçons, quand elle s'en remettait à un jeu de tarot.

Elle avait une confiance presque aveugle dans le cosmos quand lui planifiait toutes ses décisions.

Mais pour l'heure, seul le désir qu'il avait pour elle comptait.

— Je ne crois pas. Tu resteras toujours sur tes gardes, à te demander ce que j'ai derrière la tête.

— J'admets que je n'ai pas eu toutes les réponses à mes questions. Pour tout te dire, je n'ai jamais rencontré quelqu'un comme toi et tu bouscules toutes mes certitudes. Ça me fait peur.

Lia ouvrit de grands yeux.

— Je ne vois pas pourquoi.

— Tu as fait entrer un peu de magie dans ma vie.

Il s'appuya contre le comptoir de sa kitchenette, cherchant à retrouver l'équilibre que cet aveu lui avait fait perdre. Quelque chose en lui venait de céder. Il ferma les yeux.

— Je ne crois pas en la magie, murmura-t-elle. Je crois en toi.

Il se pencha vers elle, inspira et expira à quelques millimètres de sa bouche avant d'y goûter. Rien ne l'avait préparé au désir violent qui s'empara de lui.

Son corps entier fut brutalement électrisé.

Lia glissa une main inquisitrice sous sa chemise. Un éclair

jaillit sous ses paupières closes. Il n'était plus qu'une énergie sensuelle à l'état pur.

Respirant tant bien que mal, il parvint à articuler quelques mots.

— Tout ça risque de compliquer encore plus les choses.

— Ah bon ?

Le désarroi dans la voix de Lia lui fit immédiatement regretter d'avoir émis des réserves à voix haute. Mais elle continua son exploration et, dans un murmure, scella leur destin :

— Ainsi soit-il.

Il s'enivra de son rire joyeux et l'embrassa de plus belle.

Elle ondula contre lui, envoyant valser toute fierté ou convenance, ne cherchant qu'à répondre aux désirs de son corps.

Paul était conquis, il en voulait encore et encore. L'alchimie entre eux était née de l'optimisme romantique de Lia et de sa reddition à lui. Il cédait face à sa douceur, ses attentions et son honnêteté.

Elle se pendit à son cou, l'enveloppant dans son délicat sillage de vanille. Ils basculèrent sur le lit, chacun aventurant ses mains sous les vêtements de l'autre, qui furent bientôt ôtés et jetés à terre.

Leurs baisers se firent brûlants, pressants. Paul prit dans sa main l'un des seins exposés que Lia lui offrait et se pencha pour en aspirer la pointe dure. Dans un cri, elle se cambra. Ses hanches dessinèrent une supplication muette.

Il voulait prendre son temps, poser sa bouche au creux des cuisses qu'il sentait chaudes contre lui, goûter à son excitation.

Mais son avidité était bien trop grande, la flamme du désir le consumait trop violemment.

Sa main tremblait lorsqu'il enfila le préservatif sur son érection avant de prendre Lia par les hanches pour l'installer sur lui, juste au-dessus de son sexe dur. Il fut subjugué par le grand sourire qu'elle lui offrit en retour.

Bientôt, elle descendit, le prenant en elle lentement, tout entier. Enveloppé dans une chaleur bienfaisante, Paul oublia de respirer.

De toutes les femmes qu'il avait connues, aucune ne l'avait transporté ainsi vers des contrées de délices.

Lorsque l'orgasme monta en elle et déferla sur leurs corps, Paul en ressentit les secousses jusque dans son âme.

Il caressa sa peau chaude. Au bout d'un temps, elle ouvrit les yeux. Il y lut de la joie pure et une confiance absolue. Il sentit son cœur faillir, sa poitrine se serrer.

— Je...

Elle lui sourit tendrement et posa l'index sur ses lèvres.

— Jouis pour moi, je t'en supplie.

La serrant contre lui, Paul fit rouler leurs corps. Une fois au-dessus, il s'invita loin en elle, dans cette chaleur étroite qui ne demandait que lui.

De ses hanches, elle répondait à ses assauts, qu'il ne pouvait désormais plus arrêter. Leurs lèvres se scellèrent.

Un nouvel orgasme s'annonçait pour elle lorsqu'il se sentit lui-même atteindre le point de non-retour.

Elle enroula ses jambes autour de lui, mordit sa nuque et se laissa emporter par l'immense vague de plaisir qui s'abattait sur elle.

Il se laissa alors à son tour tomber dans le délicieux précipice qui venait de s'ouvrir sous lui.

Bercé par un profond sentiment de satisfaction, Paul s'allongea sur le dos et enfonça sa tête dans la chevelure soyeuse de Lia, reprenant doucement sa respiration et le contact avec la réalité.

Ils avaient convenu qu'elle resterait deux semaines. Sept jours s'étaient déjà écoulés.

Elle allait bientôt partir, sa caravane en était l'indicateur.

Paul entendit son cœur lui hurler qu'il n'était pas du tout prêt à la laisser partir.

Le mariage de Ryan et Zoe approchait. Fouillant dans ses quelques affaires, Lia ne trouva rien de convenable pour une soirée présentée comme « quelque chose de tout à fait simple ». Certes, peut-être, mais entre gens bien nés.

Lia ne voulait surtout pas se faire remarquer en détonnant parmi les femmes de l'assemblée.

Elle pensa demander conseil à Poppy et Dallas. Portée par l'accueil chaleureux que les cousines de Paul lui avaient réservé, leurs discussions récentes et la confiance qu'elle leur accordait, elle leur envoya un message.

Les jumelles ne tardèrent pas à répondre présentes. Lia se mordit la lèvre. Quelques jours encore et elle ne serait plus là. L'erreur dans le test ADN serait officiellement annoncée et l'heure des au revoir arriverait.

Lorsque Dallas lui cita quelques boutiques à découvrir absolument et que Poppy proposa de l'accompagner dans l'après-midi, Lia déborda de joie... et de culpabilité.

Après avoir passé en revue les portants de plusieurs boutiques de mode, Lia tomba sur la robe qu'elle cherchait. Un splendide fourreau rose poudré, à manches longues, subtilement pailleté. Il mettait en valeur ses formes sans trop attirer l'attention.

Voyant le prix de ce petit bijou, Lia allait le reposer quand Dallas l'arrêta.

— Ne t'en fais pas pour l'argent.

La gentille remarque de la jeune femme lui rappela qu'elles ne vivaient pas dans le même monde.

Poppy et sa sœur étaient des femmes actives qui ne dépendaient de personne pour vivre. Elles venaient cependant d'une famille fortunée qui leur garantissait un certain confort de vie.

— C'est une somme bien trop importante pour une robe que je n'aurai certainement jamais l'occasion de remettre.

Depuis son arrivée chez les Watts, Lia ne manquait pas de rappeler qu'elle ne resterait pas longtemps.

Sa mère lui avait inculqué l'autonomie et l'amour de soi comme valeurs premières.

Si Lia y tenait plus que tout, elle commençait à voir les limites du mode de vie qu'avait choisi Jen Marsh. Sur qui pouvait-elle compter en cas de besoin ? Pas matériel, non. Mais affectif et moral.

Lançant un adieu silencieux au sublime fourreau, Lia le reposa et choisit une robe noire bien plus abordable. Sa coupe convenait parfaitement à la silhouette élancée et son prix au bien-être moral de Lia.

Ethan allait quitter les locaux de Watts Shipping après une longue journée de travail lorsqu'il vit que la porte du bureau de son père était ouverte.

Il entra et le vit face à la fenêtre, un verre dans une main. Les yeux dans le vague, il regardait au-delà du fleuve qui coulait en contrebas.

Ethan ne put s'empêcher, encore une fois, d'être frappé par la ressemblance entre Miles Watts et son fils Paul. Ils avaient la même carrure impressionnante, les mêmes yeux verts et cheveux blonds ondulés.

— Tu ne devais pas rentrer il y a quelques heures, toi ?

— Non, ta mère n'est pas là ce soir. Et j'avais encore pas mal de choses à régler. Tu allais sortir ?

— Oui, je voulais passer à la salle de sport avant de rentrer. Mais ça va, toi ? Tu as l'air ailleurs.

— Ta mère a apporté un de ses fameux cakes au citron à Grady ce matin. Elle a croisé Taylor English là-bas.

La présence de l'avocate du patriarche n'était pas rare au domaine. Le fait que sa mère le relève était plus inhabituel.

— Et ?

— Et rien. Tu sais qu'elle n'aborde pas ce genre de sujets avec ton grand-père.

— Qu'est-ce qui te soucie dans ce cas ?

— L'avocate lui a posé des questions sur Lia, d'où elle venait exactement, et si Paul avait vérifié son passé.

Soudain mal à l'aise, Ethan tâcha de garder un ton détaché.

— Et que lui a répondu maman ?

— Que Paul avait certainement enquêté sur elle et donné son feu vert.

Miles regarda son fils comme s'il attendait une confirmation.

— Puis elle a posé toutes sortes de questions. Elle a du mal à comprendre comment un tribunal a pu confier un bébé à une femme au mode de vie pour le moins particulier.

— C'est son rôle en tant qu'avocate d'être exhaustive et de baliser le terrain.

— Oui, mais pourquoi a-t-elle besoin de le faire maintenant ?

Miles Watts regarda son fils droit dans les yeux.

— À moins que le laboratoire d'analyses n'ait fait une erreur dans les tests ADN ?

Ethan hésita à tout lui avouer. Mais il devait d'abord en parler avec Paul et Lia.

Face au silence de son fils, Miles insista.

— A-t-elle raison de poser toutes ces questions ?

Ethan était perdu, devait-il tout expliquer à son père ? Ce dernier montra des signes d'impatience.

— Ethan, dis-moi ce qui se passe exactement.

— Rien.

— Ne me mens pas.

— Très bien…

Il exposa les faits à son père, dont les traits se défaisaient en même temps qu'il mesurait l'ampleur de la supercherie.

Miles se massa la nuque, agité comme un lion en cage.

— Bon sang, Ethan, qu'est-ce qui t'a pris ? C'est totalement inconscient.

Refusant d'être traité comme un adolescent sans jugeote, Ethan leva les mains dans un signe d'apaisement.

— Je l'ai fait pour Grady. Et pour Paul. Tu n'as pas remarqué comme ça s'est arrangé entre eux ?

Miles acquiesça à contrecœur.

— Si, et c'est une bonne nouvelle. Mais la situation ne peut pas durer.

— L'idée était précisément d'y mettre un terme lorsque Grady serait de nouveau sur pied. Et c'est le cas. Tout ça sera terminé dans quelques jours.

— Terminé ?

— Oui, nous expliquerons que le labo s'est trompé.

— Papa va être dévasté.

— Certes. Mais je suis persuadé qu'on l'aurait perdu sans ça. Il a repris des forces. La vérité restera supportable pour lui.

— Ça, c'est ce que tu espères. Et croise les doigts, parce que si votre petit manège a la moindre conséquence sur la santé de Grady, Paul et toi en serez les uniques responsables.

— Paul n'y est pour rien dans cette histoire. Je l'ai mis devant le fait accompli.

Miles esquissa un sourire empreint de tendresse. Il appréciait la solidarité entre ses fils.

— Une dernière chose. Tôt ou tard, il faudra que tu dises la vérité à ton grand-père.

— J'y ai longuement réfléchi, je pense que ça serait un trop gros choc pour lui.

— Et il reprendra sa quête. Il voudra absolument retrouver la fille d'Ava.

— J'y ai pensé, justement. Peut-être que tu pourrais m'aider à la retrouver.

8

Au matin du mariage de son meilleur ami, Paul se rendit au bureau mais peina à trouver une quelconque concentration.

Cela lui arrivait bien trop souvent depuis cet après-midi passé dans la caravane de Lia. Malgré le cadre inhabituel, ou peut-être plutôt en raison de lui, il savait que la scène resterait à jamais gravée dans son esprit.

Ils avaient fait l'amour pendant des heures, jetant aux orties la sortie chez le concessionnaire et le dîner dans la foulée.

Il avait vu juste : céder à leur attirance mutuelle n'avait fait que compliquer les choses. Il se trouvait à présent face à un dilemme.

Vivre leur aventure en cachette accentuait son sentiment de culpabilité, déjà grand, vis-à-vis de sa famille. Mais imaginer se passer d'elle le mettait en rogne et le déprimait tout autant.

Suivant son désir de la voir, Paul quitta son bureau et se rendit chez Grady.

Lorsqu'il ouvrit la portière de son SUV, il perçut des rires de femmes au bout de l'allée, du côté de la piscine.

Lui qui s'attendait à voir ses cousines profiter du beau temps sur les transats fut surpris de les voir en compagnie de Lia, réalisant des postures de yoga sur leur planche de paddle, dans l'eau.

Poppy et Dallas luttaient pour rester en équilibre et ne

pas prendre de mauvaise position. Pour Lia, cela semblait au contraire être un jeu d'enfant. Elle passait d'une posture à l'autre sans que la planche bouge sous elle.

Sa confiance le fascinait. La liste de ses talents ne cessait de le surprendre. Elle savait aussi bien décorer des gâteaux que jouer de l'harmonica, mener des ateliers de dessin avec les enfants que chanter pour Grady.

Chaque jour qui passait précipitait un peu plus la perte de Paul, qui ne parvenait plus à maintenir ses distances.

Toute la famille l'adorait. Lia était un flux d'énergie et d'optimisme dont il était difficile de se défaire. Dès qu'il se trouvait près d'elle, il ne voyait plus qu'elle.

Entre eux, l'alchimie était bien plus que sexuelle. Il réclamait sa compagnie. Tout le temps. Il adorait l'écouter parler de ses expériences sur la route. Et sa gentillesse envers Grady était tout sauf feinte.

Son grand-père n'était pas le seul à qui elle faisait du bien.

Plusieurs fois, il avait dû se retenir de la toucher devant sa famille.

Apercevant Grady dans son fauteuil roulant, à l'ombre du cabanon de piscine, Paul s'approcha et s'assit à côté de lui.

— Elles font quoi ?

— Yoga, lui apprit Grady d'un air entendu.

— Pourquoi au milieu de la piscine ?

— Plus difficile.

Paul vit le sourire tendre qui illuminait le visage de son grand-père. La culpabilité ne tarda pas à s'immiscer dans ses pensées. Le vieil homme aimait avant tout Lia car il pensait avoir sa petite-fille près de lui.

— Je vois ça. Poppy et Dallas ont l'air de vivre un sale quart d'heure.

Paul se força à détourner le regard, aimanté, encore et encore, par Lia.

— C'est chouette de te voir dehors. Comment tu te sens ?

— Je me sens fort.

Grady avait prononcé ces mots d'un air triomphant.

— Tu vas mieux de jour en jour. C'est épatant.

Un agréable silence s'installa entre les deux hommes. Trente minutes plus tard, Lia annonça la fin de la séance.

— Beau travail, mesdames !

Rosie vint chercher Grady pour le conduire dans la bibliothèque, où il avait ses habitudes.

Paul se leva pour aider Lia à ranger les planches dans la remise. Tout pour passer quelques minutes en sa compagnie, loin des regards.

Il avait tellement envie d'elle.

— Tu semblais très à l'aise sur la planche.

— Ma mère est professeure de yoga. J'ai su faire des postures avant de marcher. Tu devrais essayer. Ça permet de travailler sa souplesse et son tonus musculaire, et ça fait baisser le stress.

— Tu me trouves stressé ?

Elle lui décocha un sourire malicieux, accompagné d'une moue tout à fait innocente.

— Non, bien sûr ! Je me suis dit que tu avais peut-être envie de gagner en souplesse.

Il hocha la tête et laissa échapper un petit rire. Elle n'était pas la première personne à le mettre face à sa relative rigidité. Certes, il était déterminé et assez intraitable, mais cela lui avait permis d'arrêter de nombreux cybercriminels… Et souvent empêché de communiquer correctement avec ses proches.

— Grady semble aller mieux de jour en jour.

Disant cela, il tendit le bras pour lui saisir doucement la main. Lorsque leurs doigts s'entremêlèrent, Paul soupira de plaisir.

— Quand on pense qu'il y a peu, il avait presque un pied dans la tombe.

— Il est vraiment fier de toi, tu sais.

Il sentit son cœur se serrer.

— Non, je ne savais pas.

De son pouce, elle caressa sa main.

— Eh bien, sache qu'il l'est.

— Même si j'ai décidé de ne pas rejoindre Watts Shipping ?

— Il est heureux de te voir passionné par ton travail.

Le sourire chaleureux de Lia lui apporta un profond réconfort.

— Je suis vraiment ravi de l'entendre.

— Il est fier de savoir que tu œuvres à la sécurité des honnêtes gens.

Paul l'attira à lui.

— Merci.

Il devina une supplication dans les yeux de Lia et perçut les soudaines saccades dans sa respiration. Son corps s'embrasa. Il mourait d'envie de l'embrasser.

Il se sentait implacablement attiré par ses lèvres. Le risque qu'ils se fassent surprendre ne suffisait pas à calmer ses ardeurs.

Agissant avant de changer d'avis et de céder à la raison, il fit reculer Lia et la plaqua contre le mur. Du bout des doigts, il effleura ses bras nus puis lui bloqua les poignets pour l'embrasser.

La réalité le rattrapa malgré lui.

— On devrait peut-être sortir avant que quelqu'un parte à notre recherche.

Relâchant son étreinte, Paul posa ses paumes sur le mur du cabanon et allait s'écarter quand Lia, plus rapide que lui, enroula ses bras autour de son dos et l'attira à elle.

— Embrasse-moi d'abord.

Sa bouche se fendit d'un sourire aussi adorable que sexy.

— Sauf si tu n'en as pas envie.

Il éclata de rire. Il en avait très envie.

Il en avait besoin.

Autant que de boire ou de respirer. Elle était la femme la

plus irritante et contrariante qu'il ait jamais connue. Elle revenait sans cesse hanter ses pensées.

Il lui fallait déployer d'énormes efforts pour parvenir à se concentrer quand elle n'était pas là.

Un affront qu'il ne pouvait lui pardonner.

Pire encore, il avait faim d'elle. Un désir violent qu'il ne pouvait nier ni fuir. Sa volonté s'érodait un peu plus chaque jour sous les coups de boutoir de cette attirance.

L'appétit et la joie de vivre dont Lia faisait preuve charmaient Paul, le touchaient plus qu'il ne pouvait y croire. L'envie qu'il lisait dans ses yeux était une tentation à laquelle il n'était plus en mesure de résister.

Il se laissa emporter dans leur étreinte, par l'enthousiasme de Lia, ses lèvres, sa chaleur, sa tendresse. Il cueillit avec délice ce qu'elle lui offrait.

Ne pouvant pas, ne voulant pas arrêter la machine en lui qui venait de s'emballer.

Pourtant, sans savoir pourquoi, il détacha bientôt son corps du sien, déposa un chapelet de baisers chastes sur sa joue.

— Je n'arrête pas de penser à toi.

Il s'étonna de sa propre confession. Si spontanée.

Il comprit enfin ce qui l'avait arrêté dans son élan.

— Mais tu as un anniversaire à l'hôpital cet après-midi, non ?

Lia s'immobilisa et soupira tendrement en plongeant son beau regard aux reflets dorés dans le sien.

— Tu t'en souviens.

Paul fit un pas en arrière et se passa une main nerveuse dans les cheveux.

— Ça te dérange si je t'accompagne ?

— Tu es toujours le bienvenu, mon preux chevalier.

Sa réponse lui fit chaud au cœur, mais l'incita tout autant à le mettre en garde. Ce qu'il voulait lui faire n'avait rien de romantique ni de chevaleresque.

Elle aimait se déguiser en princesse, une passion qui révélait sa nature profondément sentimentale. Dans les contes de fées, les princesses attendaient dans leur donjon qu'on vienne les sauver.

Paul n'avait rien d'un prince charmant. Avec elle, il tenait même plutôt de la Bête. Et si son mépris du début avait, à son corps défendant, cédé la place à une certaine admiration, il ne méritait pas que Lia lui fasse confiance.

— Tant que tu ne me demandes pas d'enfiler des collants…

Pas plus le rire spontané de Lia que son bref câlin affectueux ne parvinrent à chasser son humeur soudainement sombre.

En temps normal, Lia aurait mis moins d'une seconde à se fondre dans son personnage d'Elsa, la reine des neiges.

Apporter un peu de joie aux enfants, surtout ceux dont le quotidien se jouait entre quatre murs, leur permettre de s'évader par l'imaginaire, lui mettait du baume au cœur.

Mais le regard grave que Paul avait posé sur elle dès leur arrivée à l'hôpital pour ne plus le détacher lui rappelait que rien n'était clair entre eux. Ils oscillaient entre passion et confusion.

Chaque instant volé qu'ils passaient ensemble l'emmenait un peu plus loin en territoire inconnu.

Lia n'avait jusque-là jamais connu le genre de désir brutal qu'il éveillait en elle. Avant lui, le sexe était pour elle un moyen d'instaurer une connexion avec un partenaire de choix.

Ce qu'elle vivait avec Paul renvoyait ses souvenirs passés dans les brumes de l'oubli. Elle visualisait en ultra-haute définition ses doigts la caressant, l'agréable poids de son corps qui la plaquait au matelas, ses baisers intenses et ses soupirs rauques lorsqu'il entrait en elle. Ces images resteraient pour toujours gravées dans sa mémoire.

L'heure de son départ arrivait bien trop vite. Elle quitterait Charleston et dirait adieu à cet homme.

Que faire de son hésitation grandissante à reprendre la route ? Pour la première fois, une force inexplicable la poussait à rester.

Ou peut-être pas totalement inexplicable.

Elle s'attachait chaque jour un peu plus à Paul. Elle qui avait pour habitude de suivre aveuglément les inclinations de son cœur savait pertinemment qu'il lui était, cette fois-ci, impossible d'écouter son instinct.

Elle s'était engagée dans une voie dont l'issue était inévitable. Une fois l'erreur du laboratoire annoncée, une fois la piste de l'ADN invalidée, la famille Watts ne tarderait pas à lui montrer gentiment la porte.

Paul y compris.

Elle désirait sincèrement construire une relation avec lui, mais elle craignait que son passé ne surgisse entre eux si elle restait plus longtemps à Charleston, au-delà du rejet qu'elle risquait de la part du clan.

La carrière de Paul s'articulait autour d'une unique mission : traquer les criminels. Elle ne pouvait qu'imaginer sa furie lorsqu'il apprendrait que son grand-père était en prison.

Et quand Paul découvrirait les chefs d'accusation portés contre lui... Sa première impression serait confirmée, il ne verrait plus en elle qu'une opportuniste froide et calculatrice.

Il était d'ailleurs fort probable que Paul ait continué, tout ce temps, à mener sa petite enquête sur elle. Lui dire la vérité dès à présent semblait être la solution la plus sage.

Mieux valait essuyer sa potentielle colère avant de s'attacher davantage à lui. Et de souffrir davantage.

Mais sur le chemin du retour, le courage lui manqua.

Elle préféra parier sur le fait qu'il ne découvrirait rien de nouveau sous une semaine. Après cela, Charleston ne serait plus qu'un souvenir en elle. Vivace, imprimé pour toujours dans son esprit, mais derrière elle.

Garder le silence : voilà qui permettrait de ne pas entacher son image auprès de Paul. Il ne conserverait d'elle que les beaux moments passés ensemble.

Ils se séparèrent dans l'allée, Lia partit en direction de la demeure principale.

Elle poussa la porte de sa chambre et vit que quelqu'un avait étendu une longue housse sur son lit. C'était exactement la même que celle dans laquelle elle avait emporté sa robe noire pour le mariage, à présent suspendue à la porte de son armoire.

Une enveloppe était posée juste à côté. Intriguée, Lia posa ses gants bleus sur la petite console et l'ouvrit.

> *Cette robe te plaisait tellement. Laisse-nous te l'offrir, ça nous fait plaisir !*
>
> *Dallas et Poppy*

Très touchée par cet acte d'une immense générosité de la part des jumelles, Lia ouvrit lentement la fermeture de la housse.

À l'intérieur l'attendait le splendide fourreau qui lui avait tant plu. Les griffes de la culpabilité ne tardèrent pas à se refermer sur elle. Elle ne pouvait pas accepter leur cadeau, aussi adorable soit-il.

Cette robe était destinée à leur cousine. Pas à elle. Mais comment justifier sa décision si elle la refusait ?

Lia fut prise d'une terrible envie de crier. Frustration, gêne et colère se mêlaient en elle. Pourquoi fallait-il que tout le monde soit si gentil avec elle ? Mentir au clan Watts se serait avéré bien plus simple si tout le monde l'avait aussi mal accueillie que Paul lors de leur première rencontre… et de la suivante.

Après avoir envoyé un message aux jumelles pour les remercier chaleureusement, Lia sauta dans la douche.

Elle se maquilla puis testa plusieurs coiffures, s'efforçant d'ignorer l'anxiété qui montait en elle à la perspective du mariage. Jouer les faux-semblants lui était devenu un peu moins difficile depuis quelques jours.

Le subterfuge pesait toujours aussi lourd sur sa conscience, mais elle avait su répondre avec une certaine aisance aux interrogations de chacun sur son enfance. Une étape qui lui avait permis de baisser un peu la garde.

Assister au mariage de Ryan et Zoe en compagnie de Paul promettait de la remettre au centre de l'attention. Si Paul lui avait assuré que ses amis n'allaient pas l'assaillir de questions, il était évident qu'ils chercheraient à en savoir plus au sujet de cette inconnue qu'il avait invitée au mariage.

Passer du temps en sa compagnie avait une fois de plus primé sur le reste. Sur le principe de précaution notamment.

Il ne lui restait plus qu'à espérer que la situation ne se retourne pas contre eux.

Elle enfila la robe : elle lui allait parfaitement. Sa couleur était même plus belle encore que dans son souvenir. Lia se sentit reprendre confiance en elle.

Elle pourrait au moins prouver à Paul qu'elle était capable de donner le change en public. Dans son monde à lui, si opposé au sien. Elle n'aurait qu'à sourire, garder le silence autant que possible, ne pas lâcher le bras de Paul un seul instant et tout se passerait bien.

Lia se rendit au salon, où elle devait retrouver Paul, avec cinq minutes d'avance sur l'heure prévue. Il avait été encore plus rapide qu'elle. Penché sur l'écran de son téléphone, il sembla ne pas l'avoir entendue arriver.

Elle disposa d'une fraction de seconde pour apprécier la vue : Paul était beau dans son costume anthracite parfaitement taillé qui soulignait son imposante carrure.

Il leva bientôt les yeux. Et la dévora aussitôt du regard.

Lia se sentit enveloppée par son assentiment silencieux. Une possessivité qui ne disait pas son nom. Il semblait incapable de parler, d'articuler le moindre mot.

Elle qui avait si souvent enfilé un costume et joué le rôle de tout son cœur ne s'était jamais vraiment sentie princesse.

Jusqu'à cet instant.

Elle s'en délecta, comprenant enfin ce que cela faisait d'être considérée comme un joyau brut.

Paul se leva et alla à sa rencontre.

— Tu es à tomber.

Conscient qu'ils pouvaient être surpris à tout moment, il se contenta de lui serrer brièvement les doigts. Ce simple contact suffit à l'embraser tout entière. Il se pencha et chuchota à son oreille.

— J'ai intérêt à monter la garde ce soir, sinon certains n'hésiteront pas. Ils voudront tous t'attraper dans leurs filets.

— Oh.

Elle secoua la tête.

Paul se raidit.

— Comment ça, non ?

— Je veux dire que je ne vais faire un tel effet à tes amis.

Sa réponse sembla le satisfaire.

Le corps de Paul laissa échapper un peu de sa raideur. Ses lèvres s'ouvrirent sur un sourire dangereusement sensuel.

— Tu fais toujours de l'effet, quelle que soit la tenue que tu portes.

La prenant délicatement par le coude, il la fit avancer en direction de la porte d'entrée.

Il affichait une telle confiance qu'elle se détendit à son tour.

— Respire. Tout va bien se passer.

— C'est facile à dire pour toi...

Elle soupira.

— C'est ton monde.

Lia s'y sentait tellement étrangère.

— Peut-être, mais ça va aller, je te le promets.

Elle le regarda dans les yeux, espérant qu'il ne se trompait pas.

Vingt minutes plus tard, l'humeur de Lia s'était éclaircie. Sur le trajet, Paul lui avait raconté l'incroyable histoire qui avait conduit Zoe et Ryan sur le chemin de l'amour.

Avant sa rencontre avec Ryan, Zoe avait connu un divorce houleux. Pour ne pas avoir à payer de prestation compensatoire, son mari avait usé d'une stratégie infamante en l'accusant publiquement d'adultère. Après une longue bataille, elle avait réussi à faire éclater la vérité, mais sa réputation était ternie et sa situation financière désespérée.

Dévastée et amère après cette terrible épreuve, Zoe s'était associée à deux autres femmes, bafouées elles aussi par des hommes de pouvoir, dans un projet de revanche personnelle.

Pour éviter tout soupçon, chacune devait s'en prendre à un homme avec lequel elle n'avait aucun lien. La cible de Zoe était Ryan, qu'elle devait indirectement viser en sabotant la carrière politique de son frère aîné.

C'était compter sans les sentiments qui allaient naître entre eux et les difficultés qu'elle allait rencontrer au moment de se retirer de l'alliance initiale. Mis devant le fait accompli, Ryan avait choisi de laisser sa colère s'envoler, incapable de s'imaginer vivre sans Zoe.

Paul approuvait visiblement leur union sans aucune réserve, et ce malgré ses débuts chaotiques. Lia eut secrètement espoir de le voir un jour dépasser sa nature bornée et critique pour choisir le bonheur quand il le verrait passer.

Ils entrèrent ensemble dans la salle de réception. Un quatuor à cordes assurait une agréable ambiance musicale.

Paul présenta Lia à plusieurs invités avant de s'excuser pour vaquer à ses obligations de témoin. Il la laissa en compagnie de l'ancien beau-frère de Zoe, un pilote de course, et sa fiancée. Lia les remercia intérieurement pour leur accueil bienveillant. Ils prirent le temps de boire une coupe de champagne en bavardant avant de rejoindre le reste de l'assemblée au jardin.

La cérémonie devait s'y tenir et tout avait été préparé avec soin.

La célébration du mariage fut belle et émouvante. Lia se passait discrètement un mouchoir aux coins des yeux lorsque Paul parvint à sa hauteur.

Il lui lança un regard doux et légèrement inquiet.

— Tout va bien ?

— C'était très beau.

Elle avait répondu dans un murmure. Elle rangea son mouchoir et inspira profondément.

— Ils s'aiment d'un amour fou, ça émane d'eux, tu ne trouves pas ?

— Ils ont traversé de sacrées épreuves pour en arriver à ce jour de fête.

Paul suivait des yeux les jeunes mariés, partis saluer leurs convives.

— Je pense que ça les a rendus plus forts. Leur couple est solide.

Il venait de parler tout bas, presque pour lui-même.

Stupéfaite par la déclaration de Paul et son évidente affection pour Ryan et Zoe, Lia posa sur lui un regard souriant et malicieux.

— Paul Watts, vous êtes un grand romantique en réalité !

L'accusation le fit frémir.

— Je n'irai pas jusque-là.

— Pas besoin de nier.

— Et pourquoi serait-ce si surprenant que je croie en l'amour ?

— Parce que l'amour est un saut dans le vide, vers l'inconnu.

Elle avait elle-même retourné le sujet maintes fois dans sa tête ces derniers temps.

— Et toi, tu ne jures que par la logique.

Il sembla considérer ce qu'elle venait de dire.

— C'est aussi une question de confiance.

Il avait visiblement réfléchi à la question lui aussi.

— Confiance en soi mais aussi en l'autre.

— Et on ne peut pas dire que ce soit ton point fort.

Paul n'était pas d'accord et il le lui fit savoir par une petite moue renfrognée.

— Ce n'est pas complètement vrai en ce qui concerne ma famille et mes amis.

— Es-tu en train de me dire que lorsque tu accordes ta confiance à quelqu'un, c'est pour toujours ?

Cette simple idée lui coupa le souffle.

— Et si cette personne fait quelque chose qui va à l'encontre de tes principes ?

Elle pensait à Ethan, qui avait arrangé toute cette histoire derrière son dos. Mentir à Grady, la faire passer pour la petite-fille miraculeusement retrouvée…

L'intégrité de Paul avait fortement été écorchée quand il avait accepté de le suivre. Ethan semblait pourtant être celui des deux qui gardait le plus d'animosité au fond de lui. Son statut d'enfant adopté était une plaie béante en lui.

Paul aimait son frère, cela ne faisait aucun doute, et souffrait des tensions qui s'étaient installées entre eux.

— Alors tu vois, j'aimerais vraiment que tout soit noir ou blanc. Mais je suis réaliste et je sais que rien n'est jamais aussi simple que ça.

Paul s'arrêta devant leur table et tira la chaise de Lia afin qu'elle puisse y prendre place. Il s'assit à son tour et lui sourit.

— À présent, tu veux bien qu'on arrête les sujets sérieux et qu'on s'amuse un peu ?

Lia acquiesça et décida de se concentrer sur le délicieux repas qui les attendait. Dallas était aux fourneaux, Lia se réjouissait de pouvoir goûter enfin à sa cuisine.

Paul n'était pas le même en présence de ses amis les plus proches. Il bavardait gaiement, blaguait, évoquait des souvenirs de leurs années lycée. Lia l'observait avec plaisir.

Les entendre ainsi parler de leur passé commun, de toutes ces aventures partagées au fil du temps, lui procura un sentiment aigu de solitude.

Une douleur se fit sentir au creux de sa poitrine. Elle reconnut la manifestation d'un désir sourd. Celui de trouver une place. Sa place.

Au moment où le personnel disposa les assiettes à dessert face aux convives, Lia s'excusa et se rendit aux toilettes. Lorsqu'elle revint, elle croisa Dallas. Cette dernière semblait même l'attendre.

Elle la complimenta sur le délicieux dîner mais vit bientôt que la cousine de Paul n'y prêtait aucune attention.

— Quelque chose ne va pas ?

La mine sombre de Dallas la fit frissonner.

— Paul et toi...

La jeune femme avait pris soin de parler tout bas.

— Je vous ai vus. Dans le cabanon chez Grady, quand tu es partie ranger les planches de paddle.

Les joues en feu, Lia se remémora la scène. Elle était fautive. Elle l'avait supplié de l'embrasser. À cause de cela, ils avaient été démasqués.

— Vous deux, vous...

L'air horrifié, Dallas finit par articuler la fin de sa phrase.

— Vous étiez dans les bras l'un de l'autre.

Lia leva ses deux mains, comme cherchant à se protéger de l'accusation muette dirigée contre elle.

— Ce n'est pas du tout ce que tu crois.

— Vous êtes cousins germains !

— Non, on ne l'est pas.

Prise de court par les mots de Dallas, Lia avait parlé sans réfléchir aux conséquences. Elle venait d'avouer sans même avoir consulté Paul ou Ethan.

Dallas inclina la tête, l'air perdu et vaguement en colère.

— Je ne comprends pas.

Lia serra fort sa pochette à paillettes contre elle, ne sachant que faire, que dire à présent. Elle se trouvait face à un dilemme, auquel elle devait répondre seule.

— Les résultats de mon test ADN… Le laboratoire s'est trompé.

Elle avait prononcé ces mots dans un dégoût d'elle-même, lassée de tous ces mensonges.

— Paul et Ethan sont au courant, mais il ne faut le dire à personne d'autre.

— Comment ça, trompé ?

— Je ne suis pas votre cousine. Je ne suis pas la fille d'Ava.

Lia croisa l'index et le majeur derrière son dos, espérant que Paul et Ethan ne lui en voudraient pas de cette confession totalement imprévue.

— Nous venons de découvrir qu'il y a eu une grosse confusion au sujet des analyses.

L'air consterné, Dallas releva le menton et posa les deux poings sur ses hanches.

— Pourquoi vous n'avez rien dit ?

— Parce que l'état de Grady s'est amélioré depuis qu'il pense avoir retrouvé sa petite-fille. On attendait qu'il aille vraiment mieux avant de lui annoncer la nouvelle.

— Ça va lui faire tellement mal.

Dallas baissa les yeux, l'air abattu.

— Il était obsédé par l'idée de retrouver la fille d'Ava.

Lia secoua la tête, le cœur gros.

— Je sais.

— Je n'arrive pas à croire que Paul n'ait rien dit. Le connaissant, j'aurais cru qu'il s'y serait opposé.

— Il n'est pas ravi de la situation, c'est le moins qu'on puisse dire.

Lia saisit la main de Dallas.

— Ne le dis à personne, s'il te plaît. C'est trop tôt. On s'est mis d'accord, je repars dans quelques jours.

— Et ensuite, il va se passer quoi ?

— On annoncera la nouvelle sur l'erreur du laboratoire. Et je reprendrai la route.

Dallas l'étudia en silence, le visage traversé par une kyrielle d'émotions sombres.

— Attends, je ne comprends pas. Pourquoi dois-tu partir ?

Elle semblait déçue.

— Je n'avais pas prévu de rester.

Lia n'avait jamais menti à ce sujet. Elle avait prévenu les Watts que son séjour resterait de courte durée.

— J'aime traverser le pays, voyager d'un lieu à l'autre. La vie sédentaire n'est pas pour moi.

— Mais Grady tient beaucoup à toi. C'est notre cas à tous, d'ailleurs.

— Il aime sa petite-fille. Pas moi.

Lia pensa à son départ prochain. Son cœur se serra. Pour la première fois de sa vie, elle se sentait nostalgique des liens familiaux qu'elle n'avait jamais eus. Elle y avait goûté au sein du clan Watts. Et la sensation allait lui manquer.

— Et Paul alors ?

— Que veux-tu dire ?

— Il est évident que tu es la femme du tarot. Celui dont il est censé tomber amoureux.

Le cœur de Lia s'emballa.

— Mais non. Il n'est pas amoureux de moi. C'est juste de l'attirance physique.

— Moi je pense que tu es exactement celle dont il a besoin.

Lia éclata de rire.

— Tu t'entends ? Il y a quelques secondes, tu nous reprochais d'avoir commis l'irréparable.

— Je pensais que vous étiez cousins.

Elle rit à son tour, le regard plein de tendresse pour Lia.

— Maintenant que je sais que vous n'avez aucun lien de parenté, vous avez ma bénédiction.

— Mais nous ne cherchons pas de bénédiction. Nous ne formons pas un couple.

Lia se sentait sombrer. Ce débat n'avait aucun sens.

— Je t'en supplie, n'en parle à personne. Pas même à Poppy.

Dallas fut interrompue par l'un des serveurs. D'un geste de la main, elle signifia à Lia qu'elles en reparleraient plus tard.

Quand elle revint à table, Paul leva un regard inquiet vers elle.

— Tout va bien ?

Ses yeux verts scannaient son visage, à la recherche du moindre indice.

— Vous aviez l'air en pleine discussion avec Dallas.

Lia hésita à lui dire la vérité, mais ce n'était pas le bon moment. Paul était venu célébrer le mariage de son meilleur ami. L'heure n'était pas aux révélations.

— Oui, tout va bien…

Lia s'assit et masqua son agitation interne par un sourire fatigué.

— Sûre ?

— Oui, c'est juste un petit coup de moins bien.

— Tu veux que je te ramène à la maison ?

À la maison. L'expression lui fit l'effet d'une décharge électrique. Elle savait qu'il parlait du domaine de Grady, mais sa maison à elle était une caravane de six mètres de long, garée dans un hangar au nord de la ville.

Et la route les attendait toutes les deux.

Ce n'était plus qu'une question de jours.

9

Le lendemain matin, Paul se réveilla aux aurores. Il se repassait en boucle le film de la veille.

En rentrant du mariage, Lia et lui étaient allés se promener sur la plage. Puis ils avaient fait l'amour pendant des heures, tandis que la lune se levait et éclaboussait sa chambre de son halo lumineux.

Il s'étonnait de ce que Lia parvienne à lui faire vivre ainsi l'instant présent. Le temps s'arrêtait, il ne pensait plus qu'à elle. À eux.

Ses pensées allaient vers sa peau douce, toute son attention était tendue vers ses gémissements, les secousses de son corps emporté par l'orgasme.

Une chose était désormais certaine : il ne voulait plus qu'elle parte. Ni tout de suite ni plus tard. Peut-être même jamais.

En ce matin pâle, il repensa à la séance de tarot divinatoire. La carte de l'Ermite inversé, signifiant que sa période de solitude était révolue. Les Amoureux dans un futur proche. La dernière carte, annonce d'un bonheur et d'une joie à venir.

Mais aussi la carte de la femme ligotée, signe de confusion et d'isolement. Il avait un choix à faire. Conserver ses priorités actuelles, consacrer tout son temps et son énergie à son entreprise. Ou aller vers davantage d'équilibre entre sa vie professionnelle et sa vie privée, s'ouvrir au vaste champ des possibles qu'était l'amour.

Paul n'en revenait pas de repenser à tout ce charabia New Age et de se mettre à y croire.

Il rentra dans la maison, alla prendre une douche et s'installa à son bureau pour oublier ses tourments en se plongeant dans le travail.

Mais son esprit continuait de vagabonder et il décida, après quelques tentatives de travail infructueuses, de se rendre chez son frère.

— J'ai réfléchi, annonça-t-il en acceptant bien volontiers la bière fraîche que lui tendait Ethan.

— Parce que ça t'arrive de ne *pas* réfléchir ?

Ethan s'affala dans un fauteuil en cuir et but une longue gorgée à même la bouteille.

Paul ne tenait pas en place. Ignorant la pointe humoristique de son frère, il fit nerveusement rouler sa bouteille entre ses mains avant de parler.

— Grady fait des progrès, mais il est loin d'être totalement remis.

Ethan leva un sourcil inquisiteur.

— Et ?

— On a prévu d'annoncer l'erreur du laboratoire d'ici quelques jours. J'ai juste peur que ce soit un peu trop tôt et qu'il régresse.

Ethan se redressa. Un léger sourire se dessina au coin de ses lèvres.

— Tu veux donc que Lia prolonge son séjour ?

— Grady est heureux. Il va nettement mieux, ça saute aux yeux.

Paul avait parlé lentement. Il tenait à insister sur les faits.

— Parce qu'il croit que sa petite-fille est enfin de retour.

— Je croyais que tu avais peur qu'il s'attache à elle, justement ?

Paul grogna. Il se retrouvait coincé entre le marteau et l'enclume.

— Oui. Mais à partir du moment où on a menti à Grady, le mal est déjà fait, donc bon…

Il s'arrêta et avala une grande rasade de bière. Il se souvint de son grand-père la veille, au bord de la piscine, observant d'un air tendre et amusé ses trois petites-filles en pleine séance de yoga. Du moins celles qu'il croyait être ses petites-filles.

Car l'une d'entre elles était une étrangère et il ne le savait pas.

— Je n'en sais rien, commenta Ethan à voix basse.

Leurs personnalités semblaient s'être subitement inversées.

— Plus on laisse filer, plus on risque que la vérité éclate sans que nous puissions rien y faire. Et si Grady comprend que nous avons tout manigancé derrière son dos, il risque de ne jamais nous le pardonner.

Paul n'en revenait pas. Ethan avait endossé le rôle du frère sérieux. Il réfléchissait aux conséquences de leurs choix et préférait sonner l'alerte que de le suivre aveuglément dans sa proposition.

— Il ne saura jamais.

— Que veux-tu dire ? Comment ça, il ne saura jamais ? Qu'as-tu en tête, Paul ?

Ethan dévisagea son frère.

— Je ne suis plus sûr de te suivre.

Paul ne répondait pas. Son frère insista.

— Tu étais farouchement opposé à mon idée de faire passer Lia pour la fille d'Ava. Et là, à t'écouter, il faudrait qu'elle reste parmi nous pour toujours ?

Paul accusa le coup. Ethan avait très bien résumé son revirement interne.

— C'est une très mauvaise idée, Paul.

Il le reconnaissait aisément. Il se savait capable de faire semblant une semaine de plus. Mais la faire passer pour sa cousine n'était en aucun cas une solution à long terme. Cela ressemblait même à un purgatoire éternel.

— On ne peut pas continuer à mentir comme ça. Toute la famille croit que Lia est la fille d'Ava.

— À ce sujet…

Le regard d'Ethan s'échappa par la fenêtre qui donnait sur son vaste jardin.

— Il ne s'agit plus exactement de *toute* la famille.

Paul tressaillit.

— Quoi ?

— Maman a croisé Taylor English l'autre jour. Elle a subi un petit interrogatoire sur le contexte de l'adoption à l'époque.

— Tu penses que Taylor a des doutes sur la filiation de Lia ?

— Je n'en sais rien, mais c'est possible. Maman s'en est ouverte à Papa. Ce qui me semble logique, vu que Grady est son père.

Ethan hésitait visiblement à poursuivre.

— Et donc ?

— Papa a abordé le sujet au bureau.

La mâchoire d'Ethan se contracta en même temps que celle de Paul. Il inspira profondément.

— Je lui ai tout raconté.

— Ce n'est pas possible, bon sang !

— Il venait de proposer qu'on refasse passer un test ADN à Lia.

Ethan avait répondu d'une voix posée qui irrita Paul au plus haut point. Comment arrivait-il à garder son calme quand lui se sentait si agité ?

— Ça m'a donné l'occasion de lui expliquer pourquoi on a agi comme on l'a fait. J'ai dû le convaincre, mais quand je lui ai rappelé l'état dans lequel était Grady avant que Lia entre dans sa vie, il a mieux compris ce qui nous avait motivés.

Paul jura et se mit à arpenter le salon de long en large. Quand il fut calmé, il vit ce que cette nouvelle pouvait avoir de positif.

— Il est au courant mais il n'a rien dit à personne ?

— En tout cas il n'a rien dit à Grady.

Paul tiqua. La formulation de son frère semblait contenir un sous-entendu.

— Mais… ?

— Mais à mon avis il en a parlé à maman.

— Et à sa sœur aussi, tu crois ?

— Je dirais que non.

Ethan réfléchit à la question. Un petit rire lui échappa.

— Tu imagines Lenora gardant un secret ? Ne rien dire à oncle Wiley, cela reste dans le domaine du plausible. Mais à ses filles ? Elle raconte tout à Dallas et Poppy.

— OK. Bon.

Paul se massa les tempes. Une douleur lancinante s'était installée sous son crâne.

— Donc si je comprends bien, tu as tout raconté à papa et il a décidé de garder le silence ?

Il n'en revenait pas.

— Quelques jours seulement.

Ethan acheva de boire sa bouteille et la posa sur la table basse.

— C'est aussi pour ça que Lia ne peut pas rester plus longtemps.

— Juste une semaine de plus. Je ne vois pas trop où est le risque.

Cela lui laisserait le temps de prendre les décisions qui s'imposaient.

— Je me charge de parler à papa.

Ethan ne semblait pas convaincu.

— Tu dois aussi voir ça avec Lia. Elle a hâte de reprendre la route.

— En parlant de ça. Je crois qu'on devrait réajuster sa rémunération.

Son frère le dévisagea un long moment avant d'acquiescer.

— OK. Mais je pensais que tu la prenais justement pour une femme vénale, ou tout du moins intéressée.

Paul battit l'air d'une main comme pour balayer l'idée.

— C'était avant que j'apprenne à la connaître.

— La connaître... Jusqu'à quel point ?

— Suffisamment bien.

— D'accord. Comme tu voudras.

Lia était rentrée bien tard au domaine, pourtant elle se réveilla aux premières lueurs du soleil.

Son départ approchait, et avec lui grandissait une tristesse qu'elle ne parvenait à combattre. Elle pesait sur elle comme une pierre trop lourde pour être soulevée.

La perspective lui apparaissait aussi comme un soulagement. Vivre dans le mensonge, se faire passer pour la petite-fille de Grady n'avait rien d'agréable.

Et à son anxiété s'ajoutait son attirance pour Paul, qui compliquait tout.

Elle terminait son petit déjeuner quand Ethan apparut. Il semblait avoir quelque chose à lui dire.

— J'ai un ami concessionnaire qui peut t'avoir un super prix sur un van tout neuf.

— C'est sympa, mais je ne peux pas m'offrir un véhicule neuf.

— J'en ai parlé avec Paul et on aimerait t'aider pour l'achat.

— Ce n'est pas ce qu'on s'était dit.

— Ça te permettrait justement de repartir du bon pied. Ton van est bon pour la casse, laisse-nous t'aider pour te remercier de ton soutien sans faille.

— Je n'ai pas besoin de votre aide. Je préfère garder mon autonomie, tu comprends ?

Sa réponse manquait certes de rondeur, mais elle se souvenait de la robe que les jumelles lui avaient offerte.

Paul et son frère ne semblaient pas en mesure de comprendre

pourquoi elle refusait leur main tendue. Bien sûr, ils pensaient lui rendre service.

De son côté, Lia avait le désagréable sentiment qu'ils agissaient uniquement par pitié.

— On voudrait justement revenir sur les termes de notre accord.

Lia se raidit et étudia le visage d'Ethan pour y deviner ses intentions.

— Dans quel sens ?

— On se demandait si tu ne voudrais pas rester une semaine de plus.

Elle se préparait depuis le début à partir au bout de deux semaines. L'échéance était gravée en elle. Elle réfléchit à la proposition d'Ethan avec un mélange de plaisir et de désarroi.

— Tu es sûr que c'est une bonne idée ?

— C'est celle de Paul.

— C'est lui qui t'en a parlé ?

Elle s'immobilisa puis chassa rapidement l'image de Paul qui dansait devant ses yeux. Elle avait un sujet plus sérieux à aborder.

— Il s'est passé quelque chose hier soir.

Ethan la regarda d'un air inquiet.

— Dallas est au courant.

Lia soupira.

— Elle sait que je ne suis pas votre cousine.

— Quoi ? Mais comment...

— Je l'ai persuadée de ne rien dire en insistant sur le fait que je partais bientôt et que Grady apprendrait la nouvelle avant. Tu vois bien qu'on ne peut pas prolonger mon séjour d'une semaine.

Ethan leva une main décidée.

— Je vais lui parler. Peut-être que si je lui explique pourquoi et lui dis qu'elle peut en parler à Poppy, elle se ralliera à notre cause.

Lia lui tourna le dos et, presque pour elle-même, interrogea :

— Et si moi je ne veux pas rester ?

Ethan lui posa une main amicale sur l'épaule et se pencha pour la regarder.

— Est-ce parce que Paul n'est pas venu te le demander en personne ?

— Ne dis pas n'importe quoi.

Le rose qui lui monta aux joues vint contredire les paroles qu'elle venait de prononcer.

— J'en étais sûr !

Ethan secoua la tête.

— Je savais bien qu'il se passait quelque chose entre vous.

Lia tenta vainement de protester.

— Ce n'est pas ce que tu crois.

— Si, au contraire. Paul a une vraie attirance pour toi, et il semblerait bien que ce soit réciproque.

— Très bien. Admettons. Mais il ne s'agit que de...

Elle allait ajouter « sexe » mais se ravisa.

— Bref, ce n'est rien de sérieux.

— En es-tu certaine ?

Lia triturait le torchon avec lequel elle venait de s'essuyer les mains.

— Tout nous oppose, n'as-tu pas remarqué ?

— Je ne vois pas bien ce que ça change. Tu fais peut-être fausse route. Il ne t'est pas venu à l'esprit qu'il pouvait justement avoir besoin de quelqu'un qui soit différent de lui ? Une femme vivante et spontanée, à même de lui débrancher un peu le cerveau ?

Ethan peignait là un tableau bien attrayant. Être le *yin* de son *yang* : rien que de l'imaginer la remplissait de joie.

Mais cela ne fonctionnait que dans le cadre de leur aventure secrète.

Leur complicité ne manquerait pas de voler en éclats

le jour où elle deviendrait officielle. Dévoiler leur relation apporterait son lot d'obstacles.

— Peut-être sur une courte période. En revanche, à long terme... Il lui faut quelqu'un de sérieux. Une femme qui partage ses ambitions et vienne du même milieu que lui. Quelqu'un dont il puisse être fier.

— Et tu ne penses pas qu'il puisse être fier de toi ?

Ethan avait l'air sincèrement surpris.

— Regarde-moi.

Lia lui montra son short en jean, son T-shirt bariolé à message humoristique.

— Je n'ai absolument rien à lui apporter.

— Tu te sous-estimes, et tu ne devrais pas.

Ethan lui sourit.

— Je crois que tu es l'une des personnes les plus adorables et les plus agréables que j'aie jamais rencontrées. Et tu comptes beaucoup pour lui.

Il hocha la tête, comme pour valider les paroles qu'il venait de prononcer.

— Je pense que pour l'instant il ne sait pas quoi faire de ses sentiments. Laisse-lui le temps de s'y faire. C'est la première fois qu'il tombe amoureux.

Lia reçut une décharge en plein cœur. Elle crut un instant qu'il allait s'arrêter de battre.

— Tu sais s'il enquête toujours sur mon passé ?

La question sembla surprendre Ethan.

— Je n'en sais rien. Du moins, il ne m'a rien dit. Pourquoi me demandes-tu ça ?

Leur relation prenait un tournant inattendu et elle avait besoin de savoir si son passé risquait un jour de jouer contre elle.

— Paul a été très clair, je crois. Pour lui, si j'ai accepté de jouer le rôle de votre cousine, c'est uniquement par cupidité. Il ne croit pas en ma sincérité, ose me dire le contraire.

— Je pense qu'il a changé d'avis à ce sujet. J'en suis même convaincu, figure-toi.

— Peut-être.

À dire vrai, Lia l'espérait plus que tout. Les moments qu'ils avaient passés ensemble ne pouvaient pas être entachés par ses doutes. Cela gâcherait leurs souvenirs, donnerait un goût amer aux heures passées dans ses bras.

— Je crains cependant qu'il ne découvre à mon sujet une information qui ne lui plaira pas.

Ethan fronça les sourcils.

— Tu peux m'en dire plus ?

Lia prit une longue inspiration et se lança dans la terrible histoire. Celle de l'homme qui avait détourné des millions de dollars en se jouant de la naïveté d'honnêtes gens. Peter Thompson.

Son grand-père.

10

Ce soir-là, au moment du dessert, Grady fit tinter son couteau en argent contre son verre afin d'attirer l'attention de toute la tablée.

Il parlait chaque jour avec un peu plus d'aisance que la veille. Quand il ne parvenait pas à articuler certains mots, il les chantonnait.

Lorsque toutes les têtes furent tournées vers lui, il entama son discours sur un petit air chantant. Il tendit la main vers Lia et la contempla avec une affection non feinte.

— J'ai fait modifier mon testament afin que Lia y figure.

Le doute s'insinua dans les veines de Paul comme un poison mortel. Lia se figea, le visage blême, incapable de détacher son regard de Grady. Autour de la table, tous ou presque se réjouirent de la bonne nouvelle.

La décision du patriarche était, en toute vraisemblance, totalement justifiée aux yeux de la famille Watts.

Paul échangea un regard avec son frère et y lut la même inquiétude que celle qui l'agitait.

Seule Constance, l'air vaguement surprise, émit une réserve.

— C'est assez soudain, je dois dire.

Elle était perdue et chercha désespérément du soutien dans le regard de ses fils.

— Non, vraiment, Grady, ce n'est pas une bonne idée.

Lia secouait la tête. Elle paraissait réellement paniquée.

— C'est que... Je...

Elle posa brièvement les yeux sur Paul puis regarda aussitôt ailleurs. Son geste le fit douter davantage encore. Avait-elle vraiment manipulé Grady dans le but de percevoir une part d'héritage ?

— Tu me connais à peine.

Sa nervosité ne faisait plus aucun doute.

Grady secoua la tête, lui serra fort la main et lui offrit un sourire un peu de travers mais purement sincère.

— Tu es ma petite-fille.

Il avait prononcé ces mots sur un ton qui ne laissait plus aucune place au débat.

Lorsque les dernières miettes du délicieux gâteau furent avalées, tout le monde constata que Grady fatiguait. Rosie apparut alors et prit les commandes du fauteuil roulant pour l'emmener se coucher.

Lia suivit le mouvement mais Paul l'attrapa par le bras, lui fit traverser le salon et l'emmena sur la terrasse.

Elle tremblait et leva vers lui un regard embué. Paul serra les poings, se refusant à lui-même le droit de la prendre dans ses bras pour la bercer et apaiser son angoisse.

Il avait beaucoup de choses à lui dire, sans savoir exactement par laquelle commencer.

— C'est une catastrophe. Ça devient n'importe quoi.

Il avait le ventre noué et se sentait en proie à de violentes émotions contradictoires.

Ethan les rejoignit avant que Lia ait eu le temps de répondre.

Lia leva les yeux vers lui et s'accrocha à son regard comme s'il était sa dernière chance.

— Je ne savais pas qu'il allait modifier son testament.

Sa voix n'était plus qu'un mince filet à peine audible.

Paul la questionna sans aucun ménagement.

— Tu es sûre qu'il ne t'en a pas parlé ? Parce que si on avait su, on aurait pu s'organiser et s'éviter à tous de très mauvais moments.

Voyant l'expression désespérée de Lia, Ethan passa un bras autour de ses épaules et décocha un regard noir à Paul, comme une interdiction silencieuse de s'approcher d'elle.

— Si Lia avait su quoi que ce soit, elle nous l'aurait dit.

Elle s'appuya contre Ethan. La vision de leurs corps l'un contre l'autre fit à Paul l'effet d'une claque.

— Alors qu'est-ce qu'on fait maintenant ?

Son irritation pouvait se lire sur ses traits, s'entendre dans son intonation.

Lia leva la tête.

— Dire la vérité.

Elle réprima un sanglot.

— Et le plus tôt sera le mieux.

Une fois qu'ils auraient tout avoué, Lia n'aurait plus aucune raison de rester à Charleston.

Paul la regarda fixement tandis qu'il se remémorait la conversation qu'il avait eue avec son frère chez lui.

La réalité le frappait de plein fouet. L'idée de son départ lui était difficilement supportable.

— Laissons passer quelques jours, suggéra-t-il. Si on parle de l'erreur du laboratoire ce soir, ça aura l'air suspect.

— Je suis d'accord. Le mal est fait de toute façon.

Lia grimaça.

— Je n'en suis pas certaine.

Elle jeta un regard entendu à Ethan et Paul eut soudainement l'impression de tenir la chandelle. Les deux avaient l'air de très bien s'entendre et se comprendre. Ils n'avaient visiblement pas besoin de lui.

Qu'était devenue la complicité qui s'était établie entre Lia et lui depuis quelques jours ? Leur agréable proximité semblait s'être envolée.

Il fit un geste interrogateur de la main.

— J'ai raté un épisode ?

Lia prit la parole en premier.

— C'est plus compliqué que ça en a l'air. Tu ne sais pas tout.

— Comment ça ?

Ethan les interrompit.

— Je te propose qu'on aille prendre un verre en ville. Je t'expliquerai tout là-bas.

Ignorant un court instant l'impatience palpable de son frère, il s'adressa à Lia d'une voix qui se voulait rassurante.

— Je t'appelle demain matin, d'accord ?

— Merci.

Lia marcha vers l'escalier extérieur, qui permettait d'accéder à la terrasse de l'étage. Elle disparut dans la pénombre avant que Paul ait eu le temps de calmer l'accès de jalousie qui s'était emparé de lui. Tout semblait si fluide, si facile entre elle et Ethan.

Sa rage sourde le fit un instant oublier la raison de sa présence dehors en compagnie de son frère.

Ethan se retourna brusquement vers lui.

— Mais bon sang, quelle mouche t'a piqué ?

Ils avancèrent tous les deux vers leur voiture, faisant crisser le gravier de l'allée sous leurs pas.

— Pourquoi l'as-tu prise à partie comme ça ? Lia n'y est absolument pour rien.

Repensant à la manière dont il avait agi, Paul se détesta. Elle avait en effet été la victime désolée de sa colère et de sa jalousie. Si son réflexe premier avait été de la croire coupable d'une manigance bien ficelée, il s'était rapidement ravisé. Il la savait désormais incapable d'une telle chose.

Mais tout dans son comportement l'avait injustement accusée, contraignant son propre frère à prendre sa défense.

Plutôt que de reconnaître son erreur, Paul s'en prit violemment à Ethan.

— Je t'avais dit que ta super idée de faire passer Lia pour

la fille d'Ava allait finir par nous revenir à la figure. Eh bien voilà, c'est gagné.

— Très bien, tu avais raison, comme d'habitude.

Ethan expira bruyamment et s'arrêta. D'une voix plus calme, il chercha à apaiser la tension qui s'était installée entre eux.

— Écoute, ça ne va servir à rien qu'on se dispute. Il faut qu'on se mette d'accord sur la stratégie à adopter.

— Ça me paraît évident, il faut dire la vérité à Grady. Et tout de suite. Je m'en occupe.

— On doit le faire ensemble. C'était mon idée à l'origine. C'est moi qui lui ai fait croire qu'on avait retrouvé sa petite-fille.

Il chercha le regard de son frère et poursuivit.

— Et toi, tu devrais aller parler à Lia.

Lui offrant un sourire triste, il ajouta doucement :

— Mais après la façon dont tu viens de te comporter, je ne suis pas sûr qu'elle te pardonne un jour.

Laissant les deux frères discuter entre eux, Lia était partie se terrer dans la solitude de sa chambre. Elle avait besoin d'un peu de calme pour digérer les événements de la soirée.

La porte était entrouverte, et Lia aperçut bientôt la silhouette de Dallas. Postée devant la fenêtre, elle lui tournait partiellement le dos, le regard dans le vide.

Quand elle l'entendit approcher, la jeune femme se retourna, bras croisés sur la poitrine et regard hostile.

Lia ferma la porte et se précipita vers elle pour la rassurer. Dallas ne lui laissa pas le temps de parler.

— Toute cette histoire est allée trop loin !

Elle maîtrisait à peine la colère dans sa voix.

— Vous devez dire la vérité à tout le monde.

— Je suis d'accord. Ethan et Paul sont justement en train d'en parler.

— Tu sais, je t'aimais vraiment bien.

Dans la bouche de la jeune femme, la déclaration avait un relent amer d'accusation.

— J'étais tellement contente de t'avoir pour cousine.

— Je suis désolée de t'avoir fait souffrir. Ce n'était pas du tout mon intention.

Lia se sentit dévastée, écrasée sous le poids du chagrin. Elle venait de perdre une cousine, une amie.

Après avoir rangé ses costumes dans leur boîte respective, Lia fit son sac et posa tout devant la porte de sa chambre. Elle venait de prendre la décision la plus sage. Paul ne changerait jamais d'avis sur elle. Mieux valait partir.

Avant cela, elle traversa le palier et frappa doucement à la porte de Grady. Elle lui devait la vérité et des excuses avant de sortir définitivement de sa vie.

L'apercevant, le vieil homme lui fit signe d'entrer.

Il posa à côté de lui le livre qu'il était en train de lire. La chaleur de son sourire fit naître un sanglot dans la gorge de Lia. Elle n'était peut-être pas sa petite-fille, mais elle l'aimait tendrement et regrettait d'avoir trompé sa confiance.

À ce moment précis, elle sut qu'elle lui devait la vérité. Qu'importe ce qu'Ethan et Paul décideraient, elle allait lui parler. Tout de suite. Elle ne comptait pas lui servir la version imaginée par eux au sujet de l'erreur du laboratoire. Non, elle avouerait tout. À commencer par l'absence de test ADN.

Elle s'agenouilla sur la moquette près du lit et posa une main sur le bras de Grady.

— Je veux que tu saches… Les semaines que je viens de vivre ont été parmi les plus heureuses de ma vie.

Elle sentit sa voix faillir mais se reprit aussitôt. Elle s'éclaircit la gorge avant de poursuivre.

— Vous m'avez accueillie à bras ouverts et rien de ce que je pourrais dire ou faire ne serait à la hauteur de votre gentillesse à tous, et de la tienne en particulier.

Grady fronça les sourcils, visiblement perplexe.

— Que se passe-t-il, Lia ?

Elle était impressionnée par les progrès qu'il avait réalisés en matière de langage. Même en cet instant, son oreille attentive percevait les nuances, les petits pas en avant. Partir avant de pouvoir l'aider à gagner encore un peu plus en autonomie lui était insupportable.

— Je suis tellement désolée…

Elle ferma les yeux pour ne pas avoir à croiser son regard.

— La vérité c'est que… je ne suis pas ta petite-fille.

Grady lui serra fort la main.

— Que dis-tu ?

Lia se força à poursuivre, sentant son cœur se briser en mille morceaux.

— Je m'en veux, si tu savais. C'est un terrible malentendu. Le test ADN…

Elle ne parvenait plus à parler, les mots se bousculaient en elle. Elle prit une profonde inspiration.

— Nous avons tout inventé. Tu avais l'air de croire que j'étais ta petite-fille et cela semblait te redonner des forces. Tu recherches la fille d'Ava depuis tellement longtemps. Nous voulions te redonner le sourire. Et puis tu as fait modifier ton testament. Tout cela nous a échappé, la machine s'est emballée et…

Elle avait parlé sans s'arrêter. Ce ne fut que lorsqu'elle sentit la main de Grady sur sa joue qu'elle prit conscience des larmes qu'elle versait.

— Je suis désolée de t'annoncer cela. De te briser le cœur. Cela n'a jamais été mon intention, je te le promets.

Elle leva les yeux vers lui. Elle lut de la confusion et une certaine douleur sur son visage. Mais il était encore debout.

Par ses gestes tendres, il cherchait même à la consoler, s'inquiétant de la voir si affligée.

— Nous comptions te le dire dans quelques jours parce que tu vas vraiment mieux. Avant cela, nous avions peur que cela soit trop tôt et que tu baisses les bras. Je sais que je n'aurais pas dû m'enfoncer dans ces mensonges, mais Ethan ne savait plus quoi faire et Paul n'a pas eu d'autre choix que de garder le secret. Il était tellement content de te voir aller mieux de jour en jour. Je t'en prie, ne sois pas fâché contre Ethan, il ne pensait tellement pas à mal. Et vous tous avez été si accueillants. Mais figurer sur ton testament alors que je ne suis pas ta petite-fille… C'est allé trop loin.

Lia marqua une pause pour reprendre son souffle. Elle étudia le visage de Grady avec inquiétude.

— Est-ce que ça va aller ? Je m'en voudrais tellement s'il t'arrivait quelque chose maintenant.

— Je vais bien.

— Merci.

Elle prit sa main dans les siennes.

— Me voilà rassurée. Je suis contente, même. Il faut que je m'en aille, et je n'aurais pas pu partir en te sachant bouleversé, avec le risque que tu fasses une rechute.

— Non.

Grady secoua la tête avec virulence.

— Reste.

— Je ne peux pas. Quand ta famille va apprendre que j'ai menti, que je ne suis pas la fille d'Ava, ils vont tous me détester.

— Pas tous.

Grady lui sourit.

— Pas moi.

Ce sourire si pur, si tendre, fit naître de nouveaux sanglots dans la poitrine de Lia.

Les larmes lui montèrent aux yeux. Si la seule opinion qui compte avait été celle du patriarche, Lia serait restée et aurait tout fait pour regagner la confiance du clan Watts. Mais en réalité, c'était Paul qu'elle fuyait. Il ne pourrait jamais lui faire confiance. Et son passé troublé lui donnait raison.

— Et puis…

Sa gorge se serra au point de ne plus laisser passer qu'un mince filet d'air. Elle respira doucement jusqu'à ce que les mots reviennent.

— Il y a aussi mon grand-père. Menteur et voleur notoire. Une personne détestable. Et comme nous avons le même sang, tout le monde va penser que je ne vaux pas mieux que lui. Même si je ne l'ai jamais rencontré.

Lia s'arrêta et avala tout ce qu'elle put d'air, comme après une longue apnée. Jamais elle n'aurait cru avouer la vérité sur son véritable grand-père après ce qu'elle venait déjà de lui confier.

— Et tant qu'on est dans les confidences… Je suis amoureuse de Paul. Je l'aime. Mais ce n'est pas réciproque. Rester me serait trop douloureux. J'espère que tu me comprends.

Elle se leva et déposa un baiser sur la joue de Grady.

— Je veux que tu saches que faire partie de ta famille a été la meilleure chose qui me soit jamais arrivée.

11

Paul n'avait pas fermé l'œil de la nuit. Il en était à sa troisième tasse de café lorsque son téléphone sonna, indiquant l'arrivée d'un message.

Il sursauta. Lia répondait-elle enfin aux SMS qu'il lui avait envoyés la veille au soir ? Il avait demandé à la voir, à lui parler au moins. Son silence était une véritable torture.

Il consulta son écran. Ce n'était pas elle, c'était Dallas. Ethan l'appela au même moment.

Sa voix n'annonçait rien de bon.

— Je viens de parler à Lia.

— Elle t'a appelé ?

Qu'il était terrible de prononcer ces mots, au goût si amer dans sa bouche.

Pouvait-il lui en vouloir d'avoir choisi son frère, le seul sur lequel elle avait pu compter quand le monde semblait s'écrouler autour d'elle ?

— Comment va-t-elle ? J'ai reçu à l'instant un message de Dallas me disant que Lia venait de quitter le domaine. Tu sais où elle est partie ?

— Elle est à sa caravane.

— Tu sais pourquoi elle a fui comme ça ?

— Je crois qu'elle ne se sentait plus à sa place au domaine.

Ethan marqua une pause.

— Écoute, elle a parlé à Grady hier soir. Elle lui a tout avoué.

Paul jura en silence. Elle avait insisté auprès d'eux pour lui dire la vérité.

— Comment l'a-t-il pris ? Il va bien ?

— Elle m'a dit qu'il avait un peu accusé le coup, mais qu'elle l'avait quitté sur un sourire. J'y vais, là.

— Pourquoi a-t-elle fait ça ?

Paul était dans ses pensées et réfléchissait à voix haute.

— On avait tout bardé.

— Peut-être parce qu'elle a plus d'intégrité que toi et moi réunis. Elle s'apprête à quitter Charleston.

— Quoi ?

Paul sentit tout son corps se contracter. L'air semblait refuser d'entrer dans ses poumons.

— Quand ?

Ethan répondit avec de la compassion dans la voix.

— Elle est peut-être déjà partie.

Paniqué, Paul promit à son frère d'être au domaine au plus vite et raccrocha. Il fit défiler la liste de ses contacts dans le répertoire de son téléphone et appela Lia, priant tout bas pour qu'elle réponde enfin.

Elle décrocha.

— Ethan m'a dit que tu partais, annonça-t-il de but en blanc.

— Oui.

Si sa voix était mal assurée, son ton trahissait sa détermination.

— C'est ce que j'ai de mieux à faire.

— Non, pas du tout.

— Grady sait que je ne suis pas la fille d'Ava.

— Je vais lui expliquer que tu n'y es pour rien dans cette histoire.

— J'y suis pour quelque chose. Je n'aurais jamais dû me faire passer pour quelqu'un que je ne suis pas.

Sa voix trembla imperceptiblement, faisant vaciller le cœur de Paul.

— Mon départ va faciliter la situation. Toi et ta famille pourrez passer à autre chose.

— Cela n'a aucune importance.

Paniqué et démuni, Paul insista.

— S'il te plaît, ne pars pas. Je sais que Grady n'aura pas non plus envie de te savoir loin de lui. Il t'aime.

Paul s'en voulut immédiatement de son discours. Pourquoi ne lui avouait-il pas que son départ était la pire chose qui pouvait lui arriver à lui ?

Se servir de Grady comme excuse était pitoyable.

— Non, c'est sa petite-fille qu'il aime.

Il comprit à son intonation que ce n'était pas la peine de chercher à la convaincre.

— Je suis vraiment désolée si je vous ai mis dans l'embarras, toi et Ethan.

Elle avait un tel chagrin dans la voix…

— Ne te soucie pas de nous. On est des costauds, tu sais.

Reprenant son sérieux, il poursuivit.

— Je pars chez Grady. Après ce serait bien qu'on parle, toi et moi.

— Il n'y a plus rien à dire.

Oh si, il y avait encore beaucoup à dire. Tout dépendait de lui : avait-il le cran de lui avouer ses sentiments ?

— Je t'en prie, ne pars pas.

— Il le faut, c'est comme ça.

Elle avait parlé avec une certaine urgence dans la voix. Sa vie libre et nomade la rappelait à elle.

— Promets-moi de ne pas partir avant qu'on se soit vus.

— Je peux juste te promettre de ne pas partir avant demain.

Cela ne lui laissait pas beaucoup de temps.

— Je passe voir Grady et je viens tout de suite après. Tu es où ?

— Je serai à ma caravane.

Paul se précipita à sa voiture et fila rejoindre Ethan au domaine. Grady lisait dans la bibliothèque.

À peine eurent-ils poussé la porte que le vieil homme pointa sur eux un index accusateur.

— Vous m'avez menti. Tous les deux.

Ethan fit un pas dans sa direction.

— C'était mon idée. Paul et Lia n'y sont pour rien. Ne leur en veux pas, je t'en prie. Nous voulions simplement que tu ailles mieux. Ton état s'est amélioré dès que tu as cru... pour Lia...

Paul intervint.

— Nous avons vraiment agi pour ton bien. J'ai suivi Ethan de mon plein gré.

— J'ai fait réviser mon testament, pour l'amour de Dieu !

— Nous n'avions pas prévu ça, effectivement. Et je tiens à ce que tu saches qu'elle n'y est pour rien dans cette histoire. Je l'ai mise devant le fait accompli à l'hôpital.

— Elle a accepté parce qu'elle voulait t'aider, c'est tout, souligna Paul.

— Je sais.

Grady prenait son temps, articulant chaque mot avec soin.

— Je ne lui en veux pas.

Paul l'interrogea.

— Elle est au courant ? Parce qu'elle s'apprête à partir. À quitter Charleston. À cause de nous.

À cause de moi.

— Bien sûr. Je le lui ai dit. Elle a peur.

— De quoi ?

— De toi.

Paul recula d'un pas, effaré par l'accusation de son grand-père.

— Elle n'a rien à craindre de moi !

— Hier soir...

Il se tourna vers son frère.

— J'ai merdé. Pardon pour le mot, Grady, mais c'est la vérité.

— Tu lui as dit que tu l'aimais ?

— Je ne l'...

Le regard de Paul glissa de son frère à son grand-père. Il lut dans les yeux du patriarche davantage de curiosité que de surprise.

— Tu ne quoi ? Tu ne l'aimes pas ? Tu ne la crois plus capable de te faire confiance un jour ? En même temps, je la comprendrais.

Paul dut lutter pour laisser éclater la vérité qui lui brûlait le cœur. Était-ce donc cela, être amoureux ?

Être rongé par une insatiable faim de l'autre ? Vouloir être à ses côtés nuit et jour ? Passer du rire aux larmes en l'espace d'une minute ?

— Tu as raison.

L'idée qu'elle partait à cause de lui devenait insoutenable. Que pouvait-il dire ou faire pour la convaincre de renoncer à sa vie sur les routes et de poser enfin ses bagages à Charleston ? À ses côtés.

— Je l'aime et j'ai été d'une stupidité confondante. Elle ne restera pas pour moi.

Grady secoua la tête.

— Elle t'aime.

Une faible lueur d'espoir illumina la nuit de Paul.

— Tu es sûr de ce que tu dis ?

— Absolument.

— Elle a craqué pour toi dès l'instant où elle t'a vu, renchérit Ethan. Et je continue de me demander ce qu'elle a bien pu te trouver. Tu t'es comporté comme un crétin depuis le début.

— Depuis le début, répéta Paul.

Comment avait-elle pu lui trouver un tant soit peu d'intérêt ? de valeur ? Quand il ne l'avait pas accusée d'ourdir un plan machiavélique, il avait joué la carte du rejet pour ne pas ressentir ses propres émotions. Il n'avait rien de sympathique, encore moins d'attirant.

Et voici qu'il recommençait en cet instant même à suivre cette même logique, à remettre en cause ses choix à elle. Bon sang, il était peut-être temps d'accepter qu'elle ait encore beaucoup à lui apprendre.

— Il faut que j'y aille.

— Attends.

Grady fouilla dans le tiroir de sa petite desserte et en sortit un objet qu'il remit à Paul.

— Donne ça à Lia.

Pris d'un léger vertige, Paul souleva le couvercle de l'écrin et y découvrit un solitaire. Il ouvrit de grands yeux.

— C'est la bague de grand-mère !

Grady hocha la tête et lui offrit son plus beau sourire, de travers mais si sincère.

— Fais d'elle ma petite-fille.

Serrant fort le cadeau de son grand-père dans sa main, Paul sortit et courut vers sa voiture.

Le trajet vers le hangar lui parut durer une éternité. Il y arriva quarante minutes après avoir quitté le domaine.

Dans sa voiture, il avait répété les mots qu'il comptait lui dire. Il commencerait par « Je t'aime » et terminerait par « Veux-tu passer le reste de ta vie à mes côtés ? » Entre les deux, il dresserait la liste de tout ce qu'elle était à ses yeux et qui enchantait sa vie. Généreuse, drôle, adorable, libre, belle.

Il ne la méritait pas. Mais à compter de ce jour, il se démènerait pour inverser la tendance.

Lorsqu'il arriva au hangar, il constata non sans une certaine panique que la caravane n'était plus là. Il serra les doigts autour du volant comme pour se raccrocher à quelque chose. Elle avait pourtant promis… Il lui fallut quelques secondes pour reprendre ses esprits.

Lia n'avait pas pu partir. Elle était de celles qui tiennent parole. Il fit demi-tour pour aller se renseigner à l'accueil. La caravane avait sûrement été garée ailleurs. À son grand soulagement, il l'aperçut derrière le point d'eau. Lia remplissait ses réservoirs en prévision de son départ.

Paul s'arrêta devant son nouveau van de façon à l'empêcher de partir. Il avança vers elle, étonné de manquer d'air subitement.

Elle posa sur lui un regard circonspect. Elle ne se réjouissait visiblement pas de sa venue.

Il se posta devant elle, gêné, maladroit.

— Tu ne peux pas partir.

Habité par une soudaine panique, il fut incapable de continuer. Il n'entendait plus que les battements de son cœur, terrorisé à l'idée de la perdre.

— Tu plaisantes, rassure-moi ? Maintenant que tout ce cirque est terminé et que ta famille est au courant de la supercherie, je ne suis plus la bienvenue. Personne n'aura envie que je reste.

— Moi si.

Il fit un pas dans sa direction et tendit le bras pour lui saisir la main.

— Reste à Charleston avec moi.

Elle haussa les épaules.

— Pourquoi est-ce que je resterais ?

— Parce que je t'aime.

La sincérité et l'effort de Paul la désarçonnèrent. Il l'aimait ! Un chœur magistral d'oiseaux rieurs résonna en elle.

Elle avait passé des heures à se demander comment ou même si sa relation avec Paul pouvait fonctionner, et sur quelles bases.

Si elle était trop excentrique pour Charleston la bourgeoise, elle pouvait revoir sa garde-robe et se renseigner sur les sujets qui animaient les soirées de Paul et ses amis. Abandonner sa vie nomade était acceptable si cela lui permettait de se réveiller chaque matin au côté de cet expert de la cybersécurité, si charmant et sexy.

Sans le savoir, il lui avait déjà fait voir les avantages d'une vie moins vagabonde. Elle s'était même imaginée retournant sur les bancs de l'université pour se former et faire de l'ergothérapie son métier. Elle avait accompagné Grady, elle pourrait aider d'autres personnes.

Mais elle se souvint bientôt de tout ce qui les opposait. Elle avait trompé ses proches. Son grand-père à elle était un escroc notoire. Leurs tempéraments difficilement compatibles. Autant de difficultés à venir, d'obstacles à surmonter. Leur chemin en était pavé.

— Je ne sais pas.

— Tu ne sais pas ?

Paul avait certainement cru qu'une déclaration suffirait. Qu'elle tomberait à ses pieds s'il avouait enfin son amour. De son agacement, Lia fit un paravent contre les espoirs et les envies qui montaient en elle.

— Ethan m'a dit que tu n'avais jamais été amoureux. Que c'est toujours une lutte interne chez toi.

— Peut-être. Avant toi. Ce n'est plus du tout ce que je ressens aujourd'hui.

— Et demain ? Quand quelque chose surgira de mon passé et éveillera de nouveau tes soupçons ?

Il leva sa main libre dans un geste d'incompréhension.

— Comme quoi par exemple ?

— Je ne sais pas, moi.

Elle dégagea involontairement sa main de la sienne.

— Ma mère pourrait venir nous rendre visite et te déclencher une crise d'apoplexie parce qu'elle réalise des portraits d'elle. Nue. Tu pourrais aussi me juger parce que je ne sais pas qui est mon père.

Elle inspira et poursuivit, s'attendant au pire de la part de Paul.

— Ou parce que mon grand-père n'est autre que Peter Thompson.

Le sursaut de Paul à la mention de ce nom connu dans tout le pays lui confirma ses peurs. Dès le départ, il avait vu en elle le fruit d'un arbre empoisonné. Mais Dieu qu'il était bon d'avoir enfin tout dit. Tout avoué. Elle en ressentit un profond soulagement.

— Oui, tu as bien entendu. Je suis la petite-fille de l'une des plus grosses crapules que la terre ait jamais portées. Il a monté une pyramide de Ponzi et détourné les économies de milliers d'investisseurs. Le scandale a été retentissant. C'est pour cette raison que ma mère a quitté Seattle et décidé de vivre hors du monde. Et c'est aussi pour ça que je fais tout ce qui est en mon pouvoir pour aider les gens qui en ont besoin. Le père de ma mère a ruiné des familles entières, il a détruit des vies. Nous avons le même sang. Tu avais raison sur moi depuis le début.

Paul lui prit les mains.

— Pas du tout. Je me suis complètement fourvoyé. C'est précisément ça le problème. Je t'ai jugée sans aucune autre forme de procès. Je n'avais pas idée de ta gentillesse, de ta bonté, de ton altruisme.

— Mon grand-père est un criminel.

— C'est un fait, mais cela n'a rien à voir avec la femme que tu es.

— Peut-être, mais ça a fait grand bruit à l'époque. Tu imagines si le scandale rejaillissait sur ta famille ?

— Si ça devait arriver, je m'en occuperais personnellement. Tu es exactement celle qu'il me faut. Tu m'as rappelé, voire appris qu'il faut rire, profiter de la vie. Grâce à toi, je me sens vivant à l'intérieur. J'ai besoin de toi, Lia.

— Mais tu l'as dit toi-même, nous sommes très différents tous les deux. Combien de temps faudra-t-il avant que je t'exaspère ?

— Oh ! eh bien, je dirais quinze secondes.

Il éclata de rire, pluie douce et joyeuse sur le cœur de Lia.

— Et c'est ça qui est super. Tu te souviens des cartes du tarot ? Je me suis jeté à corps perdu dans mon travail, et ça n'a duré que trop longtemps. Je me suis éloigné de ceux que j'aimais, du reste du monde, même. Tu m'as apprivoisé, civilisé.

Elle était surprise qu'il se souvienne si bien de leur séance de tarot, et encore plus qu'il y fasse référence.

— Donc tout ce en quoi je crois n'est plus du charabia à tes yeux ?

— Non. Je comprends enfin ce que tu voulais dire. Et c'est grâce à toi.

— Et si moi je ne veux pas poser mes valises ?

— Je peux travailler d'où je veux. Si tu sens que tu as des fourmis dans les jambes, on charge Misty et on taille la route. Un ordinateur portable, ça porte bien son nom.

Il avait l'air sincère, pour le plus grand plaisir de Lia. Mais cet homme lui avait appris à rester prudente.

— C'est toi qui crois aux contes de fées à présent. Mais je ne suis pas une princesse. J'en prends juste l'apparence pour divertir les enfants coincés à l'hôpital.

— D'ailleurs, tu as lu les cartes aux jumelles, à moi. Mais jamais à toi.

— Je ne le fais que très rarement.

— Parce que ça ne se fait pas ?

— Parce que je ne veux pas savoir ce qui m'attend.

— Et si, pour une fois, tu acceptais de le faire ?

Lia s'apprêtait à refuser, mais, devant l'obstination de Paul, finit par acquiescer.

Après avoir parlé à Grady, elle était partie pour l'entrepôt et avait remis Misty en ordre.

Quand ils prirent place à la petite table pour lire les cartes, Lia vit le regard de Paul se poser sur le lit où ils avaient fait l'amour pour la première fois.

Son cœur se figea lorsqu'elle lut sur son visage une expression décidée. Il voulait savoir ce que le tarot avait à leur dire. Cet homme l'aimait, la désirait et érodait la ligne de conduite qu'elle s'était fixée. Pour une fois dans sa vie, elle s'était juré de ne pas suivre son instinct, de ne pas céder à ses impulsions. L'approche logique et rationnelle de Paul avait subtilement déteint sur elle.

Elle battit les cartes, posant silencieusement sa question : *Dois-je rester à Charleston avec Paul ?*

Elle les disposa ensuite sur la table et commença sa lecture.

— Le Quatre de Coupe indique de l'apathie, une lassitude par rapport à une situation qui ne bouge pas.

— Ça veut dire qu'il est temps que tu partes de Charleston ?

Ou au contraire que l'idée de reprendre la route ne l'enchantait guère.

Elle dévoila ensuite la carte des Amoureux puis du Huit de Coupe. Elle montrait un homme quittant ce qui avait été une situation heureuse. Le message commença à prendre forme et le cœur de Lia se fit lourd.

— Le Roi d'Épée, commenta Paul lorsqu'elle retourna la carte suivante.

— C'est moi dans ton avenir ?

Il avait visiblement suivi avec attention les lectures divinatoires de ses cousines, car le jeu comportait plusieurs types de rois.

— Je crois que oui.

La carte suivante symbolisait le voyage. Elle était positionnée à l'envers, indiquant qu'il ne lui apporterait pas satisfaction.

Lorsque vint le moment de visualiser la carte des espoirs et des peurs, le visage de Lia se décomposa. Paul ne manqua pas de le remarquer.

— Qu'est-ce qu'elle signifie ?

Lia hésita à lui répondre.

— On dit communément qu'il s'agit des relations amoureuses. Des demandes émises et acceptées.

Ils laissèrent le silence s'installer entre eux, jusqu'à ce que Paul, n'y tenant plus, le rompe.

— Et la dernière carte ?

Lia hésita.

Devait-elle lui dire la vérité ?

Elle décida que l'instant s'y prêtait.

— J'ai peur de la retourner. À l'instant où je te parle, je n'ai pas encore pris ma décision. Mon choix décidera du reste de ma vie. Je suis à un carrefour, je distingue les voies qui s'offrent à moi. C'est une situation assez sereine.

— Le chat de Schrödinger, annonça Paul dans un adorable réflexe de tête pensante. Tant que tu n'as pas visualisé d'issue, tu restes à Charleston en même temps que tu prends la route.

Paul posa la main sur la dernière carte.

— Oublie les cartes. Écoute ton cœur.

Il battait justement à tout rompre. Peinant à récupérer son souffle, Lia mesura l'ampleur de son amour pour Paul.

Mais elle s'inquiétait qu'il puisse un jour regretter de l'avoir fait rester à Charleston.

— Ce n'est pas à mon cœur que je dois faire confiance.

De l'index, elle désigna le Roi d'Épée qui le symbolisait.

— Tu diriges ton monde à la force de ta personnalité et de ton intellect.

Paul lui montra à son tour la carte qui la représentait : le Fou. Un esprit libre, impulsif, naïf. Ayant une confiance aveugle dans le pouvoir positif des choix spontanés.

— C'est pour ça que j'ai besoin de toi dans ma vie. Ne tourne pas le dos à ce qui promet d'être une si belle existence à deux, ensemble, avec nos différences.

— Mais ta famille ? Je leur ai menti. Je me suis fait passer pour la fille d'Ava. Je ne pourrai plus jamais les regarder dans les yeux.

— À vrai dire, certains d'entre eux étaient déjà au courant. À commencer par mon père et ma mère. Et Dallas aussi.

— Elle m'en veut terriblement d'ailleurs.

— Tu te trompes.

Paul tapota la poche de sa veste où se trouvait son téléphone.

— Elle m'a écrit ce matin pour me dire à quel point elle était désolée de s'en être prise à toi de la sorte.

Il approcha son visage du sien et enveloppa tendrement ses mains dans les siennes.

— Toute ma famille t'aime. Moi je t'aime. La question est de savoir si toi, Lia, tu te sens prête à intégrer le clan Watts ?

Épilogue

— Enfin, je veux dire…

À ces mots, il sortit de sa poche le précieux écrin remis par Grady.

— Ophelia Marsh, me feras-tu l'immense honneur de devenir ma femme ?

— Je t'adore, Paul Watts, mais…

Elle rêvait de trouver sa place au sein du clan qui l'avait si bien accueillie.

— Ta famille doit être d'accord.

Doucement, il prit le solitaire entre le pouce et l'index.

— Ceci est la bague de ma grand-mère. Grady me l'a donnée. Pour toi. Il veut que tu sois sa petite-fille. Que tu fasses partie de la famille. C'est ce que nous voulons tous.

Lia contempla la bague de fiançailles, héritage des générations qui les avaient précédés, symbole d'amour et de fidélité.

Elle sentit un séisme puissant mais doux se produire en elle. Tout sembla se mettre enfin en place. Pour la première fois de sa vie, elle se sentit pleinement elle-même, prise dans un tourbillon de joie, de bonheur, d'optimisme, d'énergie et d'émerveillement. C'était la promesse des cartes. Celle de toute une vie.

Elle tendit sa main gauche à Paul…

Leur fête de fiançailles battait son plein quand Paul saisit Lia par la main et l'entraîna à l'écart des convives. À son sourire, il avait deviné qu'elle s'accommodait parfaitement de sa nouvelle vie, à Charleston comme au sein du clan Watts.

Ils avaient décidé d'expliquer à tous le lien de parenté entre Lia et Peter Thompson et de le rendre public, afin d'éviter les rumeurs et scandales le moment venu.

Reconnaissant de tout ce qu'elle avait fait pour lui, Grady avait conservé Lia dans son testament, ne changeant que le montant qu'il allait lui léguer.

Paul désirait à présent un moment en tête à tête avec sa future épouse. La tenir dans ses bras, l'embrasser. Son parfum lui rappela la première fois qu'ils s'étaient vus. L'émoi qu'elle avait provoqué chez lui. Son cœur savait déjà à l'époque...

Lia obtempéra bien volontiers, se laissant bercer dans son étreinte, bouche scellée à celle de l'homme qui allait partager sa vie.

— Je pensais qu'on n'avait plus besoin de se cacher ?

— J'ai une grande famille, si on veut un peu d'intimité, il va falloir avoir de l'imagination... Ah, quand on parle du loup !

Ethan arriva à leur hauteur.

— Vous étiez cachés, les tourtereaux.

Paul n'avait pas envie que ce délicieux interlude avec Lia soit ainsi interrompu.

— Oui, donc si tu pouvais t'en aller, ce serait bien. Merci.

Ignorant la remarque de son frère, Ethan poursuivit :

— Je me suis dit que vous seriez contents d'apprendre que le laboratoire a trouvé une correspondance exacte.

Les futurs mariés eurent le souffle coupé. Les doigts de Lia s'agrippèrent au bras musclé de Paul, qui à son tour la serra plus fort encore. Leurs regards se croisèrent et le reste du monde disparut. Paul savoura le lien immémorial et indéfectible qui les unissait.

Leur avenir se composerait à deux. Lia serait toujours à ses côtés.

Il lui sourit de tout son amour.

— Je t'aime.

— Moi aussi je t'aime.

Le cœur de Paul menaça d'éclater sous le poids de l'émotion, du bonheur et de l'amour partagés.

Ethan tenta de se faire entendre :

— Vous avez entendu ce que je viens de vous dire ? On a retrouvé la fille d'Ava !

RESTEZ CONNECTÉ AVEC HARLEQUIN

Harlequin vous offre un large choix de littérature sentimentale !

Sélectionnez votre style parmi toutes les idées de lecture proposées !

www.harlequin.fr

- **Découvrez** toutes nos actualités, exclusivités, promotions, parutions à venir…
- **Partagez** vos avis sur vos dernières lectures…
- **Lisez** gratuitement en ligne
- **Retrouvez** vos abonnements, vos romans dédicacés, vos livres et vos ebooks en précommande…

L'application Harlequin

- Des **ebooks gratuits** inclus dans l'application
- **+ de 50 nouveautés tous les mois !**
- Des **petits prix** toute l'année
- Une **facilité de lecture** en un clic hors connexion
- Et plein d'autres avantages…

Téléchargez notre application gratuitement

Télécharger dans l'App Store

DISPONIBLE SUR Google Play

SUIVEZ-NOUS !

facebook.com/HarlequinFrance
twitter.com/harlequinfrance

OTRE COLLECTION PRÉFÉRÉE DIRECTEMENT CHEZ VOUS

0€*

Vos **2** premiers **livres** découverte

+ 1 cadeau surprise

L'amour vous transporte, on vous l'apporte !

-4,95 € de frais
: traitement.

Collections au choix	1ers Envois	Envois suivants
AZUR	2 livres 0 €* + 1 cadeau	6 livres par mois 32,70 €
BLACK ROSE	2 livres 0 €* + 1 cadeau	2 livres par mois 20,00 €
BLANCHE	2 livres 0 €* + 1 cadeau	2 livres par mois 18,20 €
VICTORIA	2 livres 0 €* + 1 cadeau	3 livres tous les 2 mois 29,45 €

REDER SAS au capital de 1 500 000 € - RCS Paris B 410 714 885.
Renseignements au 0 892 680 181 (0,40 €/min + prix appel).

OFFRE DÉCOUVERTE

À compléter et à retourner sans affranchir :

.IRIADE-HARLEQUIN - Libre-réponse 40181 - 27039 ÉVREUX CEDEX

] **OUI**, je profite de votre **Offre Découverte Harlequin** gratuitement (+ 4,95 € de frais de traitement).

: choisis de recevoir la collection :

] AZUR — Club 3A02E /Clé E3788
❑ BLACK ROSE — Club 3R01J /Clé E3789
❑ BLANCHE — Club 3B01E /Clé E3790
❑ VICTORIA — Club 3V01G /Clé E3791

-joint mon règlement pour les frais de
aitement de **4,95 €** par :

] **Chèque** à l'ordre de **HARLEQUIN**

] **Carte bancaire** (Carte Bleue, Visa, Eurocard Mastercard)

°: ____

ate de validité : ____ ____

yptogramme au dos de ma carte : ____ (indispensable)

ate limite : 31 décembre 2025. Envoyez-moi sans
oligation selon la lettre jointe à mon envoi les colis
iivants de la collection que j'ai choisie. Mon premier
olis de 4,95€ me sera livré sous 6 jours environ
:lon les délais postaux. Si je ne suis pas satisfaite,
me suffira de le retourner sous 30 jours dans son
nballage d'origine. Je serai alors remboursée.

Mme/M. : ____

Prénom : ____

Adresse : ____

____

____ Code postal : ____

Ville : ____

Indispensable pour le suivi de votre commande :

Téléphone : ____

E-mail : ____

Signature obligatoire ▼ Date : J J M M A A

e valable pour la France métropolitaine et Monaco. Conformément à la loi informatique et libertés du 06.01.1978 (Art. 27) et au Règlement européen du 27 avril 2016, vous disposez
1 droit d'accès et de rectification aux données personnelles vous concernant. Notre politique de traitement des données personnelles est
isultable sur demande. Les prix sont garantis dans la limite des stocks disponibles, offres valables jusqu'au 31 décembre 2025. En cas
puisement, seul le remboursement de la somme versée, majorée des intérêts légaux, peut être exigé. Par notre intermédiaire, vous pouvez
: amené à recevoir des propositions de nos partenaires, si vous ne le souhaitez pas, il suffit de cocher ici ❑ ou de nous contacter en nous
iquant vos nom, prénom et adresse. Offre réservée aux personnes majeures. Ce délai est valable uniquement pour les articles disponibles.
ır les commandes passées par courrier, il convient d'ajouter le délai d'acheminement et de traitement de votre bon de commande.

PAPIER — BAC DE TRI

REDER SAS au capital de 1 500 000 € - RCS Paris B 410 714 885.